어휘력·문해력·문장력 세계명작에 있고
영어공부 세계명작 직독직해에 있다

톰 소여의 모험 ⓢ

마크 트웨인 지음

주식회사 자유지성사

[책머리에]

" 어휘력·문해력·문장력 세계명작에 있고 영어공부 세계명작 직독직해에 있다"

(1) 미래의 약속은 어휘력·문해력·문장력이다.
이 책은 이미 검증이 되어 세계인들에게 널리 읽히고 있고, 필독서로 선정된 세계명작을 직독직해 하면서 그 작품성과 작품속의 언어들을 통해 어휘력·문해력·문장력까지 몸에 배이도록 반복연습 하여 체득화시키고(學而時習之) 글로벌 리더로서 자아강도를 높여 학습자들 스스로 자긍심을 갖도록 하는데 있다.

(2) 국어공부는 어떻게 해야하는가?
초등학교 1학년 어린이들은 글자를 다 익히고 난 다음 본격적으로 국어공부를 시작한다. 국어 교육 과정은 읽기, 쓰기, 듣기, 말하기를 바탕으로 문학, 문법 영역으로 구분되어 있다. 하지만 어린이들이 이렇게 세분화 된 영역에 대해서 다 알기는 어렵다. 수업 시간에 무엇을 배워야 하는지 수업 목표에 대해서는 선생님이 일러 주지만, 영역과 관련지어 궁극적으로 어린이들이 도달해야 할 목표가 무엇인지 알기는 어려울 것이다. 이것는 초등학생들 뿐만 아니라, 중학생, 고등학교 학생들 역시 비슷하지 않을까 싶다!
수학은 계산을 통해서 정답이 도출되는 명명함이 있고, 통합교과는 움직임 활동이나 조작활동이 주가 되기에 그나마 배우는 즐거움이 있지만, 국어는 이 두 가지 모두가 부재한다고 할 수 있는 과목이다. "국어공부를 통해서 다다르고자 하는 궁극적 가치는 '문해력'과 '자기표현'이다." 문해력이 지문을 해석하여 문제를 푸는 것으로 평가한다면, 자기표현은 논리적인 말하기가 포함된 글쓰기인 논술일 것이다. 그래서 '국어공부를 어떻게 해야 할 것인가'를 묻는다면 너무도 뻔한 대답일지 모르겠지만 꾸준한 '글 읽기'와 '글쓰기' 라고 말하고 싶다. 우선 책읽기를 통해 어휘력과 전반적인 문해력을 기를 수 있고, 독서록쓰기, 일기쓰기 등 다양한 글쓰기를 통해 표현력을 향상 시킬 수 있을 것이다.
중국 송나라시대 정치가이고 당송팔대가(唐宋八大家)인 구양수는 글을 잘 짓는 방법을 '3다(多)'라고 했다.
① 다독(多讀) : 많이 읽다
② 다작(多作) : 많이 쓰다
③ 다상량(多商量) : 많이 생각하다
즉 책을 많이 읽다보면 어휘력이 풍부해져 생각의 폭이 넓어지고, 또한 생각이 깊어지고, 자연히 하고싶은 말이 많아지게 되면서 보여주고 싶은 글을 잘 짓게 된다는 것이다.
하지만 이 두 가지 모두 스스로 재미를 느껴 꾸준히 하기에는 무엇보다 어렵다. 특히 책읽기는 '읽기의 재미' 를 붙일 수 있을 때까지 적절한 도움과 관심이 필요한 부분이다. 책에 관심을 가질 수 있도록 자주 노출시켜 주고, 특히 저학년들은 스스로 책읽기를 힘들어 한다면 조금 귀찮더라도 반복해서 자주 읽어주는 것도 하나의 방법이라고 할 수 있다.

(3) 직독직해란 무엇인가?

영어 문장을 읽으며 우리말 해석을 따로 하지 않고 내용을 즉시 이해하는 독해방식이다. 직독직해의 장점은 주어, 목적어, 동사를 찾아 문장 앞뒤로 옮겨 다니며 우리말로 일일이 해석하는 방식에서 벗어나 영어 어순 구조에 빨리 적응하도록 해준다는 점이다. 직독직해가 익숙해지면 듣기 능력 향상에도 도움을 준다. 듣기가 잘 안 되는 데는 여러가지 이유가 있겠지만, 문장을 어순 그대로 받아들이는 연습이 부족했던 점도 주된 이유 중 하나이다. 그래서 눈에 보이는 순서대로 해석하는 직독직해가 익숙해지면 귀에 들리는 순서대로 뜻을 파악하는 데도 수월하다. 결론적으로 직독직해는 수험생들일 경우 시험시간도 절약해 주지만 영어의 언어적 특징을 잘 이해할 수 있게 도와줘 말하기와 듣기를 포함하여 전체적인 어학수준을 향상시켜 준다. 이 책은 직독직해를 처음 접하거나 익숙하지 않은 학습자들에게,

① 왜 직독직해를 하는가?
② 직독직해를 하면 어떤 효과를 얻을 수 있는가?
③ 직독직해를 잘하기 위해서는 어떤 연습과 노력이 필요한가?

등을 스스로 체험하게하고 반복연습을 통해 몸에 배이도록 하였다. 중급 수준의 영어 학습자라면 원활한 직독직해를 어렵지 않게 소화해 낼 수 있을 것으로 믿는다. 노력도 재능이다.

2024년 9월

CONTENTS

차   례

The Adventures of Tom Sawyer 상

CHAPTER 1
Tom Plays, Fights, and Hides

"TOM"

No answer.

"TOM"

No answer.

"What's gone with that boy? TOM!" No answer.

The old lady pulled her glasses down and looked over them about the room; then she put them up and looked out under them. She looked perplexed for a moment, and then said, not fiercely, but still loud enough to hear:

---

perplex : 난처한,복잡한　fiercely : 사납게,맹렬하게

톰 소여의 모험 (상)

제 1 장
장난치고, 싸우고, 숨는 톰

"톰!"

아무 대답이 없다.

"톰!"

역시 대답이 없다.

"이 애가 어찌된 일이지? 톰!" 여전히 대답이 없다.

노부인은 안경을 아래로 내리고 안경 너머로 방안을 둘러보았다. 그리고 나서 안경을 올리고는 그 아래로 내려다보았다. 그녀는 잠시 당황하는 듯이 보였으나, 화나지는 않았지만 다시 여전히 들릴 정도의 큰소리로 말했다.

"Well, I lay if I get hold of you I'll—"

She did not finish, for by this time she was punching under the bed with the broom, and so she needed breath to punctuate the punches with. she resurrected nothing but the cat.

"I never saw the beat of that boy!"

She went to the open door and stood in it and looked out among the tomato vines. No Tom. So she lifted up her voice, and shouted.

"Y-o-u-u, Tom!"

There was a slight noise behind her and she turned just in time to seize a small boy by the slack of his roundabout and arrest his flight.

"There! What are you doing?"

"Nothing."

"Nothing! Look at your hands. And look at your mouth. What is that truck?"

"I don't know, aunt."

"Well, I know. It's jam—that's what it is. Forty times I've said if you didn't let that jam alone I'd skin you. Hand me that switch."

The switch hovered in the air.

"My! Look behind you, aunt!"

---

broom : 비로 쓸어내다 punctuate : 끝맺다,중단하다 slack : 늘어진,부주의한 roundabout : 웃자락 truck : 자질구레한 물건,잡품 switch : 회초리 hover : 공중을 떠돌다

"좋아, 잡히기만 하면 혼내 줄 테다. 내 이 녀석을….."

그녀는 이번에는 말을 끝마치지 못했다. 왜냐 하면 이때 그녀는 침대 아래를 빗자루로 쑤셔 대고 있어서 쑤시는 사이사이 숨 쉴 필요가 있었기 때문이다. 그러나 그녀는 단지 고양이만 끄집어 냈을 뿐이었다.

"그런 애는 본 적이 없다니까!"

그녀는 열려 있는 문 쪽으로 가서 문앞에 서서는 토마토 줄기 사이로 살펴보았다. 하지만 톰은 없었다. 그녀는 이번에는 목소리를 높여 소리쳤다. "애야, 톰!"

그녀의 등뒤에서 희미한 소리가 났다. 그녀는 때맞춰 돌아서서 조그만 소년의 옷자락을 붙잡을 수 있었고 결국 그의 도망을 저지할 수 있었다.

"그렇지! 뭐하고 있는 거니?"

"아무것도 하지 않았어요."

"아무것도 아니라고! 손 좀 보자. 입도 보자. 무슨 헛소리를 하는 거니?"

"잘 모르겠는데요, 아주머니."

"그래, 이제 알겠다. 이건 잼이군—확실해. 만약 잼에 손을 대면 가만두지 않겠다고 수없이 말했지. 회초리를 이리 다오."

회초리가 공중에서 둥실거렸다.

"저런! 아주머니 뒤를 보세요!"

The old lady whirled round, and snatched her skirts out of danger. The lad, on the instant, scrambled up the high board fence, and disappeared over it.

His aunt Polly stood surprised a moment, and then broke into a gentle laugh.

"Hang the boy, can't I never learn anything? Doesn't he played me tricks? But an old dog can't learn new tricks, as the saying is. He seems to know just how long he can torment me before I get myself angry. I am not doing my duty by that boy. Spare the rod and spile the child, as the Good Book says. He's my own dead sister's boy, poor thing, and I don't have the heart to lash him, somehow. He'll play hooky this evening, and I'll just be obliged to make him work, tomorrow, to punish him. It will be very hard to make him work Saturdays, when all the boys is having holiday, or I'll ruin the child."

Tom did play hooky, and he had a very good time. He came back home barely in time to help Jim, the small colored boy, but Jim did three-fourths of the work. Tom's younger brother, Sid, was already through with his part of the work, for he was a quiet boy and had no adventurous, troublesome ways.

While Tom was eating his supper, Aunt Polly asked him

snatch: 와락 붙잡다 scramble: 기어오르다 torment : 고통스럽게 하다 play hooky: 학교 가지 않고 놀다 be obliged to: ~해야 하는 ruin: 파멸,황폐 in time : 제철의,적시의 adventurous : 대담한,모험적인,위험한 troublesome : 까다로운,성가신,말썽부리는

  노부인은 뒤로 돌아서 위험을 피하려고 치맛자락을 치켜올렸다. 그 순간 소년은 높은 나무 담장을 기어올라 그 너머로 사라져 버렸다. 소년의 아주머니 폴리는 잠시 망연자실하여 서 있었다. 그리고 온화한 웃음을 터뜨렸다.

  "나쁜 녀석, 언제까지 알아차리지 못할까? 그런 속임수에 여러 번 당했었는데. 속담에 늙은 개는 새 재주를 배울 수 없다더니 그 말이 맞아. 저 녀석은 내가 화를 낼 때까지 얼마나 오래 나를 놀려 줄 수 있는지를 다 알고 있는 것 같아. 저 녀석에게 내 임무를 다하지 못하고 있어. 매를 아끼면 아이를 망친다는 성경 말씀도 있는데. 불쌍한 것. 녀석이 죽은 언니의 아들이라서 내겐 벌을 줄 마음이 없나봐. 아마 오늘 오후에도 수업을 빼먹고 놀러 다니겠지. 내일엔 벌로써 일을 시켜야겠군. 다른 아이들 모두 휴일을 즐기고 있는 토요일에 녀석이 일을 하게 하는 것은 힘든 일이지만 그렇지 않으면 아이를 망치겠어."

  톰은 수업을 빼먹고 아주 즐겁게 놀았다. 어린 흑인 짐을 돕기 위해 간신히 시간에 맞춰 집으로 돌아왔지만 짐은 벌써 일의 4분의 3은 마친 후였다.

  톰의 동생 시드는 벌써 자신이 맡은 일을 마쳤다. 그 아이는 매우 얌전해서 장난을 치거나 문제를 일으킨 적이 없었다.

  톰이 저녁 식사를 하는 동안 폴리 아주머니는 아주 교묘한

───────────────

망연자실: 정신을 잃고 어리둥절함

questions that were full of guile, and very deep-for she wanted to trap him into damaging revealments. She loved to contemplate her most transparent devices as marvels of low cunning.

"Tom, it was a little warm in school, wasn't it?"

"Yes, aunt."

"Powerful warm, wasn't it?"

"Yes, it was."

"Didn't you want to go swimming, Tom?"

He searched Aunt Polly's face, but it told him nothing. So he said:

"No, not very much."

The old lady reached out her hand and felt Tom's shirt and said:

"But you aren't too warm now, though." Tom knew where the wind lay, now. So he prevented what might be the next move:

"Some of us damped on our heads."

Aunt Polly was perplexed to think she had overlooked that bit of circumstantial evidence, and missed a trick. Then she had a new inspiration:

"Tom, you didn't have to undo your shirt collar where I sewed it, to pump on your head, did you? Unbutton your

---

guile: 교활,엉큼함 revealment: 폭로 contemplate : 응시하다,심사숙고하다
transparent:투명한,명쾌한 device:장치,고안 marvel:놀라운 일,놀라운 사람
damp:축축한,습기 perplex:당황케 하다,난처하게 하다 circumstantial
evidence: 정황적인 증거 inspiration : 영감,암시 sew:바느질하다

질문을 그에게 던졌다. 왜냐하면 그녀는 그를 함정에 몰아넣어 스스로 털어놓게 하고 싶었기 때문이었다. 그녀는 그러한 환히 들여다보이는 술수를 자못 교묘하고 신기한 재주로 여기고는 즐거워했다.

"톰, 학교에서 조금 덥지 않았니?"

"네, 더웠어요, 아주머니."

"아주 더웠지, 그렇지?"

"네, 그래요"

"톰, 수영하러 가고 싶지 않던?"

그는 폴리 아주머니의 얼굴을 살펴보았다. 하지만 아무것도 알 수 없었다. 그래서 그는 "아니오, 별로 그렇지 않던데요." 라고 말했다.

노부인은 손을 뻗어 톰의 셔츠를 만져 보고는 말했다.

"하지만 지금은 별로 덥지 않은가 보구나." 톰은 이제 낌새를 알아차렸다. 그래서 그는 선수를 쳤다.

"친구들 중 몇 녀석이 머리 위로 물을 부었어요."

폴리 아주머니는 그 부분의 정황 증거를 간과하여 함정에 몰아 넣는 것에 그만 실패했음을 알고는 좀 당황했다. 하지만 그때 새로운 생각이 떠올랐다.

"톰, 머리 위에 물을 뒤집어쓰더라도 내가 꿰매 준 셔츠의 깃이 뜯어질 리는 없겠지? 그렇지? 저고리 단추를 풀어 봐라!"

술수: 일을 도모하는 꾀, 술책
간과: 예사로이 보아 지나쳐 버림

jacket!"

The trouble vanished out of Tom's face. He opened his jacket. His shirt collar was securely sewed.

"Well, I want to make sure you'd played hooky and been swimming. But I will forgive you, Tom." She was half sorry that her shrewdness had miscarried, and half glad that Tom had stumbled into obedient conduct for once.

But Sidney said.

"Well, but you sewed his collar with white thread, but it's black."

"Why, I did sew it with white! Tom!"

But Tom did not wait for the rest. As he went out at the door he said:

"Siddy, I'll lick you for that."

In a safe place Tom said:

"She'd never noticed if it hadn't been for Sid."

He was not the Model Boy of the village. He knew the model boy very well though-and loathed him.

Within two minutes, or even less, he had forgotten all his troubles. Because a new and powerful interest bore them down and drove them out of his mind. This new interest was a valued novelty in whistling, which he had

---

vanish out: 사라지다   securely: 안전하게, 확실하게   shrewdness: 교묘한 계획
miscarry: 실패하다   stumble into: 돌부리에 걸리다, 우연히 마주치다
obedient: 순종하는 말, 말 잘듣는   lick: 때리다   loath: 싫어서, 질색하여
novelty: 진기함, 신기로움

톰의 얼굴에서 걱정의 빛이 사라졌다. 그는 그의 재킷을 열어 제쳤다. 그의 옷깃은 단단히 바느질이 되어 있었다.

"좋아, 하지만 네가 학교를 가지 않고 종일 놀러 다니고 수영도 했다는 것은 확실히 해 두고 싶다. 하지만 너를 용서해 주마, 톰." 그녀는 자신의 교묘한 계획이 실패한 데에 반은 섭섭하면서도 한편으로는 톰이 어쩌다 한 번이라도 복종하는 행동을 한 것이 기쁘기도 했다.

그러나 시드가 말했다.

"하지만, 아주머니는 옷깃을 흰색 실로 꿰매어 주셨는데, 이것은 검은색이예요."

"뭐라고, 난 분명 흰색으로 꿰맸는데! 톰!"

하지만 톰은 다음 말을 기다리지 않았다. 톰은 문밖으로 나가면서 말했다.

"시드, 난 반드시 이 일에 대해 복수하고 말 거다."

안전한 장소에 이르러 톰은 말했다.

"만약에 시드만 없었더라면 아주머니는 알아차리지 못했을 텐데."

그는 그 마을의 모범 소년은 아니었다. 그는 그런 모범 소년을 아주 잘 알고 있었지만 그를 매우 싫어했다.

2분도 지나지 않아, 아니 그보다 먼저, 그는 모든 걱정거리를 잊었다. 왜냐하면 새롭고 강렬한 흥밋거리들이 걱정거리를 마

just acquired from a Negro, and he was suffering to practice it undisturbed.

Diligence and attention soon gave him the knack of it, and he strode down the street with his mouth full of harmony and his soul full of gratitude. He felt much as an astronomer feels who has discovered a new planet.

The summer evenings were long. It was not dark, yet. Presently Tom checked his whistle. A stranger was before him. A newcomer of any age or either sex was an impressive curiosity in the poor little village. This boy was well dressed, too-well dressed on a weekday. This was simply astounding. His cap was a dainty thing, his close-buttoned blue cloth was new and neat. He had shoes on-and it was only Friday. He even wore a necktie, a bright bit of ribbon. He had a citified air about him. Neither boy spoke. If one moved, the other moved— but only sidewise, in a circle; they kept face to face and eye to eye all the time. Finally Tom said:

"I can lick you!"

"I'd like to see you try it."

"Well, I can do it."

"No, you can't, either."

"Yes, I can."

---

knack: 솜씨, 요령 stride: 큰걸음으로 걷다, 큰걸음 astounding: 몹시 놀라게 하는 dainty: 우아한, 맛좋은, 까다로운 citify: 도시화하다

음 밖으로 몰아냈기 때문이다. 이 새로운 흥밋거리는 흑인에게서 배운 새롭고 멋지게 휘파람 부는 방법이었다. 그것을 방해받지 않고 고생하면서 연습하고 있었다.

열심히 주의를 기울인 결과 그는 곧 휘파람 부는 법을 익히게 되었으며, 입안 가득 화음을 내며 감사하는 마음으로 거리를 활보했다. 그는 마치 새로운 행성을 발견한 우주인이 된 듯한 기분이 들었다.

여름 저녁은 길었다. 아직 어둡지는 않았다. 잠시 톰은 휘파람을 멈추었다. 낯선 사람이 앞에 있었다. 나이가 몇이든 남자든 여자든 낯선 이 사람은 작고 가난한 이 마을에 대해 강한 호기심을 가졌다. 이 소년은 아주 놀라운 모습이었다. 그의 모자도 근사하고 단단히 단추를 잠근 푸른색 옷은 새것이고 말끔했다. 주위에는 도시 분위기가 감돌았다. 두 소년 중 아무도 말하지 않았다. 한 아이가 움직이면 다른 아이도 움직였다. 원을 그리듯 옆으로 움직였다. 서로 얼굴을 맞대고 계속 눈싸움을 했다. 마침내 톰이 말했다.

"너 맞을래!"

"네가 때리는 것 한 번 구경하자."

"그래, 난 때릴 수 있어."

"아니, 넌 그러지 못할걸."

"아니, 할 수 있어."

활보: 큰 걸음으로 당당히 걸음

"No, you can't."
"I can."
"You can't."
"Can!"
"Can't!"

An uncomfortable pause. Then Tom said:
"What's your name?"
"It isn't any of your business, maybe."
"Well, then I'll make it my business."
"Well, why don't you?"
"If you say much, I will."
"Much-much-much. There now."
"Oh, you think you're mighty, don't you? I could lick you with one hand tied behind me, if I wanted to.
"Well, why don't you do it? You say you can do it."
"Well, I will, if you fool with me."
"Oh, yes—I've seen whole families in the same fix."
"Smarty! You think you're some, now, don't you? Oh, what a hat!"
"You can lump that hat if you don't like it. I dare you to knock it off-and anybody that'll take a dare will suck eggs."

---

pause: 침묵 lick: 때리다 fool with: 놀리다 fix: 고착하다 smarty: 자부심이 강한 사람 lump: 덩어리, 각설탕

"아냐, 넌 못해."

"할 수 있어."

"넌 못해."

"한다."

"못해."

어색한 침묵. 그때 톰이 말했다.

"이름이 뭐냐?"

"상관할 일이 아닐텐데."

"그래, 그럼 상관할 일 하나 만들어 주지."

"그럼, 한 번 해 보시지."

"자꾸 그렇게 말하면, 하고 말 거야."

"해봐, 해봐, 해봐. 자 해봐라."

"그래, 넌 힘세다고 생각하나 보군? 난 맘만 먹으면 한 손을 뒤로 묶고도 널 때려 줄 수 있어."

"그래, 한 번 해보시지 그러니? 분명히 할 수 있다고 했잖아."

"그래, 그러지, 만약 나를 약올리면."

"그래, 좋아, 너같이 허풍치는 애들을 한두 명 본 게 아니야."

"이 자식! 대단하다고 생각하나 본데, 그렇지? 아하, 모자 좋은데!"

"맘에 들지 않으면 한 번 밟아 보시지. 감히 떨어뜨려 보라고, 누구든 그렇게만 하면 혼쭐을 내주지."

"You're a liar!"

"You're another."

"You're a fighting liar and doesn't take it up."

"Aw-take a walk!"

"Say-if you give me much more of your sass I'll take and bounce a rock off on your head."

"Oh, of course you will."

"Well, I will."

"Well, why don't you do it then? What do you keep saying you will for? Why don't you do it? It's because you're afraid."

"I am not afraid."

"You are."

"I am not."

"You are."

Another pause, and more eying and sidling around each other. Presently they were shoulder to shoulder. Tom said:

"Get away from here!"

"Go away yourself!"

"I won't."

"I won't either."

So they stood, each with a foot placed at an angle, and glowering at each other with hate. But neither could get

---

liar: 거짓말쟁이 sass: 건방진 말대꾸 bounce: (위협하여)꾸짖다 sidle: 옆걸음질 치다 at an angle: 굽어서,비스듬히 glowering: 찡그리다,노려보다

"거짓말쟁이."

"너야말로."

"싸우겠다고 큰소리치고는 그렇지도 못하잖아."

"야! 꺼져!"

"너 또다시 그런 소리를 지껄이면 머리를 박살낼 테다."

"그래 한번 해보시지."

"못할 줄 알아."

"그래, 그럼 왜 못하는 거야? 왜 입만 나불대고 그러지? 왜 못하지? 괜히 겁이 나니까 그러지."

"겁나지 않아."

"겁쟁이."

"아니야."

"맞아."

또다시 정적, 그리고 다시 눈싸움과 옆 걸음질이 계속된다. 잠시 후 두 소년은 어깨를 부딪쳤다. 톰이 말했다.

"꺼져버려!"

"너나 꺼져!"

"못하겠다."

"나도 못하겠는데."

둘은 멈춰 서서 각각 발 하나를 일정한 각도로 버티고 서서, 서로에게 증오의 눈빛을 번뜩였다. 하지만 어느 쪽도 우세를 점하지는 못했다. 둘 다 땀이 나고 얼굴이 시뻘겋게 되었을 때,

an advantage. After struggling till both were hot and flushed, each relaxed his strain with watchful caution, and Tom said:

"You're a coward. I'll tell my big brother about you, and he can thrash you with his little finger, and I'll make him do it, too."

"What do I care for your big brother? I have a brother who's bigger than he is-and what's more, he can throw him over that fence, too." (Both brothers were imaginary.)

"That's a lie."

"Your saying doesn't make it so."

Tom drew a line in the dust with his big toe, and said:

"I dare you to step over that, and I'll lick you till you can't stand up."

The new boy stepped over promptly, and said:

"Now you said you'd do it, now let's see you do it."

"Don't you crowd me now; you'd better look out."

"Well, you said you'd do it— why don't you do it?"

"By jingo! for two cents I will do it."

The new boy took two broad coppers out of his pocket and held them out with derision. Tom struck them to the ground. In an instant both boys were rolling and tumbling in the dirt, gripped together like cats; and for the space of

---

get an advantage: 이익을 얻다 struggle: 싸우다 flush: 얼굴이 붉어지다, 활칵 흘러나오다 relax: 늦추다, 편하게 하다 strain: 잡아당기다, 긴장하다
caution: 조심, 경고 thrash: 마구 때리다, 두드리다 step over: 밟고 오르다
tumble: 넘어지다, 뒹굴다

경계심을 늦추지 않은 채 잠시 긴장을 풀었다. 그리고 톰이 말했다.

"넌 겁쟁이야. 형에게 일러 줄 거야, 형은 너를 새끼손가락으로 집어던질 수 있을 거야. 형에게 일러서 그렇게 하라고 해야지."

"너네 형이 무슨 상관이야? 내 형은 너네 형보다 더 크다. 거기다, 너를 담장 밖으로 집어 던질 수도 있을 거야." (둘 다 그런 형은 상상 속의 인물이다.)

"그건 거짓말이야."

"너도 역시 거짓말했지!"

톰은 엄지발가락으로 땅바닥에 줄을 그으며 말했다.

"이 선을 넘어 오기만 해봐라, 그러면 난 네가 일어나지 못할 때까지 때려 줄 거다."

낯선 소년은 대번에 선을 넘어서고는 말했다.

"자, 넌 네가 말한 대로 한번 해 보시지, 진짜 때리는지 볼까."

"부추기지 말라고, 조심하는 게 좋을걸."

"그래, 넌 분명히 때린다고 했으니 어서 때려 보시지, 왜 못 때리는데?"

"좋아! 2센트 생긴다면 그러지."

새로 온 소년은 주머니에서 동전 두 닢을 꺼내 경멸조로 내밀었다. 톰이 그것을 냅다 내리쳐 땅에 떨어뜨렸다. 순간적으로 두 소년은 고양이처럼 서로 붙잡고 엎치락 뒤치락 땅위를 뒹굴

a minute they tugged and tore at each others hair and clothes, punched and scratched each other's noses, and covered themselves with dust and glory. Presently the confusion took form and through the fog of battle Tom appeared, seated astride the new boy, and pounding him with fists.

"Holler nuff!" said he.

The boy only struggled to free himself. He was crying- mainly from rage.

"Holler nuff!"— and he pounding went on.

At last the stranger got out a smothered 'Nuff!' and Tom let him up an said:

"Now that'll teach you. Better look out who you're fool- ing with next time."

The new boy went off brushing the dust from his clothes, sobbing, and occasionally looking back and shak- ing his head and threatening what he would do to Tom the next time he "caught him out." To which Tom responded with jeers, as soon as his back was turned the new boy snatched up a stone, threw it and hit him between the shoulders and then turned tail and ran like an antelope. Tom chased the traitor, and thus found out where he lived. He then held a position at the gate for some time, daring

---

astride: 걸터앉다 pounding: 가두다, 파운드 smother: 숨막히게 하다, 덮어 끄다 sob: 흐느껴울다, 숨을 헐떡이다 jeer: 조롱하다, 야유하다 turned tail: 등을 돌리고 도망하다 antelope: 영양

었다. 거의 1분 동안 그들은 서로의 옷과 머리카락을 당기고 찢었으며, 서로의 콧등을 할퀴고 때려 먼지와 영광으로 뒤덮였다. 곧 대세가 판가름 나고 전쟁의 안개 속으로 톰이 나타나 새로 온 소년을 올라타고, 주먹으로 내리쳤다.

"항복해."

그가 말했다.

그 소년은 벗어나려고 안간힘을 쓸 뿐이었다. 그는 화가 나서 울고 있었다.

"항복해!"

그리고 계속 때렸다.

마침내 새로 온 아이는 숨이 막혀 '항복' 하고 내뱉듯 말했고 톰은 그를 놓아주며 말했다.

"이제 알았지. 다음부터는 사람을 잘 보고 시비 걸도록 해."

새로 온 소년은 자신의 옷에서 먼지를 털고, 훌쩍거리며, 이따금씩 뒤를 쳐다보았고 머리를 흔들며 "다음 번에 또 다시 만나면 가만두지 않겠다." 고 위협했다. 거기에 톰은 비웃음으로 응수하며 그가 등을 돌리자마자 새로 온 소년은 돌을 집어들고는 그걸 던져 톰의 어깨 사이를 맞추고 나서는 몸을 돌려 마치 영양처럼 달리기 시작했다. 톰은 이 배반자의 뒤를 쫓아 결국 그 소년이 어디에 사는지를 알아냈다. 그는 잠시 동안 문 위에 자리를 잡고서는 적이 밖으로 나오기를 기다렸다. 그러나 적은

응수:응하여 수작함

the enemy to come outside, but the enemy only made faces at him through the window and declined. At last the enemy's mother appeared, and called Tom a bad, vicious, vulgar child, and ordered him away. He got home pretty late, and when he climbed cautiously his anunt saw the state his clothes, and she, in her resoution, turn his Saturday into captivity at hard labor.

CHAPTER 2
The Glorious Whitewasher

SATURDAY morning was come, and all the summer world was bright and fresh, and brimming with life. There was a song in every heart; and if the heart was young the music issued at the lips. There was cheer in every face and a spring in every step. The locust trees were in bloom and the fragrance of the blossoms filled the air.

Tom appeared on the sidewalk with a bucket of white-wash and a long-handled brush. He surveyed the fence, and all gladness left him and a deep melancholy settled down upon his spirit. Thirty yards of board fence nine feet

---

resolution: 결의, 결단 captivity: 포로, 감금 brim with: ~으로 차 넘치다
locust: 메뚜기, 아카시아 fragrance: 향기로움, 향기 sidewalk: 인도, 보도
survey: 바라보다, 조사하다 melancholy: 우울, 침울

창 밖으로 잠시 얼굴을 내밀더니 곧 사라졌다. 마침내 적의 엄마가 나타나더니 톰을 나쁘고 질이 낮은 불량소년이라며 가버리라고 했다. 그날 그는 늦게야 집에 도착했고 그가 조심스럽게 담장을 기어오를 때 아주머니가 톰의 옷의 상태를 보게 되었고, 아주머니는 토요일에는 집에 가두어 두고 힘든 일을 시키겠다고 단단히 결심하게 되었다.

제 2 장
영광스런 흰색 수성 석회수

토요일 아침이 되었다. 여름날의 세상은 밝고 맑았으며 생명으로 충만했다. 모든 이의 마음엔 노래가 가득하고, 마음까지 젊다면 입에서 노래가 저절로 흘러 나왔을 것이다. 얼굴에는 생기가 가득하고 발걸음엔 봄이 완연했다. 아카시아 나무는 꽃을 피우고 그 꽃의 향기는 대기를 가득 채웠다.

톰은 수성 석회수가 가득한 양동이와 길다란 손잡이가 달린 솔을 들고 인도로 나왔다. 그는 울타리를 살펴보자 모든 기쁨이 사라지고 깊은 슬픔이 마음 속에 자리잡았다. 판자 울타리는 30야드의 길이에 9피트의 높이였다. 그에게 있어서 삶은 공허하고, 존재한다는 것이 짐으로 여겨졌다. 한숨을 쉬며 그는

high. Life to him seemed hollow, and existence but a burden. Sighing he dipped his brush and passed it along the topmost plank; repeated the operation; did it again; and sat down on a tree box discouraged. Jim came with a tin pail, and singing 'Buffalo Gals.' Bringing water from the town pump had always been hateful work. He remembered that there was company at the pump. White, mulatto, and Negro boys and girls were always there waiting their turns, resting, trading playthings, quarreling, fighting. And he remembered that, although the pump was only a hundred and fifty yards off, Jim never came back with a bucket of water under an hour. Tom said:

"Say, Jim, I'll fetch the water if you'll whitewash some.

Jim shook his head and said:

"Can't, Marse Tom. Ole missis, she told me I have to go and get this water."

"Oh, never you mind what she said, Jim. That's the way she always talks. Give me the bucket. She won't ever know."

"Oh, I can't, Marse Tom."

"Jim, I'll give you a marvel. I'll give you a white alley!"

Jim began to waver.

"White alley, Jim!"

---

plank : 널판지, 강령 discourage : 용기를 잃게 하다, 방해하다 tin pail : 양동이 fetch : 가지고 오다, 나오게 하다 alley : 공기돌, 동맹, 제휴

솔을 양동이에 담궈 제일 위쪽부터 칠하기 시작했다. 이런 작
업을 반복하고 반복했다. 그리고는 기력을 잃고 나무 상자 위
에 앉았다. 그때 짐이 양철 양동이를 들고 '버팔로 처녀들'이
란 노래를 부르며 다가왔다. 시내의 펌프로부터 물을 나르는
것은 항상 끔찍한 일이었다. 그는 펌프에 그들 또래가 있음을
기억했다. 백인, 혼혈, 그리고 흑인 소년, 소녀들이 항상 그곳에
서 자신들의 차례를 기다리면서 쉬고 놀이감을 교환하기도 하
고 말다툼이나 싸움을 하곤 했다. 그리고 그는 비록 펌프가
150야드밖에 떨어져 있지 않지만, 짐은 한시간 이내에는 절대
로 물이 든 양동이를 들고 나타나지 않는다는 것을 기억해 냈
다. 톰은 말했다.

"얘, 짐, 칠하는 것을 조금만 도와주면 내가 물을 나르마."

짐은 머리를 흔들며 말했다.

"안돼요, 톰. 주인 마님께서는 제가 물을 날라야 한다고 말씀
하셨어요."

"아냐, 아주머니 말씀은 신경 쓰지 않아도 돼, 짐. 항상 아주
머니는 그렇게 말씀하시거든. 양동이를 이리 다오. 아주머니는
알지도 못할 거야."

"아, 안돼요, 톰."

"짐, 내가 장난감 줄게. 흰색 공기돌 주마!"

짐은 흔들리기 시작했다.

"흰색 공기돌이야, 짐!"

"My! That's a mighty gay marvel, I tell you! And besides, if you will I'll show you my sore toe."

Jim was only human-this attraction was too much for him. He put down his pail, took the white alley, and bent over the toe with absorbing interest while the bandage was being unwound. In another moment he was flying down the street with his pail, Tom was whitewashing, and Aunt Polly was retiring from the field with a slipper in her hand and triumph in her eye.

But Tom's energy did not last. He began to think of the fun he had planned for this day. He got out his worldly wealth and examined it-bits of toys, marbles, and trash; enough to buy an exchange of work, maybe, but not enough to buy so much as half an hour of pure freedom. So he returned his straitened means to his pocket and gave up the idea of trying to buy the boys. At this dark and hopeless moment an idea burst upon him! Nothing less than a great, magnificent idea.

He took up his brush and went tranquilly to work. Ben Rogers was in sight presently-the very boy, of all boys, whose ridicule he had been dreading. He was eating an apple, and giving a long, melodious whoop, at intervals, followed by a deep-toned ding-dong-dong, ding-dong-

sore : 아픈,슬픔에 잠긴 attraction: 끌어 당김,매력 retire: 물러가다, 퇴직하다, 자다 ridicule: 비웃다,비웃음

"봐! 이건 정말 훌륭한 장난감이야, 정말이라고! 그리고, 원한다면 내 발가락 상처도 보여주마."

짐은 단지 인간일 뿐이다. 이런 제안은 너무 매력적인 것이었다. 그는 양동이를 내려놓고 흰 공기돌을 집어들고는 붕대가 풀려 가는 발가락을 얼이 빠진 듯 허리를 굽혀 홍미진진하게 내려다보고 있었다. 다음 순간 짐은 양동이를 들고 나는 듯 길 아래로 내려가고, 톰은 페인트칠을 하고 있었으며, 폴리 아줌마는 승리의 눈빛으로 한 손에는 슬리퍼를 들고서 마당에서 멀어져 집으로 들어가고 있었다.

하지만 톰의 힘은 그리 오래 지속되지 않았다. 그는 오늘을 위해 계획해 두었던 즐거운 일들을 생각하기 시작했다. 그는 자신의 전 재산을 꺼내서는 살펴보았다. 장난감 조각, 대리석 조각, 쓰레기 같은 것들. 이런 것들로 일거리를 산다면 모를까 30분 동안의 완전한 자유를 사기에는 어림 반푼어치도 없는 양이었다. 그래서 그는 이 궁색한 재산들을 도로 호주머니에다 넣고는 아이들을 매수하려는 계획을 포기했다. 이 어둡고 희망 없는 순간에 어떤 영감이 그에게 떠올랐다! 위대하고 굉장한 생각이었다.

그는 솔을 집어들고 조용히 일을 계속했다. 그때 벤 로저스, 소년들 중에서도 무서울 정도로 어리석은 바로 그 아이가 나타났다. 그는 사과를 깨물어 먹고 있었는데 그 사이 사이에 긴

매수:금품 등으로 남의 마음을 사서 제 편의 사람으로 만듦

dong, for he was personating a steamboat. As he drew near, he slackened speed, took the middle of the street, leaned far over to starboard and rounded to ponderously and with laborious pomp and circumstance-for he was personating the Big Missouri, and considered himself to be drawing nine feet of water. He was boat and captain and engine bells combined, so he had to imagine himself standing on his own hurricane deck giving the orders and executing them.

"Stop her, sir! Ting-a-ling-ling!" The headway ran almost out and he drew up slowly toward the sidewalk.

"Ship up to back! Ting-a-ling-ling!" His arms straightened and stiffened down his sides.

"Set her back on the starboard! Ting-a-ling-ling! Chow! Ch-chow-wow! Chow" His right hand, meantime, describing stately circles for it was representing a forty-foot wheel.

"Let her go back on the labboard! Ting-a-ling-ling! Chow-ch-chow-chow!" The left hand began to describe circles.

"Stop the stabboard! Ting-a-ling-ling! Stop the labboard! Come ahead on the stabboard! Stop her! Let your outside turn over slow! Ting-a-ling-ling! Chow-ow-ow!

---

personate: 흉내내고 있는 slacken: 늦추다, 감소하다 combined: 결합된, 화합한 headway: 전진, 진보, 간격 straighten: 똑바르게 하다, 정리하다 stiffen down: 딱딱해 지다, 완고하다 representing: 나타내다, 대리하다 stabboard: 우현 labboard: 좌현

곡조가 붙은 '와아' 하고 외치는 소리를 내었다. 그리고는 그 소리 다음에 낮은 저음으로 딩동동 딩동동 하고 외쳐댔다. 증기선을 흉내내고 있는 것이다. 그는 점점 가까이 오면서 속도를 줄여, 길의 중간에 이르러 우현으로 방향을 틀어 뽐내며 힘들게 몸을 옆쪽으로 둥글게 굽혔다. 그는 빅 미주리호를 흉내내고 있었으며 자신이 9피트인 배라고 여긴 때문이었다. 그는 증기선, 선장, 기관실의 종 모두가 조합된 것이었으며, 따라서 그는 명령을 내리고 그것을 실행하느라 폭풍 속의 갑판 위에 서 있는 자신을 상상하고 있는 것이다.

"배를 정지시켜라, 땡땡땡!" 배의 진행은 거의 정선 상태가 되고 그는 천천히 인도 옆으로 붙어섰다.

"뒤로 후퇴! 땡땡땡!" 그는 팔을 완전히 펴서 옆구리에 갖다 붙였다

"다시 좌현으로! 땡땡땡! 츄츄츄!" 그의 오른 손은 이때 크게 원을 그리고 있었으며 이것은 40피트의 물 바퀴를 묘사하고 있었다.

"다시 좌현으로! 땡땡땡! 쵸우 쵸우 쵸우!" 그는 왼손으로 원을 그리기 시작했다.

"우현 정지! 땡땡땡! 좌현 정지! 우현으로! 그만! 천천히 바깥으로 돌려라! 땡땡땡! 쵸우 쵸우 쵸우!"

우현:뱃머리의 오른쪽

Tom went on whitewashing-paid no attention to the steamboat. Ben stared a moment and then said:

"Hi! You're up a stump, aren't you!"

No answer. Tom surveyed his last touch with the eye of an artist, then he gave his brush another gentle sweep and surveyed the result, as before. Tom's mouth watered for the apple, but he stuck to his work. Ben said:

"Hello, you have to work "

Tom wheeled suddenly and said:

"Why, it's you, Ben! I wasn't noticing."

"I'm going to swim. Don't you wish? But of course you have to work, don't you?"

Tom contemplated the boy a bit, and said:

"What do you call work?"

"Why, aren't that work?"

Tom resumed his whitewashing and answered carelessly:

"Well, maybe it is, and maybe it isn't. All I know is, it suits Tom Sawyer."

"Oh come, now, you don't mean to let on that you like it?"

The brush continued to move.

"Like it? Well, I don't see why I oughtn't to like it Can't

---

stump : 곤궁에 빠짐 sweep : 청소하다, 쓸어내리다 carelessly : 부주의하게
suit : 어울리다 whitewash : 페인트 칠하다

톰은 증기선에는 관심을 갖지 않은 채 계속 페인트 칠을 했다. 벤은 잠시 쳐다보더니 이윽고 말했다.

"안녕! 넌 곤궁에 빠져 있구나, 그렇지?"

대답이 없다. 톰은 예술가인 양 자세히 이제 방금 끝마친 곳을 살폈다. 그리고는 다시 한 번 가볍게 그 위를 칠해 보고 먼젓번처럼 그것이 어떤가를 유심히 살펴보았다. 톰의 입은 사과 때문에 침으로 가득했지만 그의 일에 집착하고 있었다. 벤이 말했다.

"안녕, 일해야 하는구나."

톰은 갑자기 돌아서서 말했다.

"응, 너구나 벤! 몰랐어."

"수영하러 간다. 너도 가고 싶지? 하지만 넌 일해야 하는 구나, 그렇지?"

톰은 그 소년을 잠시 뚫어지게 쳐다보고는 말했다.

"무엇을 일이라고 하는 거야?"

"뭐, 너 지금 일하는 것 아니니?"

톰은 다시 페인트칠을 하면서 무관심한 듯 대답했다.

"글쎄, 아마 그럴 수도 있고, 아닐 수도 있지. 내가 아는 것이라고는 이 일이 톰소여에게 어울린다는 거야."

"아, 그래, 설마 이런 일이 좋다고 말하는 것은 아니겠지?"

솔이 계속해서 움직였다.

"좋아하느냐고? 글쎄, 그럼 좋아하지 말라는 이유는 또 어딨

곤궁: 어렵고 궁함

a boy get a chance to whitewash a fence every day?"

Ben stopped nibbling his apple. Tom swept his brush daintily back and forth-stepped back to note the effect-added a touch here and there-criticised the effect again. Ben was watching every move and getting more and more interested, more and more absorbed. Presently he said:

"Tom let me whitewash a little."

Tom considered, was about to consent; but he altered his mind:

"No, I think it wouldn't hardly do, Ben. You see, Aunt Polly's awful particular about this fence- right here on the street, but if it was the back fence I wouldn't mind and she wouldn't. Yes, she's awfully particular about this fence; I think there isn't one boy in a thousand."

"Oh come, now-let me just try. Only just a little, Tom."

"Ben, I'd like to; but Aunt Polly well, Jim wanted to do it, but she wouldn't let him; Sid wanted to do it, and she wouldn't let Sid. Now don't you see how I'm fixed?"

"Oh, I'll be just as careful. Now let me try. I'll give you the core of my apple."

"Well, here-No, Ben, now don't. I'm afeared-"

"I'll give you all of it!"

Tom gave up the brush with reluctance in his face, but

---

get a chance : 기회를 얻다 consent: 동의하다 alter: 바꾸다 with reluctance: 마지못해서

어? 애들이 담장에 페인트 칠을 할 기회가 늘 있는 줄 아니?"

벤은 사과 씹는 것을 멈췄다. 톰은 우아하게 앞뒤로 붓을 놀리며 여기 저기 붓칠을 하더니 다시 한 번 그 결과를 음미했다. 벤은 그 모든 동작을 살펴보고는 흥미를 느끼고 점점 더 빠져들었다. 마침내 그는 말했다.

"톰, 조금만 칠해 보자."

톰은 생각해 보다 거의 동의할 뻔했다. 하지만 생각을 바꿨다.

"아니, 안될 것 같은데, 벤. 너도 알다시피 폴리 아주머니는 이 담장에 매우 관심이 많으시거든. 바로 거리에 붙어 있는 바깥쪽 담이잖아. 이것이 뒷 담장만 같았어도 나나 폴리 아줌마는 그다지 신경을 안쓸거야. 맞아, 아주머니는 정말로 이 담에 대해 각별하시지. 천 명의 아이 중 한 명이나 이 일에 어울릴걸.

"제발, 한 번만 해보자. 정말로 조금만, 톰."

"벤, 나도 그렇게 하고 싶어. 하지만 짐도 이 일을 하고 싶어 했지만 아주머니가 못하게 했고, 시드도 원했지만 아주머니는 허락하지 않으셨지. 내가 이 일에 매달려 있는 게 보이지 않니?"

"아, 정말로 조심할게. 한 번만 해보자. 사과의 가장 맛있는 부분을 줄게."

"글쎄, 안돼, 벤, 정말 안돼, 이러다가는—"

"사과 모두 줄게!"

톰은 겉으로는 마지못한 듯했지만 내심으로는 재빨리 솔을

alacrity in his heart. And while the late steamer Big Missouri worked and sweated in the sun, the retired artist sat on a barrel in the shade close by, dangled his legs, munched his apple, and planned the slaughter of more innocents. There was no lack of material; boys happened along every little while. By the time Ben was tired, Tom had traded the next chance to Billy Fisher for a kite; and when he played out, Johnny Miller bought in for a dead rat and a string to swing it with and so on, and so on, hour after hour. And when the middle of the afternoon came, from being a poor, poverty-stricken boy in the morning, Tom was literally rolling in wealth. He had besides the things before mentioned, twelve marbles, a piece of blue bottle glass to look through, a key that wouldn't unlock anything, a fragment of chalk, a tin soldier, six firecrackers, a kitten with only one eye, a brass doorknob, the handle of a knife, and four pieces of orange peel. He had had a nice, good, idle time all the while and the fence had three coats of whitewash on it! If he hadn't run out of whitewash, he would have bankrupted every boy in the village.

Tom said to himself that it was not such a hollow world after all. He had discovered a great law of human action,

---

alacrity: 선뜻 dangle: 건들거리다 slaughter: 희생자들 poverty-stricken: 가난에 찌든 literally: 글자 그대로, 사실상 fragment: 파편 조각 chalk: 분필 firecracker: 폭죽 run out of~: ~이 다 떨어진, 더 이상 없는 bankrupt: 파산한, 파산자 hollow: 공허한, 텅빈

내려놓았다. 조금 전까지 건재했던 기선 빅 미주리호가 뙤약볕 아래 땀을 흘리면서 열심히 칠하고 있는 동안 붓을 놓은 화가 는 근처의 나무 그늘 아래에 놓여 있는 빈 통 위에 앉아서 다 리를 건들거리며 사과를 먹었다. 그러면서 다음에 올 죄없는 희생자들에 대한 계략을 짜고 있었다. 그들의 수는 충분했다. 아이들은 자주 모습을 드러냈다. 벤이 지칠 때쯤, 톰은 다음 기 회를 빌리 피셔의 연과 바꾸었고, 그가 지쳤을 때 쟈니 밀러가 죽은 쥐를 가져와 붓을 돌릴 수 있었고 그런 식으로 시간이 지 나도록 계속됐다. 오후의 중간쯤에 이르러 불쌍하고 가난에 찌 들었던 아이 톰은 문자 그대로 재산을 굴리고 있었다. 그는 앞 서 말한 재산 외에도 공기돌 12개, 눈에 대고 볼 수 있는 파란 병 조각, 아무것도 열 수 없는 열쇠, 분필 조각, 양철 병정, 폭 죽 여섯 개, 애꾸눈 새끼 고양이, 청동 문고리, 칼 손잡이, 오렌 지 껍질 네 조각을 얻게 되었다. 더우기 그는 기분 좋고 멋진 휴식 시간을 즐겼으며 담장은 세 번이나 덧칠이 입혀졌다. 만 약 페인트만 동이 나지 않았어도 마을의 모든 소년들이 몽땅 빈털터리가 되었을 것이다.

톰은 자신에게 세상은 그리 공허한 것만은 아니라고 말했다. 이 일로 인해서 톰은 인간의 행동에 대한 큰 법칙을 발견하게 되었다. 즉, 어른이나 어린이가 욕망을 갖게 하려면 그 욕망이 쉽게 이루어질 수 없는 것으로 만드는 것이 필요한 것이다. 그

건재: 아무 탈 없이 잘 있음

that in order to make a man or a boy covet a thing, it is only necessary to make the thing difficult to attain. And this would help him to understand why constructing artificial flowers or performing on a treadmill is work, while rolling tenpins or climbing Mont Blanc is only amusement. There are wealthy gentlemen in England who drive four-horse passenger coaches twenty or thirty miles on a daily line, in the summer, because the privilege costs them considerable money; but if they were offered wages for the service, that would turn it into work and then they would resign.

The boy mused a moment over the substantial change which had taken place in his worldly circumstances, and then went toward headquarters to report.

CHAPTER 3
Busy at War and Love

TOM PRESENTED himself before Aunt Polly, who was sitting by an open window in a pleasant apartment, which was bedroom, breakfast room, dining room, and

---

treadmill : 디딤수레 privilege : 특권,권리 turn A into B : A를 B로 바꾸다
resign : 그만두다 substantial : 실체의,내용이 있는,상당한 headquarter : 본부,
본부를 두다

리고 이러한 생각은 왜 조화를 만들거나 디딤수레를 디딛는 것은 노동인 반면, 보울링이나 몽블랑을 오르는 것은 오락인지를 알게 되는데 도움이 될 것이다. 영국에는 여름 내내 매일같이 20마일 또는 30마일이나 되는 도로에서 사두 마차를 모는 부자들이 있는데, 그들은 이 특권에 대해 상당한 돈을 지불하고 있기 때문에 이 놀이가 즐거운 것이다. 그러나 만약 이러한 일에 보수를 받게 된다면 그들은 이것을 노동으로 여기고 그 일을 하지 않을 것이다.

 톰은 오늘 자신에게 일어난 굉장한 변화에 대해 잠시 곰곰이 생각해 보고 나서 칠이 다 되었음을 알리러 집으로 향해 발걸음을 재촉했다.

제 3 장
전쟁놀이와 사랑을 하느라 바쁘다.

 톰은 폴리 아주머니 앞에 나타났다. 아주머니는 침실, 식사방, 식당 및 서재로 쓰이는 쾌적한 방의 열려진 창가에 앉아 있었다. 향기로운 여름의 대기와 고요함, 꽃의 향기, 벌들의 붕붕거리는 소리는 그들 나름의 영향을 미쳐, 아주머니는 뜨개질

library combined. The balmy summer air, the restful quiet, the odor of the flowers, and the murmur of the bees had had their effect, and she was nodding over her knitting-for she had no company but the cat, and it was asleep in her lap. She had thought that of course Tom had deserted long ago, and she wondered at seeing him. He said: "May I go and play now, aunt?"

"What, already? How much have you done?"

"It's all done, aunt."

"Tom, don't lie to me—I can't bear it."

"I am not, aunt, it is all done."

Aunt Polly placed small trust in such evidence. She went out to see for herself; and she would have been content to find twenty per cent of Tom's statement true. When she found the entire fence whitewashed, and not only whitewashed but elaborately coated and recoated, her astonishment was almost unspeakable. She said:

"Well, I never! You can work when you're a mind to, Tom. And then she diluted the compliment by adding, "But it's powerful seldom you're a mind to, I'm bound to say. Well, go and play; but mind you get back sometime in a week, or I'll tan you."

She was so overcome by the splendor of his achieve-

---

balmy : 향기로운 odor : 냄새, 기미 content: 속알맹이 elaborately: 애써만들다, 정교한 astonishment: 놀람 dilut: 낮추다 compliment:경의, 인사말 tan: 햇볕에 태우다, 때리다 splendor: 빛남, 훌륭함

감을 들고 졸고 있었다. 고양이 외에는 말 상대할 만한 것이라 곤 없었고 그것마저 무릎 위에서 잠이 들어 있었다. 그녀는 톰이 오래 전에 도망갔을 것이라고 생각했는데 톰을 보자 궁금했다. 톰이 말했다.

"나가 놀아도 될까요, 아주머니?"

"뭐라고, 벌써? 일은 얼마나 했니?"

"다했어요, 아주머니"

"톰, 거짓말하지 마라. 그것만은 참을 수 없다."

"거짓말 아니예요, 아주머니, 다했어요."

폴리 아주머니는 그런 주장을 조금은 믿게 됐다. 그녀는 직접 보기 위해 나갔다. 그리고 그녀는 아마 20퍼센트만 돼 있더라도 톰의 말을 믿었을 것이다. 모든 담장이 칠해져 있고 거기다 세심하게 덧칠에 덧칠이 돼 있는 것을 보고 그녀는 말을 잃을 정도로 놀랐다. 그녀는 말했다.

"정말, 못할 줄 알았는데! 마음만 먹으면 너도 할 수 있구나, 톰." 그리고 그녀는 다음과 같은 말로 칭찬의 도를 낮추었다.

"하지만 그렇게 마음을 좀처럼 먹지 않는 게 문제지, 이런 말을 하지 않을 수 없구나. 자, 가서 놀아라. 하지만 일주일 안에 집에 돌아오는 것을 잊지 말아라, 그렇지 않으면 혼내 주겠어."

아주머니는 그가 훌륭하게 일을 해냈다는 사실에 아주 감격

ment that she took him into the closet and selected a choice apple and delivered it to him. And while she closed with a happy Scriptural flourish, he 'hooked' a doughnut

Then he skipped out, and saw Sid just starting up the outside stairway that led to the back rooms on the second floor. Clods were handy and the air was full of them in a twinkling. They raged around Sid like a hailstorm; and six or seven clods had taken personal effect, and Tom was over the fence and gone. There was a gate, but as a general thing he was too crowded for time to make use of it.

Tom skirted the block, and came round into a muddy alley. He presently got safely beyond the reach of capture and punishment, and hastened toward the public square of the village, where two 'military' companies of boys had met for conflict, according to previous appointment. Tom was general of one of these armies, Joe Harper (a bosom friend) general of the other. These two great commanders did not condescend to fight in person but sat together on an eminence and conducted the field operations by orders. Tom's army won a great victory, after a long and hard-fought battle. Then the dead were counted, prisoners exchanged, the terms of the next disagreement agreed upon, and the day for the necessary battle appointed; after

---

flourish: 번창하다, 채찍을 휘두르다 skip: 뛰어다니다, 줄넘기하다, 생략하다 hailstorm: 우박을 동반한 폭풍 conflict: 투쟁, 전투, 충돌 condescend: 자기를 낮추다, 창피를 무릅쓰다 eminence: 고위, 탁월, 저명, 높은 곳 conduct: 행위, 지도, 경영

했기 때문에 그를 찬장으로 데리고 가서 질이 좋은 사과 하나를 골라 건네주었다. 그리고 그녀가 성경에 쓰인 말을 인용하여 훈화를 끝마치는 동안 톰은 도넛 한 개를 재빨리 훔쳤다.

그리고 나서 톰은 뛰어 나갔다. 그때 시드가 뒷방으로 통하는 바깥 계단을 올라가고 있는 것이 눈에 띄었다. 진흙은 얼마든지 있어서 공중은 반짝거리는 진흙들로 가득했다. 진흙은 우박처럼 시드 위로 떨어졌다. 예닐곱 개의 진흙이 영향력을 발휘했고 톰은 담장을 넘어 도망갔다. 문이 있긴 했지만 보통 그는 문을 사용하기에는 너무 바빴다.

톰은 모퉁이를 돌아 흙탕길로 도망쳐 나왔다. 그는 잡혀서 벌받을 염려도 없는 안전한 곳까지 왔고, 먼젓번 약속한 대로 두 무리의 소년들이 패를 갈라 전쟁놀이를 하기로 되어 있는 마을의 공터로 발길을 재촉했다.

톰이 한패의 대장이고 (톰의 친한 친구인) 죠 하퍼가 다른 패의 대장이 되었다. 이 양쪽 진영의 대장들은 직접 전투에 참가하지 않고 모두 조그마한 언덕 위에 진을 치고 명령을 통해 작전을 지시했다. 톰의 군대가 드디어 오래고 치열한 전투 끝에 커다란 승리를 거두었다. 그 다음 전사자의 수를 세고, 포로를 교환하고, 다음 번의 조약 불이행시의 조건에 합의하고는 그에 따르는 전투 일정을 정한 후 양쪽 군사가 대열을 지어 그

which the armies fell into line and marched away, and Tom turned homeward alone.

As he was passing by the house where Jeff Thatcher lived, he saw a new girl in the garden with yellow hair plaited into two long tails. The hero fell without firing a shot. A certain Amy Lawrence vanished out of his heart and left not even a memory of herself behind. He had been months winning her; she had confessed hardly a week ago; he had been the happiest and the proudest boy in the world only seven short days, and here in one instant of time she had gone out of his heart like a casual stranger whose visit is done.

He worshiped this new angel; then he pretended he did not know she was present, and began to 'show off' in all sorts of absurd boyish ways, in order to win her admiration. He kept up this grotesque foolishness for some time; but by and by, while he was in the midst of some dangerous gymnastic performances, he saw that the little girl was on her way toward the house. Tom came up to the fence and leaned on it, grieving.

She stopped a moment on the steps and then moved toward the door. But she tossed a pansy over the fence a moment before she disappeared.

---

plait: 땋아 늘인 머리 confess: 자백하다, 고백하다 casual: 우연의, 무심결의 show off: 잘난 체하다 grotesque: 괴상한, 우스꽝스러운 gymnastic: 곡예의 grieving: 슬프게 하다, 슬퍼하다 pansy: 팬지꽃

곳을 떠났고 톰은 혼자 집으로 향했다.

　제프 대처가 살고 있는 집앞을 지나가던 중에 톰은 그 집의 정원에서 금발의 머리를 두 갈래로 길게 땋은 한 낯선 소녀를 발견했다. 영웅은 총알 한 발 쏠 필요 없이 쓰러지고 말았다. 에이미 로렌스는 그의 마음속에서 사라지고 심지어 그녀에 대한 기억은 조금도 남지 않았다. 톰은 그녀의 관심을 얻기 위해 수개월을 보냈으나 그녀는 겨우 1주일 전에야 고백을 했다. 그는 단지 짧은 7일 동안에만 가장 행복하고 자랑스러운 소년이 었던 것이다. 그러나 볼일을 보고 떠난 낯선 손님처럼 일순간 그녀는 그의 마음 속에서 사라져 버렸다.

　그는 이 새로운 천사를 경배하게 되었으나, 그녀의 존재를 무시하는 척하고서 그녀의 감탄을 얻기 위해 소년들이 할 수 있는 온갖 이상야릇한 짓을 해 보였다. 그는 얼마간 이 어릿광 대 노릇을 계속했다. 위험한 재주넘기를 계속하고 있는 동안에 톰은 그녀가 조금씩 집쪽으로 걸음을 돌리고 있다는 사실을 알 게 되었다. 톰은 울타리로 다가가 거기에 기대서는 슬퍼하고 있었다.

　그녀는 잠시 계단에서 멈추는 듯 하더니 다시 문쪽으로 발을 옮겼다. 하지만 사라지기 바로 전에 담장 너머로 팬지꽃을 던 졌다.

경배: 삼가 존경함, 숭배
어릿광대: 광대가 나오기 전에 판의 흥을 돋우는 사람

The boy ran around and stopped within a foot or two of the flower. Presently he picked up a straw and began trying to balance it on his nose, with his head tilted far back; and as he moved from side to side, he edged nearer and nearer toward the pansy; finally his bare foot rested upon it, and he hopped away with the treasure and disappeared round the corner.

He returned, now, and hung about the fence till nightfall, 'showing off,' as before- but the girl never exhibited herself again, though Tom comforted himself a little with the hope that she had been near some window, meantime, and been aware of his attentions. Finally he rode home reluctantly, with his poor head full of visions.

All through supper his spirits were so high that his aunt wondered "what had got into the child." He took a good scolding about clodding Sid, and did not seem to mind it in the least. He tried to steal sugar under his aunt's very nose, and got his knuckles rapped for it. He said:

"Aunt, you don't whack Sid when he takes it."

"Well, Sid don't torment a body the way you do.

Presently she stepped into the kitchen, and Sid, happy in his immunity, reached for the sugar bowl.

But Sid's fingers slipped and the bowl dropped and

---

knuckle 주먹으로 치다, 손가락을 손에 대다 rap: 톡톡 때리다, 수다
immunity: 면죄, 면역 slip: 미끄러지다, 벗겨지다

　톰은 그 꽃 주위를 껑충껑충 뛰며 돌다가 꽃에서 한두 피트 떨어진 지점에서 멈춰 섰다. 잠시 후 그는 지푸라기 하나를 집어들어 머리를 잔뜩 뒤로 젖힌 다음 코 위에다 그것을 놓고 떨어지지 않도록 균형을 맞추기 위해 노력했다. 그리고 조금씩 옆으로 움직이며 팬지꽃에 다가갔다. 마침내 그의 맨발을 갖다 대어 보물을 가지고 뛰면서 길 모퉁이로 사라져 버렸다. 그리고선 다시 그 울타리로 돌아와 아까처럼 그 괴상한 짓을 반복하면서 어두워질 때까지 울타리 주위를 서성거렸다. 그러나 소녀는 결코 다시 모습을 나타내지 않았다. 그러나 어느 창문 근처에 서서 자기가 이렇게 관심을 나타내는 것을 알고 있을지도 모른다는 희망으로 얼마간 톰의 마음이 위로되는 것 같았다. 드디어 톰은 여러 가지 공상으로 머릿속이 가득차서 발길을 돌리기 싫었지만 억지로 집을 향했다.

　저녁 식사 내내 폴리 아줌마가 "이 앤 지금 무슨 생각을 하고 있지?" 하고 의아해 할 정도로 톰은 마음이 들떠 있었다. 그는 시드에게 진흙 세례를 퍼부은 것에 대해 심한 꾸중을 들었는데도 전혀 개의치 않는 것 같았다. 그는 아줌마 앞에서 설탕을 훔치려다 심하게 야단을 맞았다. 그는 말했다.

　"아주머니, 시드가 그럴 때는 혼내시지 않잖아요."

　"그래, 시드는 너처럼 사람을 괴롭히지 않는다."

　잠시 후 아주머니는 부엌으로 가 버렸다. 시드는 그의 면책 특권에 대해 기뻐하며 마음놓고 설탕 통에 손을 뻗쳤다.

면책: 책임을 지지 않음

broke. Tom was in ecstasies. He said to himself that he would not speak a word, even when his aunt came in, but would sit perfectly still till she asked who did the mischief ; and then he would tell. He was so brimful of exultation that he could hardly hold himself when the old lady came back and stood above the wreck discharging lightnings of wrath from over her spectacles. He said to himself, "Now it's coming!" And the next instant he was sprawling on the floor! The potent palm was uplifted to strike again when Tom cried out:

"Sid broke it!"

Aunt Polly paused, perplexed, and Tom looked for healing pity. But when she got her tongue again, she only said:

"Well, you didn't get a lick amiss, I think. You have been into some other mischief when I wasn't around, like enough."

Then her conscience reproached her, and she tried to say something kind and loving; but she judged that this would be construed into a confession that she had been in the wrong. So she kept silence, and went about her affairs with a troubled heart. Tom that in her heart his aunt was on her knees to him. He would hang out no signals, he would take notice of none. He knew that a yearning

---

ecstasy: 무아경,환희 mischief: 해악,장난 brimful: 넘치도록,가득한
exultation: 환희,열광 uplift: 들어올리다, 외치다 amiss: 이유 mischief: 장난
reproach: 비난하다, 질책하다 construe: ~을 설명하다 confession : 자백, 고백

하지만 시드의 손가락이 미끄러지면서 설탕 통이 떨어져 깨져 버렸다. 톰은 너무 기뻤다. 그는 아주머니가 돌아와 누가 이런 짓을 했느냐고 물을 때까지 한 마디도 말하지 않고 입을 꼭 다물고 가만히 있으리라고 다짐했다. 아줌마가 돌아와 깨어진 조각들을 내려다보며 안경 너머로 번갯불 같은 분노의 불똥을 튀겼을 때 톰은 너무 기뻐서 가만히 앉아 있지 못할 지경이 되었다. "드디어 올 것이 왔구나!" 그러나 다음 순간 그는 마루 바닥에 납작하게 뻗어 버렸다! 굳센 손이 또 다시 내려치려고 공중에 떴을 때 톰이 부르짖었다.

"시드가 깨뜨렸는데요!"

폴리 아줌마는 어찌할 바를 몰라 내리치려던 손을 멈추었다. 톰이 위로의 말을 기다리며 위를 쳐다보았다. 그러나 겨우 말을 되찾은 아줌마는 이렇게 말할 뿐이었다.

"음, 하지만 이유 없이 맞은 것은 아니야. 내가 없는 동안에 넌 다른 못된 장난을 했을 거야. 틀림없다고."

이렇게 말하고 나서 아줌마는 양심의 가책을 느꼈다. 그녀는 뭐라고 상냥한 말을 해주고 싶었다. 그러나 그러한 말을 꺼냈다가는 자기의 과실을 인정하는 것이 되어 교육상 좋지 않다고 판단했다. 그래서 마음에 걸렸지만 입을 꾹 다물고는 하던 일을 계속했다. 톰은 아줌마가 내심으로는 그에게 무릎을 꿇었다는 것을 알고 있었다. 그는 그것을 전혀 내색하지도 않고 아줌

glance fell upon him, now and then, through a film of tears, but he refused recognition of it. He pictured himself lying sick unto death and his aunt bending over him beseeching one little forgiving word, but he would turn his face to the wall and die with that word unsaid.

Ah, how would she feel then? He so worked upon his feelings with the pathos of these dreams that he had to keep swallowing, he was so like to choke; and his eyes swam in a blur of water, which overflowed when he winked, and ran down and trickled from the end of his nose. And such a luxury to him was this petting of his sorrows that he could not bear to have any worldly cheeriness or any grating delight intrude upon it; it was too sacred for such contact; and so, presently, when his cousin Mary danced in, all alive with the joy of seeing home again after an long visit of one week to the country, he got up and moved in clouds and darkness out at one door as she brought song and sunshine in at the other.

He wandered far from the accustomed haunts of boys, and sought desolate places. A log raft in the river invited him, and he seated himself on its outer edge and contemplated the stream, wishing, that he could only be drowned, all at once and unconsciously, without undergoing the

pathos: 연민의 정 blur: 흐림, 더러움 trickle: 뚝뚝 떨어지다, 드문드문 오다 luxury: 사치, 유쾌 wander: 돌아다니다, 두리번 거리다 haunt: 자주가다, 출몰하다 desolate: 황량한, 쓸쓸한, 내버려진

마의 어떤 낌새도 모른 척하고 싶었다. 그는 아줌마가 가끔 눈
물 어린 눈을 이쪽으로 돌리고는 호소하듯 자기 얼굴을 바라다
보고 있다는 사실을 뻔히 알고 있으면서도 짐짓 모르는 척했
다. 그는 자기가 중병에 걸려 죽어 가는 모습을 상상해 보았다.
아줌마가 그의 위로 허리를 구부리고 한마디라도 좋으니 용서
한다는 말을 해 달라고 애원한다. 하지만 그는 그의 얼굴을 벽
쪽으로 돌리고 아무말도 하지 않고 죽는다.

   그럼 아줌마는 어떻게 느끼실까? 이러한 상상이 자아내는 비
애의 감정에 몰두하고 있으려니 자꾸만 침을 삼키게 되어 목이
메이고 눈시울이 뜨거워졌다. 그리하여 눈을 깜박거리게 되자
눈에서 눈물이 넘쳐 흘러내려 코끝에서 뚝뚝 떨어졌다. 이와
같은 슬픔에 젖어 있다는 사실이 톰에게는 사치였으므로 그것
을 방해하는 들뜬 생각과 소란스러운 속세의 쾌락 같은 것은
전혀 생각조차 할 수 없었다. 그리고 일주일 동안 시골에 가
있던 사촌 누나 메리가 기쁨에 넘쳐서 춤을 추며 돌아왔을 때,
그는 일어나서 그녀가 노래를 부르며 햇빛이 들어오는 밝은 문
을 통해 들어온 것에 반하여 그는 다른 쪽 문을 통해 어둠과
구름 속으로 나가 버렸다. 톰은 아이들과 놀던 곳에서 떨어져
훨씬 멀리까지 정처 없이 쏘다니다가 황량한 곳을 찾아내었다.
강에 떠 있는 뗏목이 그를 부르고 있었으므로 그 한쪽 끝에 자
리를 잡고 앉아서 넓디넓은 강을 바라보며 잠시 강물에 빠져

uncomfortable routine devised by nature. Then he thought
of his flower. He got it out, rumpled and wilted. He won-
dered if she would pity him if she knew? Would she cry,
and wish that she had a right to put her arms around his
neck and comfort him? This picture brought such an
agony of pleasurable suffering that he worked it over and
over again in his mind. At last he rose up sighing and
departed in the darkness.

About half past nine or ten o'clock he came along the
deserted street to where the Adored Unknown lived; he
paused a moment; no sound fell upon his ear; Was the
sacred presence there? He climbed the fence, till he stood
under that window; he looked up at it long, then he laid
him down on the ground, disposing himself upon his
back, with his hands clasped upon his breast. And thus he
would die-out in the cold world, with no shelter over his
homeless head, no loving face to bend pityingly over him
when the great agony came. And thus she would see him
when she looked out upon the glad morning, and oh!
would she drop one little tear upon his poor, lifeless form?
The window went up, a maidservant's discordant voice
profaned the holy calm.

Not long after, as Tom, all undressed for bed, was sur-

---

depart: 출발하다, 벗어나다 sacred: 신성한, 종교적인 clasp: 걸쇠, 악수, 꼭 쥐
다 agony: 심한 고통, 죽음의 고통 discordant: 조화하지 않는 profane: 신성
을 더럽히는, 세속적인

무의식 속에서 금방 죽을 수 있다면 얼마나 좋을까 하고 생각
했다. 그때 얼핏 팬지꽃이 머리에 떠올랐다. 꺼내어 보았더니
시들어 엉망이 되어 있었다. 만약 그녀가 안다면 나를 측은하
게 여겨 줄지 궁금했다. 울어 줄까? 그리고 그녀가 그의 목에
다 그녀의 팔을 두르고 위로해 줄 수만 있다면 얼마나 좋을까?
이러한 공상은 슬프기도 하고 또 동시에 즐겁기도 하여 머릿속
에서 생각을 반복해 보았다. 마침내 그는 자리에서 일어나 한
숨을 내쉬고 어둠 속으로 떠나갔다.

아홉 시 반인가 열시쯤 톰은 인적이 없는 한적한 길을 따라
아직 이름도 모르는 경모하는 소녀의 집 앞까지 왔다. 잠시 멈
추었지만 아무 소리도 들리지 않았다. 그 성스러운 소녀는 지
금 저기 있을까? 톰은 창문에 도달할 때까지 담장을 타고 올랐
다. 그는 창문을 올려다보았다. 그리고는 손을 꼭 쥐어 가슴에
모으고 땅바닥에 등을 댄 채 누웠다. 그리고 그는 그렇게 죽고
싶었다. 냉혹한 세계에서 쫓겨나 지붕도 없는 곳에서 최후의
고통이 다가올 때 애처롭게 지켜보아 줄 사랑하는 사람 없이
죽어 간다. 그리고 다음날 아침 그녀가 찬란한 햇빛을 맞으러
창 밖으로 내다보다 그를 발견하게 된다. 아! 그녀가 이 불쌍
하고 생명 없는 몸 위에 한 방울의 눈물을 흘려줄까? 창문이
열렸다. 하인의 째질 듯한 목소리가 거룩한 정적을 깨트렸다.

그리고 얼마 후 톰은 잠잘 준비를 하느라고 옷을 모두 벗고

경모:우러러 사모함

veying his drenched garments by the light of a tallow dip, Sid woke up;but if he had any dim idea of making any 'references to allusions,' he thought better of it and held his peace, for there was danger in Tom's eye.

Tom turned in without the added vexation of prayers, and Sid made mental note of the omission.

CHAPTER 4
Showing off in Sunday School

THE SUN rose upon a tranquil world, and beamed down upon the peaceful village like a benediction. Breakfast over, Aunt Polly had family worship: it began with a prayer built from the ground up of solid courses of Scriptural quotations, welded together with a thin mortar of originality; and from the summit of this she delivered the grim chapter of the Mosaic Law, as from Sinai.

Then Tom girded up his loins, so to speak, and went to work to 'get his verses' Sid had learned his lesson days before. He chose part of the Sermon on the Mount, because he could find no verses that were shorter. Mary

---

drench: 호우, 흠뻑 젖다 garment:의복, 외피 tallow: 짐승 기름, 수지 양초
references to allusions: 비아냥거리는 말 vexation: 짜증스러운 일 omission:
생략,태만,등안 tranquil: 고요한, 평온한 beam: ~을 비추다, 빛을 내다
benediction: 축복, 축복의 기도 quotation: 인용 weld: 붙이다, 접합하다

수지 양초의 불을 밝히고 흠뻑 젖은 옷을 조사했다. 그때 시드가 눈을 떴다. 그는 비아냥거리는 말을 해볼까 하는 생각이 있었다 하더라도 다행히 생각만으로 그치고 아무말도 하지 않았다. 톰의 눈에 심상치 않은 빛이 어려 있었기 때문이다.

톰은 기도와 같은 부수적인 짜증스러운 일을 생략하고 바로 자리로 들었다. 그리고 시드는 그가 기도를 안 드렸다는 사실을 마음 속에 간직해 두었다.

제 4 장
주일학교에서의 우쭐대기

태양이 고요한 세상 위로 떠올라, 평화스런 마을을 축복했다. 아침 식사 후 폴리 이모는 늘 해 오던 기도를 드리기 시작했다. 우선 성경에 있는 구절을 토대로 거기에 살을 붙여 기도를 올린 다음 모세의 십계명을 시나이 산에서 전하듯 진지하게 읽어 갔다.

톰은 마음의 준비를 하고 성경을 암송했다. 시드는 이미 며칠 전에 다 외운 것이었다. 톰이 고른 것은 '산상수훈'의 구절이었다. 왜냐하면 그보다 더 짧은 구절을 찾지 못했기 때문이었다. 메리가 톰의 책을 빼앗고는 외워 보라고 했다. 톰은 막막했

산상수훈:예수가 갈릴리 호숫가의 산 위에서 기독교인으로서의 덕에 관하여 행한 설교, 마태복음 5~7장에 있음

took his book to hear him recite, and he tried to find his way through the fog:

"Blessed are the - a - a - "

"Poor - "

"Yes - poor; blessed are the poor - a - a - "

"In spirit - "

"In spirit;blessed are the poor in spirit,for they - they -"

"Theirs - "

"For theirs. Blessed are the poor in spirit, for theirs is the kingdom of heaven. Blessed are they that mourn, for they - they - "

"Sh - "

"For they - a-"

"S, H, A - "

"For they S, H - oh, I don't know what it is!"

"Shall!"

"Oh, shall for they shall - for they shall - a - a - shall mourn - a - a - blessed are they that shall - they that - a - they that shall mourn, for they shall - a - shall what? Why don't you tell me, Mary? -what do you want to be so mean for?"

"Oh, Tom, you poor thickheaded thing, I'm not teasing you. I wouldn't do that. you must go and learn it again.

---

verse: 운문, 시가 recite: 암송하다, 이야기하다 mourn: 슬퍼하다, 한탄하다, 애도하다 thickheaded: 우둔한, 바보의

지만 더듬더듬 암송하기 시작했다.

"마음이… 그러니까, 그게… "

"가난한 자는… "

"그래, 가난한 자는… 마음이 가난한 자는… 에, 그러니까…"

"복이 있나니… "

"복이 있나니, 마음이 가난한 자는 복이 있나니. 천국이… "

"천국이… "

"저희 것이요… "

"저희의 것이요. 마음이 가난한 자는 복이 있나니, 천국이 저희의 것이요, 애통한 자는 복이 있나니 저희가… "

"위로… "

"저희가 위로를… 아… "

"위로를… "

"맞아! 저희가 위로를 받을 것이요,… 에, 가만있자…. 그 다음이 뭐지? 메리, 왜 안 가르쳐 주는 거야? 이렇게 쩨쩨하게 굴 거야?"

"톰 너 정말 머리가 나쁘구나. 널 괴롭히려고 그러는 게 아냐, 아니라고, 더 공부를 해야겠다. 낙심하지 말고 다시 해봐. 다 외우면 좋은걸 줄게, 자, 착하지."

Don't you be discouraged, Tom, you'll manage it— and if you do, I' ll give you something ever so nice. There, now, that's a good boy."

"All right! What is it, Mary? Tell me what it is."

"Never you mind, Tom. You know if I say it's nice, it is nice."

"You bet you that's so, Mary. All right, I' ll tackle it again."

And he did 'tackle it again' — and under the double pressure of curiosity and prospective gain, he did it with such spirit that he accomplished a shining success. Mary gave him a brand-new 'barlow' knife worth twelve and a half cents; and the convulsion of delight that swept his system shook him to his foundations. True, the knife would not cut anything, but it was a 'sure-enough' barlow, and there was inconceivable grandeur in that. Tom contrived to scarify the cupboard with it, and was arranging to begin on the bureau, when he was called off to dress for Sunday school.

Mary gave him a tin basin of water and a piece of soap, and he went outside the door and set the basin on a little bench there; then he dipped the soap in the water and laid it down; turned up his sleeves; poured out the water on the

---

brand-new: 갓 만들어진, 신품의 convulsion: 발작, 격동 inconceivable: 상상도 할 수 없이 grandeur: 웅대, 장관, 위대 contrive: 연구해 내다,고안하다 bureau: 국.부.처 dip:담그다, 젖다, 퍼내다

"좋아! 그게 뭔데? 메리 어서 말해 봐."

"걱정마, 톰. 내가 좋은 거라고 했으면 좋은 거야."

"정말이지, 좋아 다시 할게."

그리하여 톰은 다시 시도했다. 그 좋은 것에 대한 기대가 힘이 되어서 이번엔 놀라운 성적을 거둘 수 있었다. 메리는 12.5센트 짜리 신품 '발로우' 칼을 톰에게 주었다. 톰은 너무 기뻐 온몸이 떨릴 지경이었다. 실상 아무것도 자를 순 없지만, 그래도 진짜 '발로우'였으며 거기에는 뭐라 말할 수 없는 위엄이 있었다. 톰이 그 칼로 선반을 난도질하려고 서랍을 여는데, 그때 주일학교에 가라고 재촉하는 소리가 들렸다.

메리가 물이 담긴 세숫대야와 비누를 가지고 왔다. 톰은 집 밖으로 나가 대야를 벤치 위에 놓은 다음 비누를 물에 적셔 옆에다 놓고 물을 땅바닥에 버린 뒤 부엌문 뒤에서 수건으로 열심히 얼굴을 닦았다. 그러나 메리에게 수건을 빼앗기고 말았다.

"넌 부끄럽지도 않니? 어쩌면 이럴 수가 있는 거야? 왜 물로 깨끗이 씻지 않는 거야?"

톰은 당황했다. 대야에 다시 물을 부은 다음 이번에는 잠시 그 아래를 내려다보다가 심호흡을 한번하고 씻기 시작했다. 두

난도질:칼로 마구 베는 짓

ground, gently, and then entered the kitchen and began to wipe his face diligently on the towel behind the door. But Mary removed the towel and said:

"Now ain't you ashamed, Tom! You mustn't be so bad. Water won't hurt you."

Tom was a trifle disconcerted. The basin was refilled, and this time he stood over it a little while, gathering resolution; took in a big breath and began. When he entered the kitchen presently, with both eyes shut and groping for the towel with his hands, an honorable testimony of suds and water was dripping from his face. But when he emerged from the towel, he was not yet satisfactory, for the clean territory stopped short at his chin and his jaws, like a mask. Mary took him in hand, and when she was done with him he was a man and a brother, without distinction of color, and his saturated hair was neatly brushed, and its short curls wrought into a dainty and symmetrical general effect. (He privately smoothed out the curls, with labor and difficulty, and plastered his hair close down to his head; for he held curls to be effeminate, and his own filled his life with bitterness.) Then Mary got out a suit of his clothing that had been used only on Sundays during two years-they were simply called his

---

trifle: 사소한 일, 소량, 장난치다. 소홀 refill: 다시 채우다 grope: 손으로 더듬다 testimony: 증거,진술서 suds: 비눗물 saturated: 스며 든, 포화상태가 된 neatly: 산뜻하게, 교묘하게 curl: 곱슬머리, 머리털을 가지다 dainty: 고상한, 맛, 좋은, ,까다로운 plaster: 석회 반죽 effeminate: 나약한

눈을 감고 수건으로 손을 닦으면서 부엌으로 들어왔을 때는 확실한 증거인 비누 거품과 세숫물이 얼굴에서 뚝뚝 떨어지고 있었다. 그러나 수건을 뗀 얼굴을 보니 아직도 충분치 않았다. 깨끗해진 부분은 턱 있는 데까지였는데 꼭 가면을 쓴 것 같았다.

메리가 다시 세수를 시키고 나니 그제서야 어디에 내놓아도 손색이 없을 정도의 얼굴이 되었고, 시커먼 구석도 없었다. 머리카락은 물을 발라 뒤로 넘기고, 곱슬머리도 멋지게 죄우로 펴서 가르마를 탔다. (톰은 애써서 곱슬머리를 똑바로 펴서 머리에 착 달라붙게 했다. 곱슬머리는 계집애처럼 보여 딱 질색이기 때문이었다.) 그런 다음 메리가 지난 2년 동안 주일에만 입어 온 외출복을―이 옷은 그저 '다른 옷'이라고 불렀는데, 이것으로 보아 톰의 옷장에 옷이 얼마나 있는지를 짐작하게 해준다.―꺼냈다. 톰이 옷을 걸치자 메리가 옆에서 매무새를 가다듬어 주었다. 메리가 그의 구두를 잊었으면 하고 바랐지만 그것 역시 헛된 꿈에 불과했다. 언제나처럼 빤짝빤짝 광이 나게 약칠까지 해서 가지고 온 것이다. 톰은 골이 났다. 왜 항상 하기 싫은 것만 골라서 시키냐고 비명을 질렀다. 그러자 메리가 달래는 투로 말했다.

"other clothes"— and so by that we know the size of his wardrobe. The girl "put him to rights" after he had dressed himself. He hoped that Mary would forget his shoes, but the hope was blighted; she coated them thoroughly with tallow, as was the custom, and brought them out. He lost his temper and said he was always being made to do everything he didn't want to do. But Mary said persuasively:

"Please, Tom—that's a good boy."

So he got into the shoes, snarl. Mary was soon ready, and the three children set out for Sunday school— a place that Tom hated with his whole heart; but Sid and Mary were fond of it.

Sabbath-school hours were from nine to half past ten; and then church service. At the door Tom dropped back a step and accosted a Sunday-dressed comrade:

"Say, Billy, got a yellow ticket?"

"Yes."

"What'll you take for her?"

"What'll you give?

"Piece of lickrish and a fishhook."

"Le's see 'em."

Tom exhibited. They were satisfactory, and the property

---

wardrobe: 옷장 persuasively: 설득력 있게 snarl: 심하게 잔소리하는, 심술궂은 뒤얽힌, 혼란한 Sabbath: 안식일 (Sabbath-school:주일학교) accost: ~에게 다가가서 말을 걸다, 부르다, 끌다 comrade: 친구, 전우

"제발! 톰, 그래야 착한 아이지."

톰은 툴툴대며 구두를 신었다. 잠시 후 메리도 서둘러 채비를 하고 셋은 주일학교를 향해 갔다. 톰에게는 지긋지긋하게 느껴질 정도로 가기 싫은 곳이지만, 시드와 메리에게는 마음에 드는 곳이었다.

주일학교는 아홉 시부터 열시 반까지였고, 그것이 끝나면 교회 예배가 시작되었다. 톰은 문간에서 한 발짝 뒤로 물러나서 나들이옷을 차려입은 친구에게 말을 꺼냈다.

"야, 빌리, 너 노란 딱지 있니?"

"그래"

"나랑 바꿀래?"

"어떤 건데?"

"감초 뿌리하고 낚시바늘."

"어디 봐."

톰이 자기 것을 보여 주었다. 두 소년은 각자 만족한 가운데 재산을 교환했다. 그 다음 톰은 하얀 공깃돌 두개로 빨간딱지 석장을, 또 보잘것 없는 물건 몇 개로 파란 딱지 두 장과 바꿨다. 10분내지 15분 동안 거기 서 있으면서 차례로 오는 소년들

changed hands. Then Tom traded a couple of white alleys for three red tickets, and some small trifle or other for a couple of blue ones. He waylaid other boys as they came, and went on buying tickets of various colors ten or fifteen minutes longer. He entered the church, now, with a swarm of clean and noisy boys and girls, proceeded to his seat. Each with a passage of Scripture on it; each blue ticket was pay for two verses of the recitation. Ten blue tickets equaled a red one, and could be exchanged for it; ten red tickets equaled a yellow one; for ten yellow tickets the superintendent gave a very plainly bound Bible (worth forty cents in those easy times) to the pupil. A boy of German parentage had won four or five. He once recited three thousand verses without stopping; but the strain upon his mental faculties was too great, and he was little better than an idiot from that day forth.

In due course the superintendent stood up in front of the pulpit, with a closed hymnbook in his hand and his fore-finger inserted between its leaves, and commanded atten-tion. When a Sunday-school superintendent makes his customary little speech, a hymnbook in the hand is as nec-essary as is the inevitable sheet of music in the hand of a singer who stands forward on the platform and sings a

---

waylaid: (waylay의 과거분사)숨어서 기다리다, 매복하다 recitation: 상설, 음송, 낭송 superintendent: 감독자, 관리자, 소장 faculty: 능력, 재능, 기능, 직원, 교수단 pulpit: 설교단, 설교자 humnbook: 찬송가 집 superintendent: 감독자, 관리자

을 기다려 여러 가지 딱지를 모았다. 말쑥하게 차려입고 왁자지껄거리는 아이들 무리에 섞여 톰은 교회 안으로 들어가서 자기 자리에 앉았다.

성서 두 절을 외우면 딱지 한 장을 받았다. 파란 딱지 열 장을 모으면 빨간 딱지 한 장과 교환할 수 있고 빨간 딱지 열 장은 노란 딱지 한 장과 교환할 수 있었다. 노란 딱지 열 장을 모으면, 교장 선생님으로부터 아주 조잡하게 된 성경책(물가가 싼 시절이지만 당시 가격으로 40센트밖에 되지 않았다.) 한 권을 받았다. 양친이 독일인이었던 어느 소년은 네 권인가 다섯 권을 타기도 했다. 언젠가 이 소년은 천 절을 쉬지 않고 암송한 적이 있는데 머리를 너무 써서 무리를 주었는지 그만 그날 이후부터 거의 백치가 되어 버렸다.

잠시 뒤 교장 선생님이 단상에 서서 찬송가 책을 손에 들고, 집게손가락을 책갈피에 꽂은 채 모두들 조용히 하라고 말씀하셨다. 이 선생님은 짧은 설교를 할 때 늘 찬송가 책을 손에 드는데, 그것은 음악회에서 무대 앞에 나와 독창하는 가수가 악보를 손에 들고 하는 것과 같았지만 무슨 이유에서 그러는지 알 수 없었다. 월터즈 선생님은 복장 뿐 아니라 행동거지에도 여간 조심하지 않았다. 그리고 신성한 일이나 장소를 존

조잡:거칠고 잡스러운 품위가 없음

solo at a concert-though why, is a mystery. Mr. Walters was very earnest of mien, and very sincere and honest at heart; and he held sacred things and places in such reverence, and so separated them from worldly matters, that unconsciously to himself his Sunday-school voice had acquired a peculiar intonation which was wholly absent on weekdays. He began after this fashion:

"Now, children, I want you all to sit up just as straight and pretty as you can and give me all your attention for a minute or two. There—that is it. That is the way good little boys and girls should do. I see one little girl who is looking out of the window—I am afraid she thinks I am out there somewhere-perhaps up in one of the trees making a speech to the little birds. (Applausive titter.) I want to tell you how good it makes me feel to see so many bright, clean little faces assembled in a place like this, learning to do right and be good."

And so forth and so on. It is not necessary to set down the rest of the oration. It was of a pattern which does not vary, and so it is familiar to us all. The last third of the speech was marred by the resumption of fights and other recreations among certain of the bad boys. But now every sound ceased suddenly, with the subsidence of Mr.

---

mein: 풍채, 태도, 거동 reverence: 숭배, 존경 intonation: 억양, 어조, 발성법 wholly: 전적으로, 오로지, 완전히 applausive: 박수 갈채의 titter: 킥킥 웃다 oration: 연설, 식사 resumption: 재개, 되찾기, 회복 subsidence: 침전, 진정, 감회

경하였고, 세속적인 것과 구분하는 분별력을 지니고 있었다. 그렇기 때문에 주일학교에서 말할 때의 선생님은 자기도 모르게 평소와는 딴판인 독특한 억양을 지니고 있었다. 선생님은 이런 식으로 이야기를 시작했다.

"자, 여러분, 될 수 있는 대로 얌전히들 앉아서 몇 분 동안만 내 말을 잘 들어 주길 바랍니다. 그래, 좋아요. 착한 어린이들은 그래야 하는 거예요. 창 밖에 시선을 두는 학생이 한 사람 있군요. 아마 내가 바깥, 나무 위에 앉아 새들에게 설교를 하고 있는 줄 아나 보죠?(여기저기서 킥킥대는 소리가 났다). 밝고 깨끗한 여러분들이 이렇게 많이 이렇게 좋은 곳에서 올바른 행실을 배워 착한 사람이 되고자 하는 걸 보니 내 마음이 얼마나 기쁜지 몰라요."

이야기는 이런 식으로 전개되었지만, 나머지는 여기서 다 쓸 필요는 없겠다. 판에 박은 듯한 이야기의 반복일 테니까.

이 연설의 나머지 3분의 1은 악동들 사이에서 또 다시 벌어진 싸움과 장난으로 망쳐지고 말았다. 그러나 월터즈 선생의 목소리가 잠잠해 지는 것과 동시에 온갖 잡음도 일시에 중지되었다. 지겨운 연설이 끝났으니 이제 살았다고 여긴 것이다.

아까 일어났던 소동은 여간해서는 보기 드문 사건―바로 참

악동:성품, 언행이 나쁜 아이

Walters's voice, and the conclusion of the speech was received with a burst of silent gratitude.

A good part of the whispering had been occasioned by an event which was more or less rare-the entrance of visitors: Lawyer Thatcher, accompanied by a very feeble and aged man; a fine, portly, middle-aged gentleman with iron-gray hair; and a dignified lady who was doubtless the latter's wife. The lady was leading a child. Tom had been restless and full of chafings and repinings; conscience-smitten, too-he could not meet Amy Lawrence's eye, he could not brook her loving gaze. But when he saw this small newcomer his soul was all ablaze with bliss in a moment. The next moment he was 'showing off' with all his might cuffing boys, pulling hair, making faces— in a word, using every art that seemed likely to fascinate a girl and win her applause. His exaltation had but one alloy-the memory of his humiliation in this angel's garden-and that record in sand was fast washing out under the waves of happiness that were sweeping over it now.

The visitors were given the highest seat of honor, and as soon as Mr. Walters's speech was finished, he intro duced them to the school. The middle-aged man turned out to be a prodigious personage— no less a one than the county

---

entrance: 입구, 입학, 입장료 feeble: 연약한, 미약한 chafe: (피부를)비벼서 따뜻하게 하다, 약 올리다 repine: 불평하다, 안달하다 ablaze: 타오르다, 번쩍거리다, 열중하다 applause:박수 갈채, 칭찬 exaltation:높임, 승진, 찬양, 의기양양 prodigious:거대한, 놀라운, 비범한

관인이 왔다는 사건—때문에 일어난 것이었다. 변호사 대처씨가 아주 허약해 보이는 노인과 머리가 희끗희끗한 뚱뚱한 중년 신사와 그의 아내인 듯한 품위 있어 보이는 부인과 함께 들어온 것이다. 부인 뒤에는 소녀 하나가 따라 들어 왔다. 톰은 왠지 불안해서 안절부절 못하고 있었다. 에이미 로렌스의 눈길을 차마 정면으로 바라볼 수도 없었고 애정 어린 그 아이의 시선도 왠지 거북하게 느껴졌다.

그러나 이제 막 들어온 소녀를 보았을 때 톰의 영혼은 행복의 불길로 활활 타오르고 있었다. 그때부터 톰은 이른바 '우쭐대기' 시작했다. 요컨대 소녀의 주의를 끌어 칭찬받을 수 있는 짓은 모두 하였다. 그러나 톰의 의기양양한 구석에도 어두운 면이 있으니, 그것은 그 천사의 집 마당에서 맛본 쓰디쓴 굴욕의 기억이었다. 하지만 그것은 모래 위에 쓴 글씨처럼 행복이라는 파도에 휩쓸려 가고 말았다.

참관인 일행은 귀빈석으로 안내되었고, 월터즈 선생은 연설을 서둘러 마친 뒤 학생들에게 이들을 소개했다. 중년 신사는 이 지방의 유명 인사, 바로 지방 판사로 밝혀졌다. 이 사람은 아이들에게는 너무나도 높고 귀한 존재라서, 도대체 이 사람은 어떤 재료로 만들어 졌을까 하는 의문을 자아내기도 했다. 이

참관인:어떤 모임에 참가하여 지켜보는 사람

judge. This was the great Judge Thatcher, brother of their own lawyer. Jeff Thatcher immediately went forward, to be familiar with the great man and be envied by the school. It would have been music to his soul to hear the whisperings:

"Look at him, Jim! He's a-going up there. Say-look! he's a-going to shake hands with him— he is shaking hands with him! By jings, don't you wish you was Jeff?"

Mr. Walters fell to 'showing off' with all sorts of official bustlings and activities, giving orders, delivering judgments, discharging directions here, there, everywhere that he could find a target. And above it all the great man sat and beamed a majestic judicial smile upon all the house, and warmed himself in the sun of his own grandeur— for he was 'showing off' , too.

There was only one thing wanting, to make Mr. Walters's ecstasy complete, and that was a chance to deliver a Bible prize and exhibit a prodigy. He would have given worlds, now, to have that German lad back again with a sound mind.

And now at this moment, when hope was dead, Tom Sawyer came forward with nine yellow tickets, nine red tickets, and ten blue ones, and demanded a Bible. This

---

bustling: 바쁜 듯한, 분잡한, 부산함 majestic: 위엄있는, 장엄한, 당당한
prodigy: 경이, 신기한 것, 천재

사람은 이 마을 변호사 대처 씨의 형인 저 유명한 대처 판사였
다. 제프 대처가 앞으로 나가 이 사람과 아는 척을 해서 모든
학생들의 부러움을 샀다. 제프의 귀에는 다음과 같이 소곤거리
는 학생들의 소리가 마치 음악처럼 들릴 것이다.

"저것 봐, 짐! 제프가 나가네. 저 봐! 야, 저분과 악수를 하
네! 손을 잡잖아. 야, 멋진데. 제프가 너무너무 부럽다, 그지!"

월터즈 선생님은 갑자기 '우쭐대기' 시작하여 눈에 띄는 대로
이것저것을 지시하고 명령을 내리는 교장으로서의 온갖 활동
력을 드러내어 보였다. 그러는 동안에도 문제의 대 위인은 높
은데 도사리고 앉아 재판관다운 위엄 있는 미소를 사방에 뿌리
고 있었다. 그 역시 우쭐대고 있었던 것이다.

월터즈 선생님의 기쁨을 완벽하게 하기 위해서 한 가지 빠진
게 있는데, 그것은 성경을 상품으로 수여할 신동을 소개하는
기회였다. 선생님은 그 독일 소년이 제 정신이 들어 돌아올 수
만 있다면 전세계를 다 주는 한이 있더라도 좋겠다는 생각을
하며 아쉬워했다.

바로 이 절망적인 순간에 톰 소여가 노란 딱지 아홉 장과 빨
간 딱지 아홉 장, 그리고 파란 딱지 열 장을 가져와서 성경책
과 바꿔 달라고 했다. 이것은 마른 하늘에 번개 치는 격이었다.

was a thunderbolt out of a clear sky. Walters was not expecting an application from this source for the next ten years. But there was no getting around it-here were the certified checks, and they were good for their face. Tom was therefore elevated to a place with the judge and the other elect, and the great news was announced from head-quarters. It was the most stunning surprise of the decade, and so profound was the sensation that it lifted the new hero up to the judicial one's altitude and the school had two marvels to gaze upon in place of one.

The prize was delivered to Tom with as much effusion as the superintendent could pump up under the circum-stances; but it lacked somewhat of the true gush, for the poor fellow's instinct taught him that there was a mystery here that could not well bear the light, perhaps; it was simply preposterous that this boy had warehoused two thousand sheaves of Scriptural wisdom on his premises- a dozen would strain his capacity, without a doubt.

Tom was introduced to the judge; but his tongue was tied, his breath would hardly come, his heart quaked-partly because of the awful greatness of the man, but mainly because he was her parent. He would have liked to fall down and worship him, if it were in the dark. The

---

thunderbolt: 벼락 headquarters: 본부, 사령부, 본사 stunning: 기절시키는, 멍하게 하는, 아주 멋진 effusion: 유출, 분출, 유출물 gush: 내뿜다, 복받침, 과시 preposterous: 터무니 없는, 비상식적인 quake: 흔들리다, 떨다, 지진

월터즈 선생님은 십 년이 흐른다 해도 톰 소여가 이 자격을 얻으리라고는 꿈에도 생각하지 못했다. 그러나 안된다고도 할 수 없는 노릇이었다. 증거가 있지 않은가! 그래서 톰은 판사와 다른 선택된 사람이 앉아 있는 단상에 서게 되었고, 이 놀라운 소식은 곧 학교 당국으로부터 발표되었다. 학생들에게도 근래에 보기 드문 사건이었다. 학생들 전체의 시선이 두 인물에게로 반반씩 쏠리게 되었다.

교장 선생님은 이 경우에도 생각해 낼 수 있는 모든 찬사를 다하여 톰에게 상을 주었다. 그러나 어딘지 모르게 맥이 빠진 것은 사실이었는데, 그것은 그의 동료들이 공공연히 밝힐 수 없는 무슨 비밀이 배후에 있다는 것을 본능적으로 느끼고 있었기 때문이다. 그것은 아마 톰의 머리로 그 많은 성경 구절을 외운다는 건 비상식적이었기 때문이다.

톰은 판사에게 소개되었다. 그러나 혀가 굳어지고 숨을 제대로 쉴 수 없고 가슴이 마구 뛰었다. 판사의 위엄에 눌린 탓도 있지만 그보다도 이 인물이 그녀의 부친이라는데 그 원인이 있었다. 보는 사람만 없다면 그 앞에 엎드려 절이라도 하고 싶었다. 판사는 톰의 머리에다 손을 얹고서 착한 애라고 칭찬을 하며 이름을 물었다. 톰은 더듬거리며 간신히 말했다.

judge put his hand on Tom's head and called him a fine little man, and asked him what his name was. The boy stammered, gasped, and got it out:

"Tom."

"Oh, no, not Tom-it is-"

"Thomas."

"Ah, that's it. I thought there was more to it, maybe. That's very well. But you've another one I dare say, and you'll tell it to me, won't you?"

"Tell the gentleman your other name, Thomas," said Walters, "and say sir. you mustn't forget your manners."

"Thomas Sawyer— sir."

"That's it! That's a good boy. Fine boy. Fine, manly little fellow. Two thousand verses is a great many—very, very great many. And you never can be sorry for the trouble you took to learn them. And now you wouldn't mind telling me and this lady some of the things you've learned— no, I know you wouldn't-for we are proud of little boys that learn. Now, no doubt you know the names of all the twelve disciples. Won't you tell us the names of the first two that were appointed?"

Tom was tugging at a buttonhole and looking sheepish. He blushed now, and his eyes fell. Mr. Walters's heart

---

stammer: 말을 더듬다 gasp: 헐떡거리다, 숨이차다, 열망하다 disciple: 제자, 사도 tug: 세게 당기다, 힘껏 끌어 당김 buttonhole: 단추구멍, 긴 이야기를 하다 sheepish: 양같은, 몹시 수줍은, 마음 약한

"톰."

"아니, 아니, 그거 말고…. "

"토마스."

"옳지, 그냥 톰은 아니겠지. 그래 다른 이름은?"

"성을 말씀드려라, 토마스."

월터즈 선생님이 옆에서 일러 주었다.

"그리고 …입니다 라고 해야지. 예의 없게 해선 안된다."

"토마스 소여입니다."

"그래, 착한 애구나. 씩씩한 소년이고, 성경을 2천줄이나 외웠다니 대단한 일이야. 그걸 외우느라 애를 썼겠지만 조금도 후회하지 않을 거다. 지식이라는 건 이 세상에서 무엇보다도 귀중한 것이니까. 자, 이제 나와 이 부인 앞에서 네가 배운 걸 좀 들려주겠니? 아니다, 사양할 건 없어. 우리는 공부 잘하는 어린이를 자랑으로 여기니 말이다. 예수님의 열두 제자의 이름은 알고 있을 테지. 그 중 제일 먼저 제자가 된 사람은 누구였니?"

톰은 단추 구멍만 만지작거리며 쩔쩔매고 있었다. 그리고 얼굴을 붉히고 시선을 떨어뜨렸다. 월터즈 선생님은 가슴이 철렁했다.

sank within him.

"Answer the gentleman, Thomas-don't be afraid."

Tom still hung fire.

"Now I know you'll tell me," said the lady. "The names of the first two disciples were—" "DAVID AND GOLIATH!"

Let us draw the curtain of charity over the rest of the scene.

CHAPTER 5
The Pinch Bug and His Prey

ABOUT half past ten the cracked bell of the small church began to ring, and presently the people began to gather for the morning sermon. The Sunday-school children distributed themselves about the house and occupied pews with their parents, so as to be under supervision. Aunt Polly came, and Tom and Sid and Mary sat with her.

The congregation being fully assembled now, the bell rang once more, to warn laggards and stragglers, and then a solemn hush fell upon the church which was only bro-

---

cracked: 부서진, 목이 쉰 laggard: 느림보, 꾸물거리는 사람 straggler: 배회자, 낙오자

"판사님께 대답해라. 토마스, 무서워 말고."

톰은 여전히 우물거리고 있었다.

"그럼 나한테는 얘기할 수 있겠지."

부인이 끼어들었다.

"최초의 두 사도의 이름은… "

"다윗과 골리앗!"

이쯤 해서 막을 내리는 게 자비를 베푸는 게 아닌가 한다.

제 5 장
집게 벌레와 그 희생자

열시 반경, 이 작은 교회의 금이 간 종이 울리자, 마을 사람들이 아침 예배를 보러 모이기 시작했다. 주일학교 학생들은 사방으로 흩어져, 각기 부모들과 같이 앉았다. 이제부터 어른들의 감시 하에 들어간 것이다. 폴리 이모가 와서 톰과 시드, 메리와 나란히 앉았다.

사람들이 다 모이자 종이 다시 울렸다. 느림보들에게 경고를 보낸 것이다. 그러자 교회당은 엄숙한 분위기가 지배했고, 그것

ken by the tittering and whispering of the choir in the gallery.

The minister gave out the hymn, and read it through with a relish, in a peculiar style which was much admired in that part of the country. His voice began on a medium key and climbed steadily up till it reached a certain point, where it bore with strong emphasis upon the topmost word and then plunged down as if from a springboard:

Shall I be car-ri-ed toe the skies, on flow'ry beds of ease,

Whilst others fight to win the prize, and sail throw bloody seas?

He was regarded as a wonderful reader. At church 'sociables' he was always called upon to read poetry; and when he was through, the ladies would lift up their hands and let them fall helplessly in their laps, and 'wall' their eyes, and shake their heads, as much as to say, 'Words cannot express it; it is too beautiful, too beautiful for this mortal earth.'

After the hymn had been sung, the Rev. Mr. Sprague turned himself into a bulletin board and read off 'notices'

---

choir: 성가대, 합창단 gallery: 관람석, 화랑 hymn: 찬송가, 찬송가로 찬미하다 relish: 맛, 풍미, 향취 topmost: 최상의 plunge: 던져넣다, 찌르다 bulletin: 공보, 게시하다

을 깨뜨리는 소리라고는 한쪽 구석에 자리잡고 있는 합창단의 킬킬대는 웃음소리와 소곤거리는 말소리뿐이었다.

목사는 찬송가 번호를 알리고, 당시 이 지방에서 유행하던 독특한 가락으로 가사를 읽어 나갔다. 그의 목소리는 중성에서 시작하여 차츰 높아지는데, 어느 점에 도달하면 말에 강한 억양을 주어 세게 하고, 그 다음은 마치 도약대에서 물속으로 뛰어들듯 갑자기 목소릴 떨어뜨렸다.

거친 바다 넘고 넘어 영광의 길 찾아가는데
어찌 나만은 꽃밭에서 편안히 쉴 수 있으리오.

목사는 낭독의 명수였다. 교회의 친목회에서는 늘 시 낭독 청탁을 받았다. 그리고 이것이 끝나면 부인네들은 손을 높이 쳐들다 힘없이 떨어뜨리고 눈을 감으며 '도저히 말로는 다할 수 없어. 너무도 아름다워. 어찌 이 세상의 것이라고 할 수 있을까?' 라고 말하는 듯 고개를 흔들었다.

찬송이 끝나면 스프레이그 목사는 게시판 대용으로 모임이니 사교니 그밖의 공지 사항을, 최후의 심판 날까지 계속되는 게 아닐까 싶을 정도로 길게 늘어놓았다.

명수:어떤 방면에 통달하여 뛰어난 사람, 명인
공지사항:알리는 내용

of meetings and societies and things till it seemed that the list would stretch out to the crack of doom.

And now the minister prayed. A good, generous prayer it was, and went into details.

There was a rustling of dresses, and the standing con-gregation sat down. The boy whose history this book relates did not enjoy the prayer, he only endured it-if he even did that much. He was restive all through it; he kept tally of the details of the prayer, unconsciously-for he was not listening, but he knew the ground of old, and the cler-gyman's regular route over it-and when a little trifle of new matter was interlarded, his ear detected it and his whole nature resented it; he considered additions unfair, and scoundrelly. In the midst of the prayer a fly had lit on the back of the pew in front of him and tortured his spirit by calmly rubbing. For sorely as Tom's hands itched to grab for it they did not dare-he believed his soul would be instantly destroyed if he did such a thing while the prayer was going on. But with the closing sentence his hand began to curve and steal forward; and the instant the 'Amen' was out the fly was a prisoner of war. His aunt detected the act and made him let it go.

The minister gave out his text and droned along

---

congregation: 모임, 회중 restive: 반항적인, 마음이 들뜬 clergyman: 성직자
route: 길 trifle: 사소한 일 interlard: (이야기 등에) 섞다 torture: 고문, 고통

드디어 목사의 기도가 시작되었다. 그야말로 훌륭하고 기분 좋은 기도로 구석구석 긁어 주는 내용이었다.

바삭거리는 옷자락 소리가 나자 서 있던 신도들이 모두 자리에 앉았다. 이 이야기의 주인공인 톰에게는 기도의 내용에 조금도 관심이 없었다. 참고 견딜 뿐이다. 톰은 목사의 기도를 한마디도 빼놓지 않고 모두 외우고 있었다. 물론 정신을 차리고 들은 적은 한번도 없지만 자기도 모르는 사이에 귓속으로 들어와 저절로 외우게 된 것이다. 그래서 조금이라도 새로운 사항이 삽입되면 이내 귀에 거슬려 화가 났다. 그런데 한참 기도를 올리고 있을 때 파리 한 마리가 날아와서 바로 앞 의자의 등에 앉아 톰의 신경을 건드렸다. 톰은 파리가 잡고 싶어 손이 근질거렸지만 참을 수밖에 없었다. 기도 중에 그런 짓을 하다가는 당장 영혼이 파멸되고 만다는 이야기를 수도 없이 들어 왔기 때문이다. 그러자 기도의 마지막 문장이 시작되었다. 톰은 슬며시 손을 앞으로 뻗었다. 그리고 '아멘' 하는 소리가 나는 순간 파리는 톰의 포로가 되고 말았다. 이모는 그걸 보고 놓아 주라는 눈짓을 보냈다.

목사는 기도를 마치자 성서에서 한 구절을 뽑아 설교를 시작했다. 평소와 다름없는 단조로운 내용이어서 사람들이 여기저

monotonously through an argument that was so prosy that many a head by and by began to nod.

Now he lapsed into suffering again, as the dry argument was resumed. Presently he bethought him of a treasure he had and got it out. It was a large black beetle with formidable jaws-a 'pinch bug' , he called it. It was in a percussion-cap box. The first thing the beetle did was to take him by the finger. A natural fillip followed, the beetle went floundering into the aisle and lit on its back, and the hurt finger went into the boy's mouth. The beetle lay there working its helpless legs, unable to turn over. Tom eyed it, and longed for it; but it was safe out of his reach. Other people uninterested in the sermon found relief in the bee-tle, and they eyed it too.

Presently a vagrant poodle dog came idling along, sad at heart, lazy with the summer softness and the quiet, weary of captivity, sighing for change. He spied the bee-tle; the drooping tail lifted and wagged. He surveyed the prize; walked around it; smelt at it from a safe distance; walked around it again; grew bolder, and took a closer smell; then lifted his lip and made a gingerly snatch at it, just missing it; made another, and another; began to enjoy the diversion; subsided to his stomach with the beetle

---

monotonously: 단조롭게 prosy: 평범한 lapse: 착오, (시간이)경과하다 beetle: 딱정벌레 formidable :무서운, 얕잡을 수 없는 percussion-cap: 충격 모자 fillip: 손가락으로 튀기다, 자극하다 flounder: 버둥거리다 vagrant: 방랑하는 weary: 피곤한, 싫증이 나는 captivity: 사로잡힘 snatch: 와락 붙잡다

기서 꾸벅꾸벅 졸았다.

설교가 또 재미없게 되면서 톰은 다시 지루해서 견딜 수 없었다. 그때 언뜻 자기가 무슨 보물을 가지고 있다는 생각이 머리에 떠올라 주머니에서 그것을 꺼냈다. 그것은 무시무시한 턱을 가진 커다란 딱정벌레로 톰은 이것을 '집게벌레' 라고 불렀다.

벌레는 뇌관통 속에 들어 있었는데, 밖으로 나오자 대뜸 톰의 손가락을 깨물었다. 톰이 손가락으로 탁 튀기자 그놈은 통로에 떨어져 발버둥을 쳤다. 톰은 깨물린 손가락을 입에 가져갔다. 딱정벌레는 몸을 뒤집지 못하고 바둥거리고 있었다. 톰은 그 꼴을 보고 집어들고 싶었지만 손이 도저히 거기까지 미치지 않을 것 같았다. 설교에 흥미를 못 느낀 다른 사람들도 재미있게 딱정벌레를 내려다보고 있었다.

바로 어디에선가 개 한 마리가 평온한 여름날의 무료함에 따분함을 느끼고는 뭐 별다른 게 없을까 하는 눈을 하고 교회 안으로 들어섰다. 그리고는 늘어진 꼬리를 세우고는 흔들었다. 개는 딱정벌레에서 눈을 떼지 않았다. 그 주위를 한 바퀴 빙 돌았다. 안전한 데서부터 킁킁하고 냄새를 맡아보고 다시 한번

between his paws, and continued his experiments; grew weary at last, and then indifferent and absent-minded. His head nodded, and little by little his chin descended and touched the enemy, who seized it. There was a sharp yelp, a flirt of the poodle's head, and the beetle fell a couple of yards away, and lit on its back once more. The neighboring spectators shook with a gentle inward joy, several faces went behind fans and handkerchiefs, and Tom was entirely happy. The dog looked foolish, and probably felt so; but there was resentment in his heart, too, and a craving for revenge. So he went to the beetle and began a wary attack on it again; jumping at it from every point of a circle, lighting with his forepaws within an inch of the creature, making even closer snatches at it with his teeth, and jerking his head till his ears flapped again. But he grew tired once more, after a while; tried to amuse himself with a fly but found no relief; followed an ant around, with his nose close to the floor, and quickly wearied of that; yawned, sighed, forgot the beetle entirely, and sat down on it. Then there was a wild yelp of agony and the poodle went sailing up the aisle; the yelps continued, and so did the dog; he crossed the house in front of the altar; he flew down the other aisle; he crossed before the doors;

---

yelp: 깽깽 짖다 spectator: 구경꾼, 방관자 inward: 안의 forepaw: (개, 고양이 따위의)앞발

주위를 빙 돌았다. 이번에는 더 대담하게 바싹 다가가 냄새를 맡았다. 그 다음은 주둥이를 벌리고 덤벼들었지만 놓치고 말았다. 개는 딱정벌레를 앞발 사이에 끼우고 엎드린 채 장난을 계속했으나 마침내 싫증이 났는지 멍하니 바라보기만 했다. 그리고 이내 꾸벅꾸벅 졸더니 턱이 아래로 처졌다. 그러자 순간적으로 적이 잽싸게 달려들어 콧등을 깨물었다. 개가 요란한 비명을 지르고 머리를 흔드는 바람에 딱정벌레는 저만큼 튕겨나가 또다시 나자빠진 상태로 뒹굴었다. 사람들은 터지려는 웃음을 간신히 참았다. 그 중에는 부채나 손수건으로 얼굴을 가리려는 사람도 있었다. 톰은 신바람이 났다. 개는 멋쩍은 눈치였다. 사실 멋쩍었을 지도 모른다. 그러나 속으로는 분노가 이글거렸을 것이다. 그래서인지 다시 딱정벌레 쪽으로 달려가 신중하게 공격을 하기 시작했다. 앞발을 뻗어 만져 보기도 하며 탐색전을 벌였다. 그러나 조금 지나니 이것도 싫증이 난 것 같았다. 개는 하품을 한 다음 딱정벌레를 까맣게 잊고는 그 위에 털썩 주저앉았다. 갑자기 깨갱 하는 소리를 지르며 개는 마구 달렸다. 그리고는 옆으로 꼬부라져 다른 통로로 또 달렸다. 입구 앞에서 커다랗게 짖어 대며 다시 아무데로나 달렸다. 달리

he clamored up the home stretch; his anguish grew with his progress, till presently he was but a wooly comet moving in its orbit with the gleam and the speed of light. At last the frantic sufferer sheered from its course, and sprang into its master's lap; he flung it out of the window, and the voice of distress quickly thinned away and died in the distance.

By this time the whole church was red-faced and suffocating with suppressed laughter, and the sermon had come to a dead standstill. The discourse was resumed presently, but it went lame and halting, all possibility of impressiveness being at an end; for even the gravest sentiments were constantly being received with a smothered burst of unholy mirth, under cover of some remote pew back, as if the poor parson had said a rarely facetious thing. It was a genuine relief to the whole congregation when the ordeal was over and the benediction pronounced.

Tom Sawyer went home quite cheerful, thinking to himself that there was some satisfaction about divine service when there was a bit of variety in it. He had but one marring thought: he was willing that the dog should play with his pinch bug, but he did not think it was upright in him to carry it off.

---

clamore: 떠들다 anguish: 심한 고통, 고뇌 orbit: 궤도, 눈구멍 gleam:어렴풋
한 빛, 번득임 frantic: 광란의, 열광한 suffocate: 질식시키다, 숨을 막다
halting: 멈춰서다, 정지하다 unholy: 신성하지 않는, 사악한 mirth: 명랑, 환락
facetious: 익살맞은, 농담의 ordeal: 가혹한 시련 benediction: 축복

면 달릴수록 고통은 더해져서, 마침내 그야말로 맹렬한 속도를 내었다. 마침내 진로에서 이탈하여 주인의 무릎 위로 뛰어올랐다. 주인은 이것을 창 밖으로 던졌다. 그리고 얼마 있자 비명소리는 멀어졌다.

이때 교회 안의 사람들은 웃음을 참느라고 모두 얼굴들이 빨개졌다. 설교는 잠시 중단되었다. 잠시 후 다시 시작되었지만, 도무지 열이 오르지 않고, 신자들에게 감명을 주기란 이미 그른 일이었다. 목사가 아무리 설교를 하더라도 마치 우스운 이야기를 듣는 것처럼 웃음소리가 새어나왔다. 이와 같은 시련이 끝나고 마지막 축복기도를 올렸을 때에야 비로소 신도들은 안도의 숨을 내쉴 수 있었다.

톰 소여는 교회도 무슨 변화만 있으면 그렇게 따분한 곳은 아니라는 생각을 하면서 즐거운 마음으로 집에 돌아갔다. 한가지 섭섭한 것은 개 때문에 '집게벌레'를 잃어버린 것이었다. 같이 노는 것은 좋지만 아예 쫓아 버리다니 상당히 괘씸한 녀석이라는 생각이 들었다.

CHAPTER 6
Tom Meets Becky

MONDAY morning found Tom Sawyer miserable.
Monday morning always found him so-because it began
another week's slow suffering in school. He generally
began that day with wishing he had had no intervening
holiday, it made the going into captivity and fetters again
so much more odious.

Tom lay thinking. Presently it occurred to him that he
wished he was sick; then he could stay home from school.
Here was a vague possibility. He canvassed his system.
No ailment was found, and he investigated again. This
time he thought he could detect colicky symptoms, and he
began to encourage them with considerable hope. But
they soon grew feeble, and presently died wholly away.
He reflected further. Suddenly he discovered something.
One of his upper front teeth was loose. This was lucky; he
was about to begin to groan as a 'starter', as he called it,
when it occurred to him that if he came into court with
that argument, his aunt would pull it out, and that would
hurt. So he thought he would hold the tooth in reserve for

fetter: 족쇄, 속박 odious: 싫은, 가증한 vague: 막연한, 어렴풋한 canvass: 자세히 조사하다, 유세하다 colicky: 복통 symptom: 조짐, 징후 groan: 신음 소리, 열망하다

제 6 장
톰이 베키를 만나다

월요일 아침이 되자 톰 소여는 우울했다. 늘 월요일 아침이 되면 우울해졌다. 그것은 또다시 긴 일주일간의 수업에 대한 고통이 시작되기 때문이다. 이 날을 맞이할 때마다 톰은 차라리 휴일이 없었으면 좋겠다는 생각을 했다. 괜히 이런 게 있어서 마음만 산란하게 만들고 있기 때문이다.

톰은 이불 속에서 여러 가지 궁리를 했다. 언뜻 몸이 아프면 어떨까 하는 생각이 떠올랐다. 그러면 학교에 안 가도 된다. 가능성이 있어 보였다. 몸을 살펴보았다. 아무 이상이 없었다. 다시 한번 조사를 했다. 배가 약간 아프기에 더 아프기를 기다렸다. 그런데 그런 기미는 이내 싹 가셔 버리는 게 아닌가!

다시 궁리를 하는데 무슨 생각이 떠올랐다. 윗니 하나가 흔들거리는 것이었다. 천만다행이 아닐 수 없다. 그래서 일단 '끙끙' 앓아 볼까 했는데 이모가 이를 빼 버리자고 할지도 모른다는 생각이 언뜻 머리에 떠올랐다. 물론 아플 게다. 그래서 이빨의 경우는 일단 보류해 두기로 하고는 다른 것을 찾기로 했다. 잠시 동안 아무런 생각도 떠오르지 않았다. 언젠가 의사 선생

the present, and seek further. Nothing offered for some little time, and then he remembered hearing the doctor tell about a certain thing that laid up a patient for two or three weeks and threatened to make him lose a finger. So the boy eagerly drew his sore toe from under the sheet and held it up for inspection. But now he did not know the necessary symptoms. However, it seemed well worth while to chance it, so he fell to groaning with considerable spirit.

But Sid slept on unconscious.

Tom groaned louder, and fancied that he began to feel pain in the toe.

No result from Sid.

Tom was panting with his exertions by this time. He took a rest and then swelled himself up and fetched a succession of admirable groans.

Sid snored on.

Tom was aggravated. He said, "Sid, Sid!" and shook him. This course worked well, and Tom began to groan again. Sid yawned, stretched, then brought himself up on his elbow with a snort, and began to stare at Tom. Tom went on groaning. Sid said:

"Tom! Say, Tom!" (No response.)

---

swell: 부풀다, 높아지다 aggravate: 악화시키다, 성나게 하다 elbow: 팔꿈치
snort: 코방귀 뀌다

님께 들은 병인데 그 병에 걸리면 꼬박 2, 3주일은 누워 있어야 하고, 최악의 경우 발가락을 자를 수도 있다는 기억났다. 당장 이불을 들추고 발가락을 살펴보았다. 어떤 징후가 나타날지는 몰랐지만 어쨌든 해볼 가치가 있을 것 같았기에 끙끙 앓는 소리부터 내기 시작했다.

그러나 시드는 아무것도 모르고 자고 있었다.

톰은 더 크게 앓는 소리를 냈다. 정말로 발가락이 아픈 것 같았다.

시드는 여전히 반응이 없었다.

톰은 너무 세게 신음을 한 탓인지 숨이 가빠졌다. 그래서 숨을 돌리고 심호흡을 한 다음 다시 신음 소리를 냈다.

시드는 여전히 코만 골고 있었다.

톰은 화가 치밀었다. 그래서 "시드, 시드!" 하고 소리를 지르며 몸을 흔들어 보았다. 이번에는 효과가 있는 것 같아 얼른 다시 신음하기 시작했다. 시드는 하품을 하고 기지개를 켠 다음 몸을 일으켰다. 그리고 톰의 얼굴을 뚫어지게 들여다보았다. 톰은 여전히 죽는 소리를 지르고 있었다.

"형! 이봐, 형!"

대답이 없다.

"Here, Tom! Tom! What is the matter, Tom?" And he shook him and looked in his face anxiously.

Tom moaned out:

"Oh, don't, Sid. Don't joggle me."

"Why, what's the matter, Tom? I must call auntie."

"No-never mind. It'll be over by and by, maybe. Don't call anybody."

"But I must! Don't groan so, Tom, it's awful. How long you been this way?"

"Hours. Ouch! Oh, don't stir so, Sid, you'll kill me."

"Tom, why didn't you wake me sooner? Oh, Tom, don't It makes my flesh crawl to hear you. Tom, what is the matter?"

"I forgive you everything, Sid. (Groan.) Everything you've ever done to me. When I'm gone—"

"Oh, Tom, you ain't dying are you? Don't, Tom— oh, don't. Maybe—"

"I forgive everybody, Sid. (Groan.) Tell' em so, Sid. And, Sid, you give my window sash and my cat with one eye to that new girl that's come to town, and tell her—"

But Sid had snatched his clothes and gone. Tom was suffering in reality, now, so handsomely was his imagination working, and so his groans had gathered quite a gen-

---

moan: 신음하다 joggle: 뒤흔들다, 흔들리다 sash: 장식띠, 유리창 snatch: 핀잔 주다, 갑자기 멈추다

"이봐, 형! 왜 이래? 왜 그러냐고!"

시드는 톰을 흔들며 걱정스러운 얼굴로 톰의 얼굴을 들여다보았다. 톰은 괴로운 신음 소리를 냈다.

"가만 놔둬, 시드, 건드리지마!"

"어디 아픈 거 아냐? 이모 불러올까?"

"괜찮아. 이러다 낫겠지, 아무도 부르지마."

"괜찮긴, 그렇게 끙끙 앓으면서 언제부터 그런 거야?"

"한참 돼. 아야! 만지지 말라니까, 시드 날 죽일 셈이냐?"

"형 진작 좀 깨우지. 아아, 제발 그만둬, 앓는 소리 말야! 소름이 끼쳐! 어떻게 된 거야?"

"모든 걸 용서해 줄게. 시드(신음 소릴 냈다). 나한테 한 짓을 용서해 주마. 내가 죽으면…."

"아니 형, 죽긴 왜 죽어. 그런 소리 마. 끔찍한 소리 말라고."

"다 용서해 주마. 시드(또 신음 소릴 냈다.) 사람들한테 그렇게 전해 줘, 시드. 그리고 말이다, 내 창틀하고 애꾸눈 고양이를 이번에 새로 온 그 여자애에게 전해 줘, 그리고 그 애한테…. "

그러나 시드는 옷을 걸치자마자 밖으로 뛰어나갔다. 톰은 이제 정말 병이 난 것 같았다. 생각대로 진짜 앓는 소리처럼 된 것이다.

uine tone.

Sid flew downstairs and said:

"Oh, Aunt Polly, come! Tom's dying!"

"Dying!"

"Yes'm. Don't wait-come quick!"

"Rubbage! I don't believe it!"

But she fled upstairs, nevertheless, with Sid and Mary at her heels. And her face grew white, too, and her lip trembled. When she reached the bedside she gasped out:

"You, Tom! Tom, what's the matter with you?"

"Oh, auntie, I'm— "

"what's the matter with you, child?"

"Oh, auntie, my sore toe's mortified!"

The old lady sank down into a chair and laughed a little, then cried a little, then did both together. This restored her and she said:

"Tom, what a turn you did give me. Now you shut up that nonsense and climb out of this."

The groans ceased and the pain vanished from the toe. The boy felt a little foolish, and he said:

"Aunt Polly, it seemed mortified, and it hurt so I never minded my tooth at all."

"Your tooth, indeed! What's the matter with your

---

rubbage: 맛사지사, 수동, 지우개 auntie: 아줌마(aunt의 약칭) mortify: 억제하다, 모욕하다

시드는 아래층으로 내려가 말했다.

"폴리 이모, 큰일났어요! 형이 죽어 가요!"

"뭐? 죽어 가?"

"예, 빨리 올라가 봐요!"

"무슨 말이냐? 그게! 설마!"

말은 그렇게 했지만 이모는 허겁지겁 계단을 뛰어 올라갔고, 그 뒤를 시드와 메리가 따랐다. 이모의 얼굴 색은 창백했고 입술은 바르르 떨리고 있었다. 침대 앞에 걸음을 멈춘 이모는 숨을 헐떡거리며 물었다.

"톰! 이게 웬일이냐?"

"아이고, 이모, 난 이제….."

"무슨 일이야, 도대체 어떻게 된 거냐?"

"이모, 발가락 다친 데가 곪아서 떨어지는 것 같아요."

이모는 의자에 주저앉아 처음에는 웃다가 다음에는 울었다. 이렇게 웃다가 울다가 하면서 기분이 가라앉자 톰에게 말했다.

"톰, 어쩌면 사람을 이렇게 놀라게 하니! 헛수작 부리지 말고 썩 일어나지 못해?"

신음 소리가 뚝 그치고 발가락 아픈 것이 씻은 듯이 가라앉았다. 톰은 멋쩍었다.

tooth?"

"One of them's loose, and it aches perfectly awful."

"There, there, now, don't begin that groaning again. Open your mouth. Well- your tooth is loose, but you're not going to die about that. Mary, get me a silk thread, and a chunk of fire out of the kitchen."

Tom said:

"Oh, please, auntie, don't pull it out. It don't hurt any more. I wish I may never stir if it does. Please don't, auntie. I don't want to stay home from school."

"Oh, you don't, don't you? So all this row was because you thought you'd get to stay home from school and go a-fishing? Tom, Tom, I love you so, and you seem to try every way you can to break my old heart with your outrageousness." By this time the dental instruments were ready. The old lady made one end of the silk thread fast to Tom's tooth with a loop and tied the other to the bedpost Then she seized the chunk of fire and suddenly thrust it almost into the boy's face. The tooth hung dangling by the bedpost, now.

But all trials bring their compensations. As Tom wended to school after breakfast, he was the envy of every boy he met because the gap in his upper row of teeth enabled

---

loose: 풀어진 thread: 실, 실을 꿰다 chunk: (고기, 목재 등을) 두껍게 자른 outrageousness: ~보다 나음 dental: 치과의 instrument: 기구, 수단 loop: 고리, 둥근테 dange: 대롱대롱 매달리다, 매달다 bedpost: 침대 기둥 compensation: 갚음, 배상금 wend: 나아가다, 행차하다

"정말이에요, 아파서 죽을 것 같았어요. 그래서 이빨 아픈 건 깜빡 잊고 말았어요."

"이빨? 이빨이 어떻게 됐기에?"

"하나가 흔들려요. 아파서 죽겠어요."

"알았다. 알았으니까 엄살 좀 그만 부려. 어디 입을 아, 해봐 옳지 네 말대로 건들건들 하구나. 하지만 죽을 일은 아니다. 메리야, 가서 명주실하고 부엌에서 부젓가락 하나 가져올래."

"아, 이모 괜찮아요. 이젠 안 아파요. 아파도 떠들지 않을게요. 제발 뽑지는 말아요, 이모 결석하고 싶지 않아요."

"아니, 이놈 봐라. 결석하고 싶지 않다고? 그래 학교를 빼먹고 낚시질이라도 가려고 이 야단법석을 떤 거로구나? 톰, 너 정말 할 수 없는 애로구나. 나는 널 이렇게 생각해 주는 데도 넌 어떻게든 장난만 치려고 드니, 도대체 어떻게 된 애냐?"

치과 도구는 이미 다 갖추어졌다. 이모는 명주실의 한쪽 끝을 고리로 만들어 톰의 이에 매고, 그리고 다른 한쪽은 침대 기둥에 맸다. 그리고 부젓가락을 갑자기 톰의 얼굴에 쑥 들이댔다. 이는 침대 기둥에 대롱대롱 매달렸다.

그러나 모든 시련에는 보상이 따르게 마련이다. 아침을 먹고 학교에 갔을 때 만나는 아이마다 톰을 선망의 눈으로 바라보았

him to expectorate in a new and admirable way. He gathered quite a following of lads interested in the exhibition; and one that had cut his finger and had been a center of fascination and homage up to this time now found himself suddenly without an adherent, and shorn of his glory.

Shortly Tom came upon the juvenile pariah of the village, Huckleberry Finn, son of the town drunkard. Huckleberry was cordially hated and dreaded by all the mothers of the town.

Tom was like the rest of the respectable boys, in that he envied Huckleberry his gaudy outcast condition and was under strict orders not to play with him. So he played with him every time he got a chance. Huckleberry was always dressed in the castoff clothes of full-grown men, and they were in perennial bloom and fluttering with rags. His hat was a vast ruin with a wide crescent lopped out of its brim; his coat, when he wore one, hung nearly to his heels and had the rearward buttons far down the back; but one suspender supported his trousers; the seat of the trousers bagged low and contained nothing; the fringed legs dragged in the dirt when not rolled up.

Huckleberry came and went, at his own free will. He was always the first boy that went barefoot in the spring

---

expectorate: 침을 뱉다 homage: 충성, 존경 adherent: 접착성의 shorn: 베어낸, 빼앗긴 juvenile: 젊은 pariah: 정수리의 drunkard: 주정뱅이 cordially: 성의껏 gaudy: 야한, 축제 castoff: 버림받은, 벗어버린 perennial: 영구적인 crescent: 초생달 lop: 가지를 자르다 brim: 가장자리 rearward: 후방에

다. 왜냐하면 윗니 빠진 틈새로 아주 멋지게 침을 뱉을 수 있기 때문이었다. 톰의 주위에는 침 뱉는 모습을 구경하기 위해 많은 애들이 몰려들었다. 손가락을 베었다 해서 이제까지 아이들의 존경을 받았던 어떤 아이는 갑자기 추종자를 잃게 되고 영예마저 빼앗기고 말았다.

잠시 후에 톰은 마을의 부랑아인 허클베리 핀과 마주치게 되었다. 허크는 주정뱅이의 아들로 마을의 아낙네들로부터 지독한 미움을 받는 한편 공포의 대상이었다. 톰은 다른 집 아이들과 마찬가지로 구속받는 데가 없는 허크의 처지를 부러워했지만, 한편으로는 같이 놀면 안된다는 엄명을 받고 있었다. 그러나 톰은 기회가 있을 때마다 허크와 함께 놀았다.

허크는 언제나 어른들이 버린 옷을 주워 입어서 옷이 꼭 넝마주이처럼 펄럭거렸다. 모자는 가장자리가 다 찢어져 커다랗게 초승달 모양으로 벌려져 있었고 간혹 외투를 입을 때는 발꿈치까지 내려와 질질 끌리는가 하면, 뒤쪽 단추는 너덜너덜 매달려 있었다. 멜빵은 양쪽이 고스란히 있는 법이 없고 늘 한쪽뿐이었다. 바지 궁둥이 부분은 아래로 축 쳐져 있어서 무슨 푸대 자루를 걸친 것 같았다. 바지 단을 걷지 않으면 늘 진창 속을 질질 끌고 다녔다.

허클베리는 마음 내키는 대로 행동했다. 봄이 되면 맨 먼저

추종자:따르는 사람

and the last to resume leather in the fall; he never had to wash, nor put on clean clothes; he could swear wonderfully. In a word, everything that goes to make life precious that boy had. So thought every harassed, hampered, respectable boy in St. Petersburg.

Tom hailed the romantic outcast: "Hello, Huckleberry!"

"Hello, yourself, and see how you like it."

"What's that you got?"

"Dead cat."

"Lemme see him, Huck. My, he's pretty stiff. Where'd you get him?"

"Bought him off'n a boy."

"What did you give?"

"I give a blue ticket and a bladder that I got at the slaughterhouse."

"Where'd you get the blue ticket?"

"Bought it off'n Ben Rogers two weeks ago for a hoop stick."

"Say—what is dead cats good for, Huck?"

"Good for? Cure warts with"

"No! Is that so? I know something that's better."

"I bet you don't. What is it?"

"Why, spunk water."

---

harass: 성가시게 하다, 괴롭히다 hamper: 방해하다 hail: 큰소리로 부르다
outcast: 집 없는 사람 Lemme: let me의 구어 stiff: 뻣뻣한 bladder: 방광
slaughterhouse: 도살장 wart: 사마귀 spunk: 썩은 나무에 괴어 있는

맨발로 걷는 것도 허크였고, 가을이 되어 맨 나중에 구두를 신는 것도 허크였다. 세수할 필요도 없고, 깨끗한 옷을 입을 필요도 없었다. 욕도 마음껏 할 수 있었다. 말하자면 인생을 귀중한 것으로 만드는 모든 것을 다 갖고 있는 셈이었다. 구속과 속박에 허덕이는 세인트 피터즈버그의 착한 소년들은 다 그렇게 생각하고 있었다. 톰은 이 낭만적인 부랑자에게 소리를 질렀다.

"야, 허클베리!"

"야, 너! 이거 좀 볼래?"

"그게 뭔데?

"죽은 고양이야."

"나도 좀 보자, 허크. 저런, 아주 **뻣뻣**한데. 어디서 났어?"

"어떤 애한테서 샀어."

"넌, 뭘 주고?"

"파란 딱지와 도살장에서 얻은 쇠불알하고."

"파란 딱지는 어디서 났는데?"

"2주일 전, 벤 로져스에게 굴렁쇠 막대기를 주고 바꿨어."

"근데, 죽은 고양인 어디에 쓸 거야, 허크?"

"어디에 쓸 거냐고? 사마귀 치료하는데."

"뭐, 사마귀를 치료한다고? 더 좋은 방법을 알고 있어."

"아닌 것 같은데…. 뭔데?"

"뭐냐면, 썩은 나무에 괸 물이야."

굴렁쇠:막대기로 뒤를 밀어 굴리며 빨리 달리는 둥근 테 모양의 쇠, 장난감의 한가지

"Spunk water! I wouldn't give a dern for spunk water."

"You wouldn't, wouldn't you? D'you ever try it?"

"No, I hain't. But Bob Tanner did."

"Who told you so?"

"Why, he told Jeff Thatcher, and Jeff told Johnny Baker, and Johnny told Jim Hollis, and Jim told Ben Rogers, and Ben told a nigger, and the nigger told me. There now!"

"Well, what of it? They'll all lie. Leastways all but the nigger. I don't know him. But I never see a nigger that wouldn't lie. Shucks! Now you tell me how Bob Tanner done it, Huck."

"Why, he took and dipped his hand in a rotten stump where the rain water was."

"In the daytime?"

"Certainly "

"With his face to the stump?"

"Yes. Least I reckon so."

"Did he say anything?"

"I don't reckon he did. I don't know."

"Aha! Talk about trying to cure warts with spunk water such a blame-fool way as that! Why, that ain't a-going to do any good. you got to go all by yourself, to the middle of the woods, where you know there's a spunk-water

hain't: have(has) not의 간약형 nigger: 검둥이, 흑인   what of it? : 그것이 어쨌단 말인가, 상관없지 않은가 leastways: 적어도(leastwise 의 방언) shucks: 쳇, 빌어먹을, 아뿔싸 (불쾌,후회 따위를 나타냄) reckon: 평가하다, 계산하다
ain't : am not, are not, is not, have not, has not의 간약형

"아, 그거! 그게 무슨 치료가 되니?"

"안 된다고? 너 해본 적 있어?"

"아니, 없어. 그렇지만, 밥 테너는 해봤대."

"누가 그래?"

"응, 밥이 제프 대처에게 말하고, 제프는 죠니 베이커에게, 죠니는 또 짐 홀리스에게, 그리고 짐은 벤 로져스에게 말하고, 벤은 어떤 검둥이에게, 그 검둥이가 나에게 말해줬어. 그러니까, 틀림없어!"

"흥, 그게 뭐 어쨌다는 거야? 전부 새빨간 거짓말이야. 그 검둥이가 누군지 모르니까 잘 모르겠지만, 검둥이치고 거짓말 안하는 놈은 한명도 본 적이 없거든. 쳇! 그럼 밥 테너가 어떻게 했는지 말해봐, 허크."

"빗물이 괴어 있는 썩은 나무 그루터기 안에다 손을 쑥 담았대."

"대낮에?"

"물론이지."

"그 그루터기에 얼굴을 갖다 대고?"

"응. 그랬을 거야, 아마."

"무슨 말도 했대?"

"말은 안 한 것 같은데. 글쎄, 모르겠다."

"야! 썩은 물로 사마귀를 치료하겠다는 그런 멍청한 짓이 어딨어! 음, 그래 가지고는 좋은 효과를 볼 수 없고, 혼자서 숲

stump, and just as it's midnight you back up against the stump and jam your hand in and say:

'Barley-corn, barley-corn, Injun-meal shorts,
Spunk water, spunk water, swaller these warts,'

and then walk away quick, eleven steps, with your eyes shut, and then turn around three times and walk home without speaking to anybody. Because if you speak the charm's busted."

"Well, that sounds like a good way; but that ain't the way Bob Tanner done."

"No, sir, you can bet he didn't, becuz he's the wartiest boy in this town; and he wouldn't have a wart on him if he'd knowed how to work spunk water. I've took off thousands of warts off of my hands that way, Huck. I play with frogs so much that I've always got considerable many warts. Sometimes I take 'em off with a bean."

"Yes, bean's good. I've done that."

"Have you? What's your way?"

"You take and split the bean, and cut the wart so as to get some blood, and then you put the blood on one piece of the bean and take and dig a hole and bury it, ' bout mid-

---

jam: 쑤셔넣다 barley-corn: 보리알 injun: indian의 방언 wart: 사마귀

한가운데 자기가 알고 있는 물이 괸 썩은 그루터기가 있는 곳까지 가서 그루터기 뒤에서 망보다가 바로 밤 12시가 되면 손을 그 속에 담그고는 이렇게 말하는 거야.

'보리알, 보리알, 옥수수 가루,
괴물아, 괴물아, 이 사마귀를 삼켜라,'

그리고 나서는 눈을 감은 채, 저쪽으로 빨리 열한 발자국 뛰어가서는 세 바퀴를 돈 다음, 아무하고도 얘기하지 않고 곧장 집으로 가면 돼. 얘기를 하게 되면, 마력이 소용없게 되거든."

"음, 좋은 방법인 거 같아. 그런데, 그건 밥 테너가 했던 방법이야."

"그럼, 물론 그럴 테지. 그 녀석은 우리 마을에서도 사마귀가 제일 많은 놈이거든. 그 괸 물로 사마귀 없애는 방법을 제대로 알았더라면, 지금은 사마귀가 있을 리 없잖아. 난 그 방법을 써서 내 손에 있던 수천 개의 사마귀를 다 없앴다니까, 허크. 난 개구리를 가지고 노니까 늘 사마귀가 생겨. 가끔씩은 완두콩으로 사마귀를 없애기도 해."

"응, 효과가 있더라. 나도 그렇게 했었어."

"너도? 어떤 식으로?"

"완두콩을 딱 쪼개고 피가 좀 날 정도로 사마귀를 자르고 나서, 그 피를 완두콩 한 쪽 면에 바르고, 구덩이를 파서 그곳에

마력:마법의 불가사의한 힘

night at the crossroads in the dark of the moon, and then you burn up the rest of the bean. you see, that piece that's got the blood on it will keep drawing and drawing, trying to fetch the other piece to it, and so that helps the blood to draw the wart, and pretty soon off she comes."

"Yes, that's it, Huck–that's it; though when you're bury-ing it if you say 'Down bean; off wart: come no more to bother me!' it's better. That's the way Joe Harper does, and he's been nearly to Coonville and most everywheres. But say how do you cure 'em with dead cats?"

"Why, you take your-cat and go and get in the graveyard long about midnight when somebody that was wicked has been buried; and when it's midnight a devil will come, or maybe two or three, but you can't see 'em, you can only hear something like the wind, or maybe hear 'em talk; and when they're taking that feller away, you heave your cat after em and say, 'Devil follow corpse, cat follow devil, warts follow cat, I'm done with ye!

"Sounds right. D'you ever try it, Huck?"

"No, but old Mother Hopkins told me."

"Well, I reckon it's so, then. Becuz they say she's a witch."

"Say! Why, Tom, I know she is. she witched pap. Pap

---

fetch: ~가서 가지고 요다, 끌어당기다   'em = them.   graveyard: 묘지   feller: 사람, 사내 (follow의 속어)   pap: 아빠(papa의 간약형)

묻는 거야, 밤 12시 경, 달이 없는 캄캄한 밤 네거리에다. 그리고는 나머지 콩 반쪽을 불태우면 돼. 그러면, 피가 묻은 완두콩 한 쪽은 계속해서 짝을 맞추려고 다른 한 쪽 완두콩을 끌어당기는 거야. 그래서, 사마귀가 곧 없어져 버리는 거지."

"그래, 바로 그거야. 허크, 바로 그거라고! 그런데, 그것을 묻을 때, '파묻혀라, 콩아. 없어져라, 사마귀야, 또 나타나서 나를 괴롭히지 말아라!' 라고 말하면서 하면 더 좋아. 그게 조 하퍼가 쓰는 방법이고, 쿤빌이나 다른 데서도 다들 그렇게 하고 있대. 근데, 죽은 고양이로 사마귀를 어떻게 치료하니?"

"에, 평소에 나쁜 짓을 많이 한 사람이 죽으면 한밤중에 고양이를 데리고 묘지로 가는 거야. 밤 12시가 되면 악마 하나가 나타날 거야. 어쩜 둘이나 셋일지도 몰라. 그러나 모습은 보이지 않고 단지 바람소리 같은 것만 들을 수 있게 돼. 어쩌면 그들이 얘기하는 것도 들을지도 몰라. 그들이 시체를 데리고 갈 때, 고양이를 던지면서 '악마는 시체를 따라가고, 고양이는 악마를 따라가고, 사마귀는 고양이를 따라가라. 이걸로 너와는 끝이다!' 라고 말하는 거야."

"맞아, 너 그렇게 해본 적 있니, 허크?"

"아니, 홉킨스 할머니가 가르쳐 주셨어."

"음, 그랬을 것 같다. 모두들 그 할머니가 마녀라고 하더라고."

"그래 맞아, 톰. 난 그녀의 정체를 알아. 우리 아빠한테도 마법을 걸었거든. 아빠한테서 들었어. 어느 날, 어딜 가다가 만났

says so his own self. He come along one day, and he sees she was a-witching him, so he took up a rock, and if she hadn't dodged, he'd 'a' got her. Well, that very night he rolled off'n a shed wher' he was a-layin' drunk, and broke his arm"

"Why, that's awful. How did he know she was a-witching him?"

"Lord, pap can tell, easy. Pap says when they keep looking at you right stiddy, they're a-witching you. 'Specially if they mumble. Becuz when they mumble they're saying the Lord's Prayer backards."

"Say, Hucky, when you going to try the cat?"

"Tonight. I reckon they'll come after old Hoss Williams tonight."

"But they buried him Saturday. Didn't they get him Saturday night?"

"Why, how you talk! How could their charms work till midnight? —and then ifs Sunday. Devils don't slosh around much of a Sunday."

"I never thought of that. That's so. Lemme go with you?"

"Of course—if you ain't afeared."

"Afeared! Tain't likely. Will you meow?"

---

dodge: 피하다 get: (=to kill)의 의미 a-witching: 마술을 걸다 mumble: 중얼거리다 the Lord's Prayer: 주기도문 slosh: 배회하다 meow: (고양이 울음소리) 야옹

는데, 마술을 부리려고 하더라는 거야. 그래서, 바위를 집어들어 던졌는데, 피하지 않았더라면 아마 죽었을 거야. 근데, 바로 그날 밤 술에 취해, 누워 자던 헛간에서 굴러 떨어져 팔이 부러지고 말았대."

"저런, 끔찍하군. 너희 아빤 그 할머니가 마법 쓰는 걸 어떻게 아셨을까?"

"오, 그거, 쉽대. 그쪽에서 이쪽을 뚫어져라 보고 있으면 마법을 걸고 있는 거라고 하시더라. 특히 뭐라고 중얼거릴 때는 틀림없데. '주기도문'을 거꾸로 외우고 있는 거니까."

"이 봐, 허크. 그 고양이 갖고 언제 해 볼 거야?"

"오늘 밤. 내 생각에 귀신들이 오늘 밤 늙은 호스 윌리암스 씨를 찾으러 올 것 같아."

"그런데, 그를 묻은 건 토요일이었잖아. 토요일 밤 그들이 데리고 가지 않았을까?"

"애구, 말하는 것 좀 봐. 12시전에 악마의 주문이 무슨 효력이 있겠니? 게다가 일요일이라면. 악마들은 일요일엔 배회하며 돌아다니지 않아."

"맞아, 그걸 몰랐구나. 같이 가도 돼?"

"물론이지. 겁만 집어먹지 않는다면."

"겁을 먹는다고! 천만에. 고양이 울음소리로 신호를 보낼 거야?"

배회:천천히 이리저리 걸어다님

"Yes, and you meow back, if you get a chance. Last time, you kep' me a-meowing around till old Hays went to throwing rocks at me and says 'Dern that cat!' and so I hove a brick through his window—but don't you tell."

"I won't. I couldn't meow that night becuz auntie was watching me, but I'll meow this time. Say—what's that?"

"Nothing but a tick"

"Where'd you get him?"

"Out in the woods!"

"What'll you take for him?"

"I don't know. I don't want to sell him."

"All right It's a mighty small tick anyway."

"Oh, anybody can run a tick down that don't belong to them. I'm satisfied with it It's a good enough tick for me."

"Sho, there's ticks a-plenty. I could have a thousand of 'em if I wanted to."

"Well, why don't you? Becuz you know mighty well you can't. This is a pretty early tick, I reckon. It's the first one I've seen thus year."

"Say, Huck—I'll give you my tooth for him."

"Let's see it."

Tom got out a bit of paper and carefully unrolled it Huckleberry viewed it wistfully. The temptation was very

---

auntie: aunt의 애칭 tick: 진드기 run down: 헐뜯다,욕하다 wistfully: 탐이 나듯이

"응. 너도 기회를 봐서 야옹하고 대답해라. 지난번, 계속해서 내가 야옹야옹 거리니까 그 늙은 헤이즈 씨가 나에게 돌을 던지며 '아니, 이놈의 고양이가!' 그러는 거야. 그래서 벽돌을 던져 그 집 창문을 깨 버렸어. 너 말하면 안돼."

"걱정 마. 그날 밤은 이모님이 날 감시하셔서 신호를 보낼 수 없었어. 하지만, 이번엔 야옹할게. 어, 그건 뭐야?"

"그냥, 진드기야."

"어디서 났어?"

"숲속 저 멀리서."

"뭐하고 바꿀래?"

"글쎄, 바꾸기 싫은데."

"좋아, 그까짓 콩알만한 진드기 갖고서."

"그래, 자기 것이 아니라고 함부로 말해라. 난 너무 맘에 드니까 상관없어. 나에겐 둘도 없는 진드기야."

"쳇, 진드기는 얼마든지 있다고. 내가 마음만 먹으면 수없이 가질 수 있을 텐데."

"그런데, 왜 그렇게 하지 않아? 못하니까 그렇지? 이 녀석은 꽤 일찍 나온 것 같아. 올해 들어 처음 보는 놈이야."

"이 봐, 허크. 내 이빨하고 바꾸자."

"어디 봐."

톰은 종이 뭉치를 하나 꺼내더니 조심조심 펼쳤다. 허클베리는 탐이 나는 듯 바라보았다. 갖고 싶다는 유혹에 끝내는 굴복

strong. At last he said:

"Is it genuwyne?"

Tom lifted his lip and showed the vacancy.

"Well, all right," said Huckleberry. "It's a trade."

Tom enclosed the tick in the percussion-cap box that had lately been the pinch bug's prison, and the boys separated, each feeling wealthier than before.

When Tom reached the little isolated frame schoolhouse, he strode in briskly, with the manner of one who had come with all honest speed. He hung his hat on a peg and flung himself into his seat with businesslike alacrity. The master, throned on high in his great splint-bottom armchair, was dozing, lulled by the drowsy hum of study. The interruption roused him.

"Thomas Sawyer!"

Tom knew that when his name was pronounced in full, it meant trouble.

"Sir!"

"Come up here. Now, sir, why are you late again, as usual?"

Tom was about to take refuge in a lie, when he saw two long tails of yellow hair hanging down a back that he recogruzed. He instantly said:

---

genuwyne: 진짜 vacancy: 빈 상태, 공간 pinch: 가두다 briskly: 활발히, 기운차게 peg: 못 with alacrity: 척척, 민첩하게 businesslike: 민첩한 lull: 재우다, 졸다 drowsy: 졸린, 나른한

을 하고서 "이거 진짜야?" 하고 물어 보았다.

톰은 자기 입술을 위로 치켜들고 이빨 빠진 자리를 보여주었다.

"그래, 좋아. 바꾸자." 허클베리가 말했다.

톰은 최근까지 집게벌레를 담아 두었던 뇌관통에다 진드기를 넣고, 두 소년은 헤어졌다. 둘 다 전보다 훨씬 더 부자가 된 듯한 기분으로….

마을에서 외따로 떨어져 있는 조그마한 학교 건물에 이르렀을 때, 톰은 지금까지 열심히 뛰어온 듯한 얼굴을 하고 교실 안으로 성큼성큼 들어갔다. 못에다 모자를 걸고는 아주 민첩하게 몸을 던져 자기 자리에 앉았다. 선생님은 나무 받침대가 있는 커다란 안락의자에 앉아서 아이들이 홍얼홍얼 외우는 소리를 자장가 삼아 졸고 있다가, 톰이 들어오는 소리에 그만 잠을 깼다.

"토마스 소여!"

톰은 자기 이름이 이렇게 정식으로 불릴 때에는 뭔가 안 좋은 일이 있다는 것을 잘 알고 있었다.

"네!"

"이리로 나오너라. 이 녀석, 넌 왜 밤낮 지각하는 거냐?"

톰은 거짓말을 하려고 했지만, 등 뒤로 길게 늘어뜨린 두 갈래의 금발 머리가 누군인지를 알아차리고는 생각을 바꿨다. 그리고는 주저 없이 대답했다.

뇌관통:화약을 점화시키는데 쓰는 기구의 한 가지

"I STOPPED TO TALK with HUCKLEBEBRY FINN."

The master's pulse stood still, and he stared helplessly. The buzz of study ceased. The pupils wondered if this foolhardy boy had lost his mind. The master said:

"You-you did what?"

"Stopped to talk with Huckleberry Finn."

There was no mistaking the words.

"Thomas Sawyer, this is the most astounding confession I have ever listened to. No mere ferule will answer for this offense. Take off your jacket."

The master's arm performed until it was tired. Then the order followed:

"Now, sir, go and sit with the girls! And let this be a warning to you."

The titter that rippled around the room appeared to abash the boy, but in reality that result was caused rather more by his worshipful awe of his unknown idol and the dread pleasure that lay in his high good fortune. He sat down upon the end of the pine bench and the girl hitched herself away from him with a toss of her head. Nudges and winks and whispers traversed the room, but Tom sat still, with his arms upon the long, low desk before him,

---

buzz: (윙윙)울리는 소리 foolhardy: 막무가내인 lose one's mind: 발광하다 astounding:기가 막힌 ferule:매 let this be a warning to you:이것을 교훈으로 삼아라 ripple:웃음소리가 물결소리처럼 일다 abash:부끄럽게 하다 worshipful: 숭배자 awe:외경심 idol:우상 hitch: ~을 홱 움직이다 nudge:팔꿈치로 찌르다

"허클베리 핀과 얘기 좀 하느라고요."

선생님의 맥박은 완전히 멎었으며, 어처구니가 없다는 듯 쳐다보았다. 아이들의 중얼거림도 멎었다. 학생들은 이 못 말리는 소년이 제 정신이 아닌가 싶어 눈이 휘둥그래졌다.

"뭐, 뭘 했다고?"

"허클베린 핀과 얘기 좀 하느라고 늦었습니다."

잘못 들은 게 아니었다.

"토마스 소여군, 이런 기가 막힌 고백은 내 생전 처음 들어보는군. 더 이상 가벼운 징벌로는 안 되겠어. 웃옷을 벗어라."

선생님은 팔이 뻐근해질 때까지 마구 회초리를 휘둘렀다. 그리고는 이렇게 명령을 내리셨다.

"자, 이제 여학생 자리에 가서 앉아라. 이번 일을 교훈으로 삼고!"

킥킥 웃는 소리가 교실 안에서 터져나왔다. 톰은 조금 부끄러운 듯 얼굴을 붉혔지만, 실은 아직 이름도 모르는 우상에 대한 외경심과 굉장한 행운이 자기에게 온 감격 때문에 얼굴이 붉어진 것이다. 톰이 의자 끝에 앉자, 여학생은 뾰로통한 얼굴을 하고 고개를 휙 돌렸다. 눈을 끔뻑거리고 뭐라고 귀엣말을 하기도 하며 야단이었지만, 톰은 아랑곳하지 않고, 책상 위에 두 손을 올려놓은 채, 꼼짝도 않고 열심히 공부에만 몰두하는

외경심:어려워하면서도 공경하는 마음

and seemed to study his book.

By and by attention ceased from him, and the accustomed school murmur rose upon the dull air once more. Presently the boy began to steal furtive glances at the girl. she observed it, 'made a mouth' at him and gave him the back of her head for the space of a minute. When she cautiously faced around again, a peach lay before her. She thrust it away. Tom gently put it back. She thrust it away again, but with less animosity. Tom patiently returned it to its place. Then she let it remain. Tom scrawled on his slate, "Please take it— I got more." The girl glanced at the words, but made no sign. Now the boy began to draw something on the slate, hiding his work with his left hand. For a time the girl refused to notice, but her human curiosity presently began to manifest itself. The boy worked on, apparently unconscious. The girl made a sort of noncommittal attempt to see it, but the boy did not betray that he was aware of it. At last she gave in and hesitantly whispered:

"Let me see it."

Tom partly uncovered a dismal caricature of a house with two gable ends to it and a corkscrew of smoke issuing from the chimney. Then the girl's interest began to

---

murmur: 중얼거리는 furtive: 은밀한 make a mouth: 입을 삐죽거리다, 얼굴을 찡그리다 scrawle: 휘갈겨쓰다 glance at: ~을 홀낏 보다 gable: 박공(건뱃집 양편에 ㅅ자 모양으로 붙인 두꺼운 널)

척했다. 곧 톰은 공부에 관심이 없어지고, 교실 안은 다시 아이들의 중얼거리는 따분한 분위기가 되었다. 톰은 자기 옆의 소녀를 슬쩍 훔쳐보았다. 그걸 알아차린 소녀는 입을 삐죽 내밀고는 고개를 홱 돌렸다. 잠시 후, 소녀가 고개를 다시 돌리자, 복숭아 하나가 놓여 있었다. 소녀는 그것을 저리로 밀어냈다. 톰은 그것을 도로 갖다 놓았다. 소녀는 다시 그것을 저쪽으로 밀어냈지만, 아까보다는 덜 신경질적이었다. 톰은 참을성 있게 다시 살짝 밀었다. 그랬더니, 소녀는 그대로 두었다. 톰은 자기 석판에다 "그거 가져, 더 있으니까." 라고 썼다. 소녀는 홀낏 쳐다보고는 아무런 내색도 하지 않았다. 톰은 석판 위에다 왼손으로 가려 가며 뭔가 그리기 시작했다. 한동안 소녀는 모르는 척하고 있었지만, 인간적인 호기심이 드러나기 시작했다. 톰도 모른 척하며 계속 그림을 그렸다. 소녀는 슬그머니 그 그림을 보려고 했지만, 톰은 여전히 모르는 척했다. 마침내, 소녀는 포기하고 머뭇머뭇하며 작은 목소리로 속삭였다.

"나도 좀 보여줘."

톰은 살짝 손을 비켜 박공이 양쪽에 달려 있고, 굴뚝에서 배배꼬인 연기가 피어오르는 음침한 모습의 집을 보여주었다. 소녀는 그만 이 그림에 마음을 빼앗기고 모든 걸 다 잊어버렸다. 그림이 다 완성되자, 소녀는 잠시 들여다보고는 나지막하게 말

석판:돌(석판석)을 얇게 깎아 만든 판으로, 그 위에 글씨를 쓰게 된 기구
박공:추녀를 달지 않고 ㅅ모양으로 붙인 두꺼운 널판지

fasten itself upon the work and she forgot everything else. When it was finished, she gazed a moment, then whispered:

"It's nice— make a man."

The artist erected a man in the front yard, that resembled a derrick. He could have stepped over the house; but the girl was not hypercritical; she was satisfied with the monster, and whispered:

"It's a beautiful man now make me coming along."

Tom drew an hourglass with a full moon and straw limbs to it and armed the spreading fingers with a portentous fan. The girl said:

"It's ever so nice— I wish I could draw."

"It's easy," whispered Tom, "I'll learn you."

"Oh, will you? When?"

"At noon. Do you go home to dinner?"

"I'll stay if you will."

"Good. What's your name?"

"Becky Thatcher. What's yours? Oh, I know. It's Thomas Sawyer."

"That's the name they lick me by. I'm Tom when I'm good. you call me Tom, will you?"

"Yes."

---

derrick: 기중기 step over: 넘다, 가로지르다 hourglass: 모래시계 portentous: 경이적인, 이상한

했다.

"너무 멋져. 사람을 그려 봐."

소년 화가는 앞뜰에다 기중기처럼 생긴 사람 하나를 그려 놓
았다. 아마 집을 훌쩍 뛰어넘을 수 있을 정도였지만, 소녀는 개
의치 않았다. 오히려 이 괴물 같은 사람이 마음에 들었는지 살
짝 속삭였다.

"잘 생긴 남자야. 이젠, 나도 옆에다 그려 줘."

톰은 모래시계처럼 가운데가 잘록하게 들어간 형체를 그리고
는 보름달 같은 얼굴과 지푸라기처럼 가느다란 팔 다리를 붙이
고, 손에는 이상한 부채를 하나 쥐어 주었다. 소녀는

"정말, 너무 멋져. 나도 이렇게 그려봤으면."

"어려운 거 아냐. 가르쳐 줄게." 톰이 속삭였다.

"어머, 정말? 언제?"

"점심 시간 때. 점심 먹으러 집에 가니?"

"가르쳐 주면 그냥 여기 있을게."

"좋아. 그런데 이름이 뭐야?"

"베키 대처. 너는? 아, 알아. 토마스 소여지."

"그건 야단맞을 때 이름이야. 보통 땐 톰이야. 톰이라고 불러.
알았지?"

"응."

톰은 다시 안 보이게 가리고는 석판 위에다 뭐라고 끄적대기

Now Tom began to scrawl something on the slate, hiding the words from the girl. But she was not backward this time. she begged to see. Tom said:

"Oh, it ain't anything."

"Yes, it is."

"No, it ain't. You don't want to see."

"Yes, I do, indeed I do. Please let me."

"You'll tell."

"No, I won't— 'deed and 'deed and double 'deed I won't "

"You won't tell anybody at all? Ever, as long as you live?"

"No I won't ever tell anybody. Now let me."

"Oh, you don't want to see!"

"Now that you treat me so, I will see." And she put her small hand upon his and a little scuffle ensued, Tom pretending to resist in earnest but letting his hand slip by degrees till these words were revealed: "I love you."

"Oh, you bad thing!" And she hit his hand a smart rap, but reddened and looked pleased, nevertheless.

---

scrawl: 휘갈겨 쓰다 backward: 수줍은, 주저하는, 스스러워하는 scuffle: 난투 ensue: (싸움이)잇달아 일어나다 by degrees: 점차, 차차로

시작했다. 그렇지만 소녀는 아까와는 달리 주저하지 않고 보여 달라고 졸랐다. 톰은 "아무것도 아냐." 라고 말했다.

"괜찮아, 보여줘."

"아무것도 아니라니까, 볼만한 게 못돼."

"아냐, 보고 싶어. 정말로. 보게 해줘."

"딴 애한테 말 할거지."

"아니, 안 해. 정말로, 정말로. 말 안 할 거야."

"아무한테도 말 안 할거지? 죽을 때까지."

"응. 절대 아무한테도 말 안 할 거야. 자, 보여줘."

"아무래도 볼만한 게 못되는데!"

"어, 그런 식으로 나오면 강제로라도 보겠어." 소녀는 그 조그만 손을 톰의 손 위에 올려놓았으며, 둘은 약간 옥신각신하였다. 톰은 못이기는 척하면서 조금씩 손을 미끄러뜨려 마침내 글자를 보이게 했다.

"사랑해!"

"어머, 망측해!"

소녀는 찰싹하고 톰의 손등을 때렸지만, 얼굴을 붉히며 내심 기뻐하는 눈치였다.

옥신각신:서로 옳으니 그르니 하며 시비하여 다투는 모양
망측:이치에 맞지 않아 헤아릴 수 없음

CHAPTER 7
Tick-Running and a Heartbreak

THE HARDER Tom tried to fasten his mind on his
book, the more his ideas wandered. So at last, with a sigh
and a yawn, he gave it up. It seemed to him that the noon
recess would never come. There was not a breath stirring.
It was the sleepiest of sleepy days. The drowsing murmur
of the five and twenty studying scholars soothed the soul
like the spell that is in the murmur of bees. Tom's heart
ached to be free, or else to have something of interest to
do to pass the dreary time. His hand wandered into his
pocket and his face lit up with a glow of gratitude that was
prayer, though he did not know it. Then furtively the per-
cussion-cap box came out. He released the tick and put
him on the long flat desk. The creature probably glowed
with a gratitude that amounted to prayer, too, at this
moment, but it was premature: for when he started thank-
fully to travel off, Tom turned him aside with a pin and
made him take a new direction.

Tom's bosom friend sat next him, suffering just as Tom
had been, and now he was deeply and gratefully interested

fasten: 집중하다 recess: 휴식 dreary: 따분한 premature: 너무 이른, 때 아닌,
시기 상조의 bosom: 옆자리의 bosom friend: 친구

제 7 장
진드기 경주와 가슴앓이

책에 정신을 집중하면 할수록, 여러 가지 잡념들이 더욱 떠올랐다. 마침내 톰은 한숨과 하품을 해대며 포기해 버렸다. 점심시간은 영영 올 것 같지 않았다. 바람 한 점 불지 않았다. 참을 수 없는 졸음이 쏟아지는 하루였다. 25명의 학생들이 중얼거리는 소리는 벌이 윙윙거리는 무슨 주문처럼 온몸을 나른하게 만들었다. 톰은 자유로워지고 싶었으며, 이 따분한 시간을 때울 만한 뭔가 재미있는 게 없을까 하고 간절히 바랐다. 손으로 주머니 속을 이리저리 뒤지던 톰의 얼굴이 감사의 빛으로 환해졌다. 그것은 기도를 올릴 때 갖는 희열과 비슷한 것이지만, 톰은 한 번도 느껴 보지 못한 게 사실이었다. 톰은 뇌관통을 조심스럽게 꺼냈다. 그리고 길고 평평한 책상에 진드기를 꺼내 놓았다. 진드기는 톰과 마찬가지로 감사의 기쁨을 느꼈지만, 그것은 너무 이른 생각이었다. 고맙게 여기며 어디론가 가려 하자, 톰은 핀으로 가는 길을 막고는 다른 쪽으로 방향을 바꿔 놓았다.

톰 옆자리에 있던 친구도 마찬가지로 굉장히 지루해 하고 있다가, 이 놀이를 보더니 옳다구나 하며 반가워했다. 이 친구는

in this entertainment in an instant This bosom friend was Joe Harper. The two boys were sworn friends all the week and embattled enemies on Saturdays. Joe took a pin out of his lapel and began to assist in exercising the prisoner. The sport grew in interest momently. Soon Tom said that they were interfering with each other, and neither getting the fullest benefit of the tick. So he put Joe's slate on the desk and drew a line down the middle of it from the top to bottom.

"Now," said he, "as long as he is on your side you can stir him up ; but if you let him get away and get on my side, you're to leave him alone as long as I can keep him from crossing over."

"All right, go ahead; start him up."

The tick escaped from Tom, presently, and crossed the equator. Joe harassed him awhile and then he got away and crossed back again. This change of base occurred often. At last luck seemed to settle and abide with Joe. The tick tried this, that, and the other course and got as excited and as anxious as the boys themselves, but time and again just as he would have victory in his very grasp, so to speak, and Tom's fingers would be twitching to begin, Joe's pin would deftly head him off, and keep pos-

---

embattle: (전쟁에서) 적이 되다 lapel: 옷깃 drew a line: 선을 긋다 harass: 괴롭히다, 침략하다 awhile: 얼마, 잠시

바로 조 하퍼였는데, 두 소년은 평소에 둘도 없이 다정하지만, 토요일에 전쟁놀이를 할 때마다 서로 적이 되었다. 조는 옷깃에서 핀 하나를 뽑더니, 이 포로 훈련에 한몫 끼기 시작했다. 놀이는 점점 흥미를 더해 갔다. 잠시 후, 톰은 이러다간 어느 쪽도 재미를 못 볼 것 같다며 조의 석판을 책상 위에다 놓고 한가운데다 일직선을 긋고 말했다.

"자, 이제 이놈이 그쪽에 있을 땐, 네가 가지고 놀아. 하지만, 이쪽으로 넘어오면 내 거야. 선을 넘어가지 않는 한 손대면 안 돼."

"좋아, 그렇게 하자. 시작!"

진드기는 곧 톰에게서 벗어나 적도를 넘었다. 조가 괴롭히자 진드기는 다시 톰 쪽으로 도망쳐 왔다. 이런 식으로 왔다갔다 하다가, 드디어 행운은 조의 쪽으로 확실히 기울어진 것 같았다. 진드기가 이리저리 빙빙 돌면서 두 소년의 마음을 애타게 하더니, 선 있는 데까지 와서는 잠깐 머뭇거리는 것 같았다. 톰이 자기편으로 끌어오려고 손가락을 대자, 조도 이에 질세라 핀으로 교묘하게 진드기의 머리를 돌려놓아 못 넘어가게 만들었다. 톰은 더 이상 참을 수 없었다. 손을 뻗어 핀으로 진드기의 방향을 자기 쪽으로 돌려놓았다. 그러자, 화가 난 조가 따지듯 말했다.

session. At last Tom could stand it no longer. So he reached out and lent a hand with his pin. Joe was angry in a moment. Said he:

"Tom, you let him alone."

"I only just want to stir him up a little, Joe."

"No, sir, it ain't fair; you just let him alone."

"Blame it, I ain't going to stir him much."

"Let him alone, I tell you."

"I won't!"

"You shall he's on my side of the line."

"Look here, Joe Harper, whose is that tick?"

"I don't care whose tick he is he's on my side of the line and you shan't touch him."

"Well, I'll just bet I will, though. He's my tick and I'll do what I blame please with him, or die!"

A tremendous whack came down on Tom's shoulders and its duplicate on Joe's. The boys had been too absorbed to notice the hush that hat stolen upon the-school a while before when the master came tiptoeing down the room and stood over them.

When school broke up at noon, Tom flew to Becky Thatcher and whispered in her ear:

"Put on your bonnet and let on you're going home; and

---

twitch: ~을 갑자기 잡아끌다 deftly: 능숙하게 whack: 일격 duplicate: 이어서 hush: 침묵 let on: (짐짓) ~인 체하다

"톰, 손대지 마."

"방향만 좀 돌려놓았을 뿐인데, 뭘 그래 조."

"안돼. 이건 불공평해. 손대지마."

"젠장, 많이 건드리지도 않았단 말야."

"손대지 말라고 했어."

"싫어."

"내 쪽으로 넘어왔잖아."

"좋아. 조 하퍼, 이 진드기 누구 거지?"

"알게 뭐야. 이 진드긴 내 쪽으로 넘어왔으니까 넌 손대지 마."

"웃기시네. 이건 내 진드기니까 내가 하고 싶은 대로 할거야."

이 때, 톰의 어깨 위로 턱하는 무서운 일격이 가해졌고, 이어서 조의 어깨에도 같은 것이 떨어졌다. 두 소년은 너무나 열중해 있었기에, 선생님이 발끝으로 살금살금 교단을 내려와 그들 옆에 서서 지켜보는 동안 교실 안이 조용해진 것도 모르고 있었던 것이다. 점심 시간이 되자, 톰은 베키 대처에게 달려가 귀엣말을 하였다.

"모자를 쓰고 집에 가는 척해. 모퉁이 있는 데까지 갔다가 다른 애들 몰래 살짝 빠져 나와서 골목길로 되돌아와. 난 딴

일격 : 한번 침

when you get to the corner give the rest of 'em the slip and turn down through the lane and come back. I'll go the other way and come it over 'em the same way."

In a little while the two met at the bottom of the lane, and when they reached the school they had it all to themselves. Then they sat together, with a slate before them, and Tom gave Becky the pencil and held her hand in his, guiding it, and so created another surprising house. When the interest in art began to wane, the two fell to talking. Tom was swimming in bliss.

"Say, Becky, was you ever engaged?"

"What's that?"

"Why, engaged to be married."

"No".

"Would you like to?"

"I reckon so. I don't know. What is it like?"

"Like? Why, it ain't like anything. You only just tell a boy you won't ever have anybody but him, ever ever ever, and then you kiss and that's all. Anybody can do it."

"Kiss? What do you kiss for?"

"Why, that, you know, is to well, they always do that."

"Everybody?"

"Why, yes, everybody that's in love with each other. Do

___

at the bottom of: ~의 기슭, 아래쪽 lane: 골목길 engage: 약혼하다

길로 갔다가 빠져나올 테니."

　잠시 후, 두 사람은 골목 끝에서 만나 아무도 없는 학교로 다시 돌아왔다. 둘은 석판을 앞에다 놓고 나란히 앉았다. 톰은 석필을 쥔 베키손을 겹쳐 잡고서 또 희한한 집 한 채를 그렸다. 그림 그리는 게 시들해지자, 둘은 얘기를 시작했다. 톰은 너무너무 즐거워했다.

　"근데, 베키. 너, 약혼한 적 있어?"

　"그게 뭔데?"

　"음… 결혼 약속 말야."

　"아니, 없어."

　"하고 싶지 않니?"

　"글쎄, 그렇기도 하고. 어떻게 하는 건데?"

　"어떻게? 특별한 건 아냐. 그냥 한 소년에게 영원히 영원히 그 애 하고만 있겠다고 말하고, 입맞춤을 하면 되는 거야. 누구나 할 수 있는 거야."

　"입맞춤? 입맞춤은 왜 하는데?"

　"어, 왜 하냐면, 그건… 모두들 그렇게 하잖아."

　"모두들?"

　"그, 그래. 서로 사랑하면 다들 그렇게 해. 내가 석판에 썼던 말 기억하니?"

석필:곱돌 따위를 붓처럼 만들어 석판에 그림.글씨를 그리는 기구
희한한:매우 드물게 이상한

you remember what I wrote on the slate?"

"Ye-yes."

"What was it?

"I shan't tell you."

"Shall I tell you?"

"Ye—yes—but some other time."

"No, now."

"No, not now—tomorrow."

"Oh, now, now. Please, Becky—I'll whisper it, I'll whisper it ever so easy."

Becky hesitating, Tom took silence for consent and passed his arm about her waist and whispered the tale ever so softly, with his mouth close to her ear. And then he added:

"Now you whisper it to me just the same."

She resisted for a while, and then said:

"You turn your face away so you can't see, and then I will.

He turned his face away. she bent timidly around till her breath stirred his curls and whispered, "I love you!"

Then she sprang away and ran around and around the desks and benches, with Tom after her, and took refuge in a corner at last, with her little white apron to her face.

---

consent: 허락 waist: 허리 turn away: 돌리다, 외면하다 timidly: 수줍어하며
apron: 앞치마

"응. 그럼."

"뭐였지?"

"말 못해."

"내가 말할까?"

"으, 응! 하지만 이 다음에."

"싫어, 지금."

"안돼. 지금은 안돼, 내일."

"아냐, 지금 할게. 제발, 베키. 아주 부드럽게 살짝 속삭여 줄게."

베키는 망설였다. 톰은 베키의 침묵을 허락한다는 뜻으로 받아들이고 베키의 허리에 팔을 두르며 귀에 입을 갖다 대고 아주 부드럽게 속삭였다. 그리고는

"자, 이제 너도 똑같이 말하는 거야." 했다.

베키는 잠시 주저하다가 말했다.

"내 얼굴이 안 보이도록 저쪽으로 얼굴 돌리면 할게."

톰은 얼굴을 옆으로 돌렸다. 베키는 수줍어하며 허리를 굽혀 입김이 톰의 고수머리를 흔들 정도로 가까이 다가가서 속삭였다. "사랑해!"

그리고 나서, 베키는 얼른 일어서서 도망을 쳤다. 톰이 그 뒤를 좇아가자 책상과 걸상 사이로 이리저리 달아나다가 마침내

Tom clasped her about her neck and pleaded:

"Now, Becky, it's all done all over but the kiss. Don't you be afraid of that it ain't anything at all. Please, Becky." And he tugged at her apron and the hands.

By and by she gave up, and let her hands drop. Tom kissed the red lips and said:

"Now it's all done, Becky. And always after this, you know, you ain't ever to love anybody but me, and you ain't ever to marry anybody but me, never never and forever. Will you?"

"No, I'll never love anybody but you, Tom, and I'll never marry anybody but you and you ain't to ever marry anybody but me, either."

"Certainly. Of course. And always coming to school or when we're going home, you're to walk with me, when there ain't anybody looking and you choose me and I choose you at parties, because that's the way you do when you're engaged."

"It's so nice. I never heard of it before."

"Oh, it's ever so gay! Why, me and Amy Lawrence—"

The big eyes told Tom his blunder and he stopped, confused.

"Oh, Tom! Then I ain't the first you've ever been

---

clasp: 껴안다 plead: 달래다 by and by: 곧,머지않아 blunder: 큰 실수, 대실책

구석에 몰려 조그마한 흰 앞치마로 얼굴을 가렸다. 톰은 베키의 목을 껴안으며 달랬다.

"자, 베키. 다 끝났어. 입맞춤만 하면 돼. 겁낼 거 없어. 별거 아냐. 어서, 베키." 그리고 톰은 앞치마를 내리고 손을 잡았다. 곧 베키는 포기하고 손을 내렸다. 톰은 붉은 입술에 입을 맞추었다.

"다 끝났어, 베키. 이제부턴 나 말고 다른 애를 좋아해서도 안되고, 다른 애랑 결혼해서도 안돼. 절대로, 알았지?"

"응. 너 말고 다른 애를 좋아하지도 다른 애랑 결혼하지도 않을 거야, 톰. 너도 나 말고 다른 애하고 결혼하면 안돼."

"물론이지. 앞으로는 학교 갈 때나 집에 갈 때 언제나 함께 가는 거야, 아무도 안 볼 때만. 그리고, 파티가 있을 때에는 너는 나를, 나는 너를 택하는 거야. 약혼한 사이는 다 그렇게 하는 거니까."

"너무 멋져. 난 왜 여태 몰랐을까."

"그럼, 정말 멋지고 말고! 여태까지는 에이미 로렌스하고…"

커져 버린 베키의 눈동자를 보고 톰은 자기가 큰 실수를 저질렀다는 걸 깨닫고, 당황해 하며 말문이 닫혔다.

"어머, 톰! 그러고 보니, 약혼한 게 내가 처음이 아니구나!" 베키는 울기 시작했다.

engaged to!"

The child began to cry. Tom said:

"Oh, don't cry, Becky, I don't care for her any more."

"Yes, you do, Tom—you know you do."

Tom tried to put his arm about her neck, but she pushed him away and turned her face to the wall, and went on crying. Tom tried again, with soothing words in his mouth, and was repulsed again. Then his pride was up, and he strode away and went outside. He stood about, for a while, glancing at the door every now and then, hoping she would repent and come to find him. But she did not. Then he began to feel badly and fear that he was in the wrong. It was a hard struggle with him to make new advances, now, but he nerved himself to it and entered. She was still standing back there in the corner, sobbing, with her face to the wall. He went to her and stood a moment, not knowing exactly how to proceed. Then he said hesitatingly:

"Becky, I—I don't care for anybody but you."

No reply but sobs.

"Becky" pleadingly. "Becky, won't you say something?"

More sobs.

---

push away: 휙 뿌리치다 every now and then: 때때로, 가끔 repent: 자책감을 느끼다 sob: 흐느끼다 pleadingly: 애원하듯이

"우, 울지마. 베키. 이젠 에이미 따윈 전혀 생각이 없어."

"뭐가 안 그래. 넌 지금도 생각하고 있잖아."

톰은 베키의 어깨에 손을 얹으려 했으나, 베키는 휙 뿌리치고 벽 쪽으로 돌아서서 엉엉 울었다. 톰은 계속해서 달래 보려고 했지만, 거절당하고 말았다. 그러자 톰도 자존심이 상해 그대로 걸어나와 밖으로 나가 버렸다. 베키가 후회를 하고 찾으러 나올지도 모른다는 기대를 하면서 문 쪽을 흘끔흘끔 쳐다보며 잠시 동안 서 있었으나, 베키는 나타나지 않았다. 기분이 언짢기도 하고 한편으론, 자기가 잘못하고 있는 게 아닌가 걱정도 됐다. 다시 들어가는 게 여간 쑥스러운 일이 아니었지만, 그래도 용기를 내어 다시 들어갔다. 베키는 여전히 등을 돌리고 구석에 서서 흐느끼고 있었다. 베키 옆으로 다가가긴 했지만, 무슨 말을 꺼내야 할지 몰라 쭈뼛거리며 서 있었다. 그러다 더듬거리며 말을 꺼냈다.

"베키, 너 말고는 난 아무도 생각하지 않아."

대답은 없고, 흐느낌만 있었다.

"베키, 베키. 뭐라고 말 좀 해봐." 애원하듯이 말했다.

베키는 더욱 흐느껴 울었다.

톰은 가장 아끼는 보물인, 난로의 철제 장작 받침 꼭대기에

Tom got out his chiefest jewel, a brass knob from the top of an andiron, and passed it around her so that she could see it, and said:

"Please, Becky, won't you take it?"

She struck it to the floor. Then Tom marched out of the house and over the hills and far away, to return to school no more that day. Presently Becky began to suspect. She ran to the door; he was not in sight; she flew around to the play yard; he was not there. Then she called:

"Tom! Come back, Tom!"

She listened intently, but there was no answer. So she sat down to cry again and upbraid herself; and by this time the scholars began to gather again, and she had to hide her griefs and still her broken heart and take up the cross of a long, dreary, aching afternoon, with none among the strangers about her to exchange sorrows with.

CHAPTER 8
A Pirate Bold To Be

Tom DODGED hither and thither through lanes until he

---

in sight: 보이는 곳에, 보여   still: 달래다, 가라앉히다   thither: 저쪽에

서 빼낸 놋쇠 손잡이를 꺼내 베키 앞에 내밀어 보이며 말했다.

"자, 베키. 너 이거 가질래?"

베키는 그것을 탁 쳐서 마룻바닥 위로 내동댕이쳤다. 그러자, 톰은 교실을 나와 오늘은 더 이상 학교로 돌아가지 않겠다는 맘으로 언덕을 넘어 멀리 가 버렸다. 베키는 혹시나 하고 문으로 달려갔으나 톰은 보이지 않았다. 운동장으로 달려갔지만, 거기에도 없었다.

"톰! 돌아와 톰!" 베키는 외쳤다.

그녀는 열심히 귀를 기울여 봤지만, 대답은 없었다. 그녀는 자리에 주저앉아 자신을 나무라며 울기 시작했다. 아이들이 모여드는 바람에, 그녀는 슬픔을 감추고 아픈 마음을 달래며 슬픔을 함께 나눌 만한 벗 하나 없이, 낯선 친구들 사이에서 쓸쓸하고 가슴 아픈 오후를 보내야 했다.

제 8 장
용감한 해적

톰은 골목으로 요리조리 몸을 숨기며 가다가, 학교로 돌아오

was well out of the track of returning scholars, and then fell into a moody jog. Half an hour later he was disappearing behind the Douglas mansion on the summit of Cardiff Hill. He entered a dense wood, picked his pathless way to the center of it, and sat down on a mossy spot under a spreading oak. He sat long with his elbows on his knees and his chin in his hands, meditating. It seemed to him that life was but a trouble at best, and he more than half envied Jimmy Hodges, so lately released. If he only had a clean Sunday-school record he could be willing to go, and be done with it all. Now as to this girl. What had he done? Nothing. He had meant the best in the world, and been treated like a dog-like a very dog. she would be sorry someday-maybe when it was too late. Ah, if he could only die temporarily! But the elastic heart of youth cannot be compressed into one constrained shape long at a time. Tom presently began to drift insensibly back into the concerns of this life again. What if he turned his back, now, and disappeared mysteriously? What if he went away- ever so far away, into unknown countries beyond the seas-and never came back any more! How would she feel then! The idea of being a clown recurred to him now, only to fill him with disgust. No, he would be a soldier, and

---

summit: 정상, 꼭대기 pathless: 인적없는 mossy: 이끼 낀 meditating: ~을 꾀하다 turn one's back: ~에 등을 돌리다

는 학생들과 마주치지 않는 데까지 오자, 비로소 속도를 늦췄다. 30분쯤 지난 후, 카디프 언덕 꼭대기에 있는 더글라스씨 저택 뒤편에 이르렀다. 톰은 숲속 깊숙이 인적이 없는 길로 따라 들어가, 가지를 넓게 펼친 떡갈나무 아래 이끼 긴 덤불 위에 털썩 주저앉았다. 무릎 위에 팔꿈치를 괴고, 두 손으로 턱을 받치고는 오랫동안 생각에 잠겼다. 산다는 게 왜이리 힘든지, 차라리 얼마 전에 죽은 지미 호지스가 부럽기조차 했다. 평소 주일학교의 출석률만 좋았다면, 당장 지미의 뒤를 따라 세상과 인연을 끊고 싶었다. 근데, 문제는 그 계집애이다. 내가 뭐 어쨌다는 거야? 아무것도 하지 않았는데. 내딴에는 잘한다고 했는데, 진짜 똥개 취급하고 있어. 언젠가 후회할 날이 오겠지만, 그땐 이미 늦었어. 아, 잠깐 동안만이라도 죽을 수 있다면!

그러나 탄력 있는 소년의 마음은 언제까지나 일정한 형태로만 억눌려 있을 순 없었다. 톰은 곧 현실의 삶으로 돌아오기 시작했다. 이곳에서 등을 돌리고 어디론가 홀연히 모습을 감춰 버린다면 어떻게 될까? 멀리 바다 건너 아무도 모르는 나라로 떠나 영영 돌아오지 않는다면, 그 애 기분은 어떨까! 언뜻, 광대가 되겠다는 생각이 떠올랐지만, 영 내키지 않았다. 그래, 군인이 되자. 세월이 지난 다음 전쟁터에서 화려한 공적을 쌓고

return after long years, all war-worn and illustrious. No—better still, he would join the Indians, and hunt buffaloes and go on the warpath in the mountain ranges and the trackless great plains of the Far West, and away in the future come back a great chief, bristling with feathers, hideous with paint, and prance into Sunday school, some drowsy summer morning, with a blood-curdling war whoop, and sear the eyeballs of all his companions with unappeasable envy. But no, there was something gaudier even than this. He would be a pirate! That was it! How his name would fill the world, and make people shudder! How gloriously he would go plowing the dancing seas, in his long, low, black-hulled racer, the Spirit of the Storm, with his grisly flag flying at the fore! And at the zenith of his fame, how he would suddenly appear at the old village and stalk into church, and hear with swelling ecstasy the whisperings, "It's Tom Sawyer the Pirate!— the Black Avenger of the Spanish Main!" Yes, it was settled; his career was determined. He would run away from home and enter upon it. He would start the very next morning. Therefore, he must now begin to get ready. He would collect his resources together. He went to a rotten log near at hand and began to dig under one end of it with his barlow

---

war-worn: 전쟁에 지친 illustrious: 이름난, (공적이)화려한 trackless: 길 없는, 발자국이 없는 the Far West: (북미의)극서부 지방 grisly: 무시무시한, 소름끼치는 zenith: 천정 stalk: 접근하다 ecstasy: 정신혼미 enter upon: (일에)착수하다, ~을 시작하다 barlow: 큰 주머니칼

금의환향하는 거야. 아니, 더 좋은 게 있다. 인디언 무리에 끼어 물소 사냥을 하며 적과 싸우러 산맥을 넘어, 서부의 끝없는 대평원을 가로지른다. 그리고 먼 훗날 대추장이 되어 돌아오는 거야. 새의 깃털로 장식하고, 무시무시한 칠을 하고서 어느 여름날 아침, 간담을 서늘케 하는 함성을 지르며 주일학교로 쳐들어가 친구들의 부러운 눈길을 받는 거야. 아니다. 이것보다 더 멋진 일이 있지! 해적이 되는 거야! 바로 그거다! 전세계에 이름을 떨쳐 사람들을 벌벌 떨게 하는 거야! 길고 높이가 낮은 검은 색의 쾌속선 '질풍호'를 타고 무시무시한 해적 깃발을 휘날리며 파도치는 바다를 질주하는 거야! 그리고 명성이 절정에 달했을 때, 갑자기 고향 마을에 나타나 당당하게 교회 안으로 들어가면 "저게 바로 해적 톰 소여야! 카리브 해의 공포의 복수자야!" 라고 쑥덕대는 소리를 들으면 얼마나 가슴이 벅차 오를 것인가! 옳지, 결정됐어.

톰의 인생은 결정되었다. 톰은 집을 나와 이 일을 시작하고 싶었다. 당장 내일 아침부터 시작해 보리라. 그렇다면, 지금부터 준비를 해야 한다. 소지품을 우선 다 모아 보기로 했다. 근처에 썩은 통나무가 있는 데로 가서 큰 주머니칼로 땅을 파기

금의환향:출세하여 제 고향으로 돌아옴

knife. He soon struck wood that sounded hollow. He put his hand there and uttered this incantation impressively:

"What hasn't come here, come! What's here, stay here!"

Then he scraped away the dirt, and exposed a pine shingle. He took it up and disclosed a shapely little treasure house whose bottom and sides were of shingles. In it lay a marble.

"Well, that beats anything!"

Then he tossed the marble away pettishly, and stood cogitating. The truth was that a superstition of his had failed, here, which he and all his comrades had always looked upon as infallible. If you buried a marble with certain necessary incantations, and left it alone a fortnight, and then opened the place with the incantation he had just used, you would find that all the marbles you had ever lost had gathered themselves together there, meantime, no matter how widely they had been separated. But now this thing had actually and unquestionably failed. He puzzled over the matter some time, and finally decided that some witch had interfered and broken the charm. He thought he would satisfy himself on that point; so he searched around till he found a small sandy spot with a little funnel-shaped depression in it. He laid himself down and put his mouth

---

incantation: 주문, 마법, 마술 dirt: 진흙, 먼지 marble: 공깃돌 cogitate: 숙고하다, 계획하다 comrade: 동료, 친구 funnel-shaped: 깔때기 모양의 depression: (지반의)함몰, 구렁

시작했다. 얼마 후, 속이 빈 것 같은 소리가 나는 나무와 칼끝
이 부딪혔다. 톰은 거기에 손을 얹고 엄숙하게 주문을 외웠다.

"여기에 없는 것, 이리로 오고! 여기에 있는 것, 그대로 있어
라!"

그런 다음 흙을 파헤치니, 송판 한 장이 나왔다. 그것을 주워
들어 보니 밑바닥과 측면이 널빤지로 된 보기 좋은 조그만 보
물 상자가 나왔다. 그 안에는 공깃돌 하나가 들어 있었다.

"아니, 뭐 이딴 게 다 있어!"

골이 난 톰은 그것을 내던지고 곰곰이 생각해 보았다. 그와
그의 친구들이 철썩같이 믿고 있었던 미신이 전혀 효험이 없다
는 게 밝혀졌던 것이다. 필요한 어떤 주문을 외우고 공깃돌 하
나를 묻으면, 2주일 후, 방금 톰이 했던 것처럼 주문을 외고 파
헤치면, 여태껏 잊어버렸던 공깃돌이 아무리 멀리 흩어져 있더
라도 고스란히 모인다는 거였다. 그런데, 여지없이 이놈의 미신
이 실패로 돌아간 것이었다.

잠시 어리둥절하던 톰은 마녀가 방해를 해서 주문의 힘이 약
화됐을 거라는 결론을 내렸다. 이 점을 확인해야겠다고 생각하
고는 근처를 샅샅이 뒤지다가, 깔때기 모양으로 약간 움푹 들
어간 모래땅을 발견했다. 톰은 엎드려 그 구멍에 대고 이렇게
외쳤다.

효험:효력
공깃돌:아이들이 장난감으로 갖고 노는 다섯 개의 작은 돌

close to this depression and called:

"Doodlebug, doodlebug, tell me what I want to know! Doodlebug, doodlebug, tell me what I want to know!"

The sand began to work, and presently a small black bug appeared for a second and then darted under again in a fright.

"He dasn't tell! so it was a witch that done it. I just knowed it."

He well knew the futility of trying to contend against witches, so he gave up discouraged. But it occurred to him that he might as well have the marble he had just thrown away, and therefore he went and made a patient search for it. But he could not find it. Now he went back to his treasure house and carefully placed himself just as he had been standing when he tossed the marble away; then he took another marble from his pocket and tossed it in the same way, saying:

"Brother, go find your brother!"

He watched where it stopped, and went there and looked. But it must have fallen short or gone too far; so he tried twice more. The last repetition was successful. The two marbles lay within a foot of each other.

Just here the blast of a toy tin trumpet came faintly

---

dasn't: dare not 의 간약형

"개미귀신아, 개미귀신아, 내가 알고 싶은 걸 가르쳐 다오!

개미귀신아, 개미귀신아, 내가 알고 싶은 걸 가르쳐 다오!"

모래가 움직이더니, 새까만 작은 벌레 한 마리가 머리를 쏙 내밀었다가 깜짝 놀라 쏙 들어가 버렸다.

"아무말도 안하다니! 역시 마녀의 짓이야. 확실해!"

마녀를 상대로 싸워 봤자 질 것은 뻔한 노릇이기에 톰은 단념해 버렸다. 방금 던져 버린 공깃돌을 줍는 게 낫겠다는 생각이 들어 끈기 있게 찾아보았으나, 찾을 수가 없었다. 다시 톰은 보물 상자 있는 데로 가서 아까 공깃돌을 집어던졌던 장소를 조심스럽게 찾아나섰다. 그리고는 주머니에서 다른 공깃돌을 꺼내 같은 방향으로 던지며 말했다.

"형제여, 가서 네 형제를 찾아라!"

그러나, 공깃돌은 좀 못 미쳤던가 아니면 더 멀리 나간 게 분명했다. 그래서 다시 한 번 해 보았다. 두 번째에야 비로소 성공했다. 2개의 공깃돌이 1피트도 안 떨어진 곳에 나란히 놓여 있었다.

바로 이때, 장난감 나팔 소리가 숲 속의 푸른 오솔길을 따라 희미하게 들려왔다. 톰은 후닥닥 웃옷과 바지를 벗어버리고 멜빵을 허리띠 대신 차고, 썩은 통나무 뒤쪽의 덤불 속으로 뛰어가 뒤적이더니, 미숙한 솜씨로 만든 활과 화살, 나무칼과 양철

down the green aisles of the forest. Tom flung off his jacket and trousers, turned a suspender into a belt, raked away some brush behind the rotten log, disclosing a rude bow and arrow, a lath sword and a tin trumpet, and in a moment had seized these things and bounded away, bare-legged, with fluttering shirt. He presently halted under a great elm, blew an answering blast, and then began to tip-toe and look warily out, this way and that. He said cau-tiously—to an imaginary company:

"Hold, my merry men! Keep hid till I blow."

Now appeared Joe Harper, as airily clad and elaborately armed as Tom. Tom called:

"Hold! Who comes here into Sherwood Forest without my pass?"

"Guy of Guisborne wants no man's pass. who art thou that—that—"

"Dares to hold such language," said Tom, prompting for they talked 'by the book,' from memory.

"Who art thou that dares to hold such language?"

"I, indeed! I am Robin Hood, as thy caitiff carcass soon shall know."

"Then art thou indeed that famous outlaw? Right gladly will I dispute with thee the passes of the merry wood.

---

suspender: 멜빵 rake: 가볍게 뛰어가다 clad: 장비한, 입은 (cloth의 과거,과거 분사) Sherwood Forest: 의적 로빈 후드의 근거지, 영국 중부에 있었던 왕실 의 숲 thou: 너는, 그대는 caitiff: 비겁한, 비열한 carcass: 시체, 송장 outlaw: 무법자

나팔을 꺼내 손에 쥐고서 맨발로 셔츠를 펄럭거리며 마구 달려 갔다. 이내 커다란 느릅나무 아래에 이르러 나팔로 응답을 한 뒤 발끝으로 걸으며 조심스럽게 여기저기를 살폈다. 톰은 옆에 부하가 있는 것처럼 조심조심 말했다.

"멈추거라, 나의 부하들아! 나팔을 불 때까지 숨어 있거라."

조 하퍼가 톰처럼 가벼운 복장에 단단한 무장을 하고 나타났다. 톰은 소리쳤다.

"서라! 감히 누가 내 허락도 없이 셔우드 숲속에 발을 내딛는가?"

"가이 어브 기즈본에게 무슨 허락이 필요하단 말인가! 너야 말로 누구이기에 에-에-"

"감히 그 따위 소릴 지껄이느냐?" 라고 톰이 다음 대사를 가르쳐 주었다.

두 소년은 '책에서' 본 대사를 읊고 있는 것이었다.

"대체 어떤 놈이기에 감히 그 따위 소릴 지껄이느냐?"

"내가 바로! 로빈 후드다. 너처럼 비열한 놈은 혼내 줄 테다."

"네가 바로 그 악명 높은 무법자였더냐? 자, 당장 이 숲의 통행권을 놓고 기꺼이 그대와 겨루리."

"자, 덤벼라!"

Have at thee!"

They took their lath swords, dumped their other traps on the ground, struck a fencing attitude, foot to foot, and began a grave, careful combat, Presently Tom said:

"Now, if you've got the hang, go it lively!"

So they 'went it lively' , panting and perspiring with the work. By and by Tom shouted:

"Fall! fall! Why don't you fall?"

"I shan't! Why don't you fall yourself? You're getting the worst of it."

"Why, that ain't anything. I can't fall; that ain't the way it is in the book. The book says, 'Then with one back-handed stroke he slew poor Guy of Guisborne.' You're to turn around and let me hit you in the back."

There was no getting around the authorities, so Joe turned, received the whack, and fell.

"Now," said Joe, getting up, "you got to let me kill you. That's fair."

"Why, I can't do that, it ain't in the book."

"Well, it's blamed mean that's all."

"Well, say, Joe, you can be Friar Tuck or Much the miller's son, and lam me with a quarterstaff; or I'll be the Sheriff of Nottingham and you be Robin Hood a little

---

have at: ~을 공격하다, ~에게 덮쳐들다 thee: 그대에게 slew: 죽이다 (slay의 과거형) friar: 탁발승 quarterstaff: 육척봉

두 소년은 손에 든 다른 물건을 몽땅 땅에다 내던지고 나무
칼을 손에 든 채, 결투 자세를 취하며 신중하게 마주섰다. 곧
톰이

"자, 네 놈이 별난 재주를 가졌나 본데, 어디 한 번 보자."

둘은 숨을 헐떡이고 땀을 뻘뻘 흘리면서 '실감나게' 하느라
고 야단이었다.

톰이 소리쳤다.

"쓰러져, 쓰러져! 왜 안 쓰러지는 거야?"

"싫어! 그러는 넌 왜 안 쓰러져? 싸움도 못하면서."

"그런 건 아무려면 어때. 난 쓰러질 수 없어. 책에 그런 말은
없단 말야. '로빈은 그 다음 일격으로 불쌍한 가이 어브 기즈본
을 살해하였다.' 라고 씌어 있단 말야. 그러니까, 너는 돌아서서
나의 칼을 등뒤에서 받아야 하는 거야."

책에 그렇게 씌어 있는 이상 따를 수밖에 없기에, 조는 뒤로
돌아서서 일격을 받고는 쓰러졌다.

"자, 이번에는 내가 널 죽일 차례야. 그래야 공평하지." 조가
일어서며 말했다.

"그런 게 어딨어. 책에는 없다니까."

"치, 비겁해!"

"그러면, 탁발승 터크나 방앗간 집 아들 머치가 되어서 몽둥
이로 날 후려쳐. 아니면, 잠깐 동안 내가 노팅검 태수가 되고

탁발승:동냥 다니는 중

while and kill me."

This was satisfactory, and so these adventures were carried out. Then Tom became Robin Hood again, and was allowed by the treacherous nun to bleed his strength away through his neglected wound. And at last Joe, representing a whole tribe of weeping outlaws, dragged him sadly forth, gave his bow into his feeble hands, and Tom said, 'Where this arrow falls, there bury poor Robin Hood under the greenwood tree.' Then he shot the arrow and fell back and would have died, but he lit on a nettle and sprang up too gaily for a corpse.

The boys dressed themselves, hid their accouterments, and went off grieving that there were no outlaws any more. They said they would rather be outlaws a year in Sherwood Forest than President of the United States forever.

CHAPTER 9
Tragedy in the Graveyard

AT HALF past nine, that night, Tom and Sid were sent

---

treacherous: 배반하는, 믿을 수 없는 bleed: 출혈하다 go off: 떠나다

네가 로빈 후드가 되어서 날 죽여도 좋아."

이 말에 만족해 하며, 다시 한바탕 활극이 벌어졌다. 그런 다음, 톰은 다시 로빈 후드가 되어 배반한 여승에게 속아 넘어가 상처에서 피가 나는 걸 방치해 둬 그만 힘이 다 빠지고 마는 역을 하였다.

마지막으로 조가 비탄에 젖은 산적을 대표하여 슬픈 표정으로 톰을 앞으로 질질 끌어당겨, 톰의 힘없는 손에 활을 들려주었다. 톰은 '이 화살이 떨어진 곳, 푸른 나무 아래 가련한 이 로빈 후드를 묻어 다오.' 라고 말하고는 활을 쏜 다음 뒤로 넘어져 죽은 시늉을 했다. 마침 넘어진 곳이 쐐기풀 위여서 시체치고는 너무도 잽싸게 벌떡 일어났다.

두 소년은 옷을 주워 입고 무기를 감추고 나서 산적이 사라진 이 세상을 아쉬워하며 숲을 떠났다. 둘은 평생 미합중국의 대통령이 되느니 1년만이라도 좋으니 셔우드 숲의 무법자가 되고 싶다고 말했다.

제 9 장
묘지의 참극

그날 밤 9시 반, 톰과 시드는 여느 때처럼 잠자리에 들었다.

활극:격투나 전쟁 따위가 활발하게 벌어지는 연극

to bed, as usual. They said their prayers, and Sid was soon asleep. Tom lay awake and waited, in restless impatience. When it seemed to him that it must be nearly daylight, he heard the clock strike ten! He would have tossed and fidgeted, as his nerves demanded, but he was afraid he might wake Sid. So he lay still, and stared up into the dark. Everything was dismally still. Then the howl of a far-off dog rose on the night air, and was answered by a fainter howl from a remoter distance. Tom was in an agony. he began to doze, in spite of himself, the clock chimed eleven, but he did not hear it. And then there came, mingling with his half-formed dreams, a most melancholy caterwauling. The raising of a neighboring window disturbed him. A cry of "Scat! you devil!" and the crash of an empty bottle against the back of his aunt's woodshed brought him wide awake, and a single minute later he was dressed and out of the window and creeping along the roof on all fours. He 'meow'd with caution once or twice. as he went; Huckleberry Finn was there, with his dead cat. At the end of half an hour they were wading through the tall grass of the graveyard.

It was a graveyard of the old-fashioned western kind. It was on a hill, about a mile and a half from the village. It

---

fidget: 안절부절 못하다 dismally: 음침하게, 우울하게 howl: 청승맞게 짖는 소리 agony: 몸부림 doze: 졸다 in spite of oneself: 저도 모르게 melancholy: 침울, 깊은 생각 caterwauling: 야옹야옹 울다

밤 기도를 마친 후 시드는 곧 잠이 들었지만, 톰은 두 눈을 말똥말똥 뜨고 초조하게 기다리고 있었다. 틀림없이 새벽녘이 됐을 거라고 느끼고 있었을 때, 겨우 10시를 알리는 시계 소리를 들었다. 신경질 나는 대로 몸을 뒤척이며 비비꼬았다가 시드가 깰까 봐 얌전히 누운 채 어둠 속을 뚫어져라 보았다. 사방은 기분 나쁠 정도로 고요했다.

멀리서 개 짖는 소리가 밤하늘에 울리자, 화답을 하는 듯 더 먼데서 희미하게 개 짖는 소리가 들려 왔다. 톰은 잠을 못 이루고 뒤척이다가, 어느 새 자기도 모르게 졸기 시작했다. 시계가 11시를 알렸지만 귀담아 듣지 못했다. 그 때, 꿈결에서 음침한 고양이 울음소리가 들려왔다. 이웃집의 창문 여는 소리에 톰은 눈을 떴다. "쉿! 이 놈의 고양이!" 라는 고함소리와 장작광 뒤꼍에서 빈 병 깨지는 소리에 완전히 잠을 깼다. 일분 후, 옷을 입고 창문으로 나와 네 발로 지붕 위로 기어갔다. 그 와중에도 조심스레 '야옹 야옹' 하고 한두 번 울었다. 허클베리 핀이 죽은 고양이를 들고 기다리고 있었다. 30분 뒤, 톰과 허클베리는 풀이 우거진 묘지에 도착해 있었다.

묘지는 고풍의 서부식으로 마을에서 1마일 반쯤 떨어진 언덕 위에 있었다. 부서진 판자 벽이 주위를 둘러싸고 있었는데, 안쪽으로 넘어진 곳도, 바깥쪽으로 쓰러져 있는 곳도 있어서 제

화답:시가를 응답함
고풍:예스러운 모습

had a crazy board fence around it, which leaned inward in places, and outward the rest of the time, but stood upright nowhere. Grass and weeds grew rank over the whole cemetery. All the old graves were sunken in, there was not a tombstone on the place; round-topped, worm-eaten boards staggered over the graves, leaning for support and finding none.

A faint wind moaned through the trees, and Tom feared it might be the spirits of the dead complaining of being disturbed. The boys talked little, and only under their breath, for the time and the place and the pervading solemnity and silence oppressed their spirits. They found the sharp new heap they were seeking, and ensconced themselves within the protection of three great elms that grew in a bunch within a' few feet of the grave.

Then they waited in silence for what seemed a long time. The hooting of a distant owl was all the sound that troubled the dead stillness. Tom's reflections grew oppressive. He must force some talk. So he said in a whisper:

"Hucky, do you believe the dead people like it for us to be here?"

Huckleberry whispered:

"I wisht I knowed. It's awful solemn like, ain't it?"

---

cemetery: 공동묘지 tombstone: 묘비 pervading: 온통퍼지다 solemnity: 진지함, 의례 ensconce: 감추다, 숨겨두다, ~을 안치하다 elm: 느릅나무 wisht: 쉿,조용히

대로 서 있는 데라고는 한 군데도 없었다. 풀과 잡초가 묘지를 온통 뒤덮었다. 오래된 무덤은 전부 땅 속으로 가라앉아 비석 같은 것은 아예 제대로 서 있지 않았다. 끝이 둥근, 벌레가 파먹은 모포가 무덤 위에 아무런 받침대 없이 주춤거리며 서 있었다.

바람 한 점이 힘없이 나무 사이에서 윙윙거렸는데, 톰은 죽은 영혼이 시끄럽다고 투덜거리는 소리일 거라며 벌벌 떨었다. 두 소년은 거의 아무말 없이 숨만 몰아 쉬고 있었다. 한밤중 묘지에서 엄습해 오는 엄숙함과 적막감에 기절하기 일보 직전이었다. 자신들이 찾던 뾰족하게 새로 세워진 비석을 발견하고서는 묘지의 몇 피트 안쪽에 한데 모여서 자라고 있는 세 그루의 느릅나무를 방패삼아 몸을 숨겼다.

그리고 나서 그들은 오랫동안 침묵 속에서 기다리고 있었다. 사방은 쥐 죽은 듯이 조용하고 어디선가 부엉이 우는 소리가 고요함을 깨뜨릴 뿐이었다. 톰은 점점 마음이 답답해져 무슨 말을 하지 않고서는 견딜 수 없었다. 그는 속삭였다.

"허크, 죽은 사람들이 우리가 여기 와 있는 걸 싫어하는 게 아닐까?"

허크도 속삭였다

"설마, 그럴 리가. 하지만 굉장히 으시시한데, 그렇지 않니?"

"I bet it is."

There was a considerable pause, while the boys can-vassed this matter inwardlly. Then Tom whispered:

"Say, Hucky— do you reckon Hoss Williams hears us talking?"

"O' course he does. Least his sprite does."

Tom, after a pause:

"I wish I'd said Mister Williams. But I never meant any harm. Everybody calls him Hoss."

"A body can't be too partic'lar how they talk 'bout these yer dead people, Tom."

This was a damper, and conversation died again.

Presently Tom seized his comrade's arm and said:

"Sh!"

"What is it, Tam?" And the two clung together with beating hearts.

"Sh! There 'tis again! Didn't you hear it?"

"I—"

"There! Now you hear it."

"Lord, Tom, they're coming! They're coming sure. What'll we do?"

"I dono. Think they'll see us?"

"Oh, Tom, they can see in the dark, same as cats. I wish

---

pause: 잠시 멈추다, 머뭇거리다 inwardlly: 마음속으로, 작은 목소리로
sprite: 요정,귀신 damper: 헐뜯는 사람, 생트집

"그래 정말 으시시하다"

두 소년이 각자 이 사실을 곰곰히 생각하고 있을 때 침묵은 계속되었다. 얼마 후에 톰이 다시 속삭였다.

"이봐, 허크, 혹시 호스 윌리엄스가 우리 얘기를 듣고 있을까?"

"물론이지. 적어도 귀신은 그럴걸."

톰은 잠시 사이를 두었다가 말했다.

"윌리엄스 씨라고 말할걸, 하지만 나쁜 뜻에서 그런 건 아니야, 모두들 호스라고 부르길래."

"죽은 사람 이야기를 할 때는 아주 조심해야 하는거야, 톰"

톰은 이 말에 기가 죽었고, 대화는 중단되었다. 이때 갑자기 톰이 허크의 팔을 꼭 붙들며 말했다.

"쉿!"

"뭐야, 톰?"

두 소년은 두근거리는 가슴으로 바싹 달라 붙었다.

"쉿! 또 들린다! 넌 안들리니?"

"난⋯."

"저것 봐! 지금은 들었지."

"아이구, 톰. 그들이 오고 있어! 그들이 확실히 오고 있어, 우린 어떡하지?"

"나도 몰라, 우릴 봤을까?"

I hadn't come."

"Oh, don't be afeared. I don't believe they'll bother us. We ain't doing any harm. If we keep perfectly still, maybe they won't notice us at all."

"I'll try to, Tom, but, Lord, I'm all of a shiver."

"Listen!"

The boys bent their heads together and scarcely breathed. A muffled sound of voices floated up from the far end of the graveyard.

"Look! See there!" whispered Tom. "What is it?"

"It's devil-fire. Oh, Tom, this is awful."

Some vague figures approached through the gloom, swinging an old-fashioned tin lantern that freckled the ground with innumerable little spangles of light. Presently Huckleberry whispered with a shudder:

"It's the devils, sure enough. Three of 'em! Lordy, Tom, we're goners! Can you pray?"

"I'll try, but don't you be afeard. They ain't going to hurt us. Now I lay me down to sleep, I—"

"Sh!"

"What is it, Huck?"

"They're humans! One of 'em is, anyway. One of 'em's old Muff Potter's voice."

---

afeared = afraid: 무서워하여 muffle: 감싸다, (소리를)죽이다 graveyard: 묘지
freckle: 주근깨, 주근깨가 생기게 하다 innumerable: 무수한, 대단히 많은
spangle: 쇠붙이, 반짝이는 것

"응, 저들은 어둠속에서도 고양이처럼 볼 수 있어. 괜히 왔나 봐."

"무서워하지마. 우릴 괴롭히지는 않을거야. 우리는 아무짓도 안 했잖아. 가만히 있으면 전혀 모를거야."

"노력할게, 톰. 하지만 난 너무 떨려."

"들어봐!"

두 소년은 거의 숨을 죽이고 고개를 푹 숙였다. 묘지의 저쪽 끝에서 뭐라고 수군거리는 소리가 들려왔다.

"봐, 저것 좀 봐!" 톰이 속삭였다.

"저게 뭐지?"

"도깨비불이다. 톰, 무섭다."

희미한 그림자 서넛이 나타나고, 손에 든 구식 양철 등잔이 흔들거리면서 땅위를 비추었다. 허크는 깜짝 놀라며 속삭였다.

"악마야, 틀림없어. 셋이나 있어. 톰, 우린 가망이 없다고! 너 기도 할 수 있니?"

"해볼게. 하지만 무서워하지마. 우릴 해치진 않을거야. 나는 이제 누워서 잠이나 자련다. 난⋯."

"쉿!"

"뭐야, 허크?"

"사람이다! 적어도 그 중 하나는 그래. 머프 포터 영감의 목소리 같은데."

"No— 'tain't so, is it?"

"I bet I know it. Don't you stir nor budge. He ain't sharp enough to notice us. Drunk, the same as usual, likely-blamed old rip!"

"All right, I'll keep still. Now they're stuck. Can't find it. Here they come again. Huck, I know another o' them voices; it's Injun Joe."

"That's so— that murderin' half-breed! I'd druther they was devils a dern sight. What kin they be up to?"

The whisper died wholly out, now, for the three men had reached the grave and stood within a few feet of the boys' hiding place.

"Here it is," said the third voice; and the owner of it held the lantern up and revealed young Dr. Robinson

Potter and Injun Joe were carrying a handbarrow with a rope and a couple of shovels on it. They cast down their load and began to open the grave. The doctor put the lantern at the head of the grave and came and sat down with his back against one of the elm trees. He was so close the boys could have touched him.

"Hurry, men!" he said in a low voice; "the moon might come out at any moment."

They growled a response and went on digging. For

---

handbarrow: 운반기, 손수레 shovel: 삽 elm: 느릅나무

"설마, 그럴 리가!"

"틀림없어. 움직이지마. 그는 우릴 못 알아 볼거야. 항상 술에 취해 사니까, 혼났네, 망할 놈의 영감 같으니!"

"좋아, 가만히 있자. 멈췄네, 안 보인다. 아니, 다시 온다. 저 목소리는 나도 알아, 인디안 조야."

"그래, 그 살인마 혼혈아다! 저놈보다는 차라리 악마를 보는 게 낫겠어. 무슨 짓을 하려는 거지?"

속삭임은 멈추었고, 세 사람이 무덤에 이르렀다. 소년들이 숨어 있는 곳에서 불과 2, 3 피트 밖에 안 떨어진 곳에서 멈추었다.

"여기다."

제 3의 목소리가 들렸다. 그리고 등잔불에 비친 그 목소리의 주인은 젊은 의사 로빈슨의 얼굴이었다. 포터와 인디언 조는 밧줄과 삽 두 자루를 실은 손수레를 밀고 있었다. 그들은 그것을 내려놓고 무덤을 파헤치기 시작했다.

의사는 무덤 머리맡에 등잔을 놓고서 느릅나무에 등을 기대고 앉았다. 그는 소년들이 손을 뻗치면 닿을 만한 거리에 있었다.

"서둘러!" 그는 낮은 목소리로 말했다.

"언제 달이 뜰지 모르니까."

두 사람은 투덜거리며 대답하고는 계속 파 나갔다. 잠시 동

등잔:기름을 담아 등불을 켜게 된 그릇

some time there was no noise but the grating sound of the spades discharging their freight of mold and gravel It was very monotonous. Finally a spade struck upon the coffin with a dull woody accent, and within another minute or two the men had hoisted it out on the ground. They pried off the lid with their shovels, got out the body and dumped it rudely on the ground. The moon drifted from behind the clouds and exposed the pallid face. The barrow was got ready and the corpse placed on it, covered with a blanket, and bound to its place with the rope. Potter took out a large springknife and cut off the dangling end of the rope and then said:

"Now the cussed thing's ready, Sawbones, and you'll just out with another five, or here she stays."

"That's the talk!" said Injun Joe.

"Look here, what does this mean?" said the doctor.

"You required your pay in advance, and I've paid you."

"Yes, and you done more than that," said Injun Joe, approaching the doctor, who was now standing. "Five years ago you drove me away from your father's kitchen one night, when I come to ask for something to eat, and you said I warn't there for any good; and when I swore I'd get even with you if it took a hundred years, your father

---

spade: 삽 discharge: 해고하다, 이행하다 freight: 화물 수송 gravel: 자갈 hoist: 올리다 pallid: 창백한 corpse : 시체, 송장 dangle: 매달리다 cussed: 저주받은 (=cursed)

안 흙과 자갈을 파서 던지는 삽질 소리 외에는 아무 소리도 들리지 않았다. 그것은 매우 단조로운 소리였다. 마침내 삽이 관에 닿은 듯, 둔탁한 소리가 났다. 얼마 후 두 사나이는 그것을 땅 위로 끌어 올렸다. 그들은 삽으로 관 뚜껑을 비틀어 열고는 안에서 시체를 끌어내서 땅바닥에 던졌다. 달이 구름 사이에서 나타나 창백한 시체의 얼굴을 비추었다. 준비가 된 손수레 위에 시체가 올려졌고, 담요가 덮여졌고, 밧줄로 꽁꽁 묶여졌다. 포터는 커다란 칼을 꺼내 밧줄 끝을 잘라 버렸다.

"자, 이제 다 됐습니다, 의사 선생님. 그러니 5달러만 더 내시요. 아니면 여기다 두고 가겠소."

"그렇고 말고."

인디언 조가 맞장구를 쳤다.

"뭐라구? 무슨 소리야?" 의사가 말했다.

"선불을 달라고 해서, 선불까지 주었는데."

"그래, 당신은 그 이상이었지."

인디언 조는 이렇게 말하며 의사에게 바싹 다가섰다. 그때 의사는 나무 앞에 서 있었다.

"5년 전 어느 날 밤, 네 놈 집 부엌에 먹을 것을 좀 얻어 먹으러 갔더니 날 쫓아낸 일이 있었지, 두 번 다시 얼씬도 말라고 호통을 치면서 말이야. 그래서 난 백 년이 지나도 이 원한은 풀리지 않을 거라고 하니까, 네 놈 아비는 나를 부랑자 취

had me jailed for a vagrant Did you think I'd forget? The Injun blood ain't in me for nothing. And now I've got you and you got to settle, you know!"

He was threatening the doctor, with his fist in his face, by this time. The doctor struck out suddenly and stretched the ruffian on the ground. Potter dropped his knife, and exclaimed:

"Here, now, don't you hit my pard!" and the next moment he had grappled with the doctor and the two were struggling with might and main, trampling the grass and tearing the ground with their heels. Injun Joe sprang to his feet, his eyes flaming with passion, snatched up Potter's knife, and went creeping, catlike and stooping, round and round about the combatants, seeking an opportunity. All at once the doctor flung himself free, seized the heavy head-board of Williams's grave and felled Potter to the earth with it— and in the same instant the half-breed saw his chance and drove the knife to the hilt in the young man's breast. He reeled and fell partly upon Potter, flooding him with his blood, and in the same moment the clouds blotted out the dreadful spectacle and the two frightened boys went speeding away in the dark.

Presently, when the moon emerged again, Injun Joe was

---

jail: 교도소, 투옥하다 vagrant: 방랑하는, 변하기 쉬운 ruffian: 악당, 부랑자
grapple: 붙잡다, 격투하다 combatant: 투사, 싸우는 headboard: 침대따위의
머리판 fell: 넘어뜨리다 breast: 가슴 blot: 얼룩지게하다, 잉크가 번지다

급해서 감옥에 집어 넣었단 말이야. 잊진 않았겠지? 인디언의 피가 이 몸에 헛되이 흐르고 있는 게 아니야, 이제 네 놈이 여기 있으니 결판을 짓겠다. 알겠나!"

인디언 조는 의사의 얼굴에 주먹을 갖다대고 위협했다. 의사는 갑자기 팔을 휘둘러 그를 땅바닥에 눕혔다. 포터가 칼을 떨어뜨리며 소리질렀다.

"너 이놈, 내 동료를 치다니!" 다음 순간 포터는 의사에게 달려들어, 있는 힘을 다해 싸웠다. 두 사람은 뒤꿈치로 풀을 짓밟고 땅을 차며 서로 엉겨 붙었다.

그 사이에 조는 벌떡 일어나 포터의 칼을 집어들고, 번쩍번쩍 눈에 광채를 띠며, 고양이 처럼 몸을 굽힌 채, 기회를 노리며 두 사람 주위를 빙빙 돌았다. 얼마 후에 의사는 포터를 뿌리치고는, 윌리암스 무덤의 묵직한 비석을 쑥 뽑아들고 힘껏 포터를 내려쳤다. 이것과 동시에 인디언 조는 의사의 가슴에 자루까지 박히도록 칼을 푸욱 찔렀다. 의사가 비틀거리면서 포터 위로 넘어졌고, 그 바람에 포터의 몸까지 온통 피범벅 이되었다. 그 순간 구름이 끼어 이 끔찍스러운 광경이 가려졌고, 이 기회를 놓칠세라 겁에 질린 두 소년은 어둠속을 쏜살같이 도망쳤다.

또 다시 달이 나타났을 때, 인디언 조는 겹쳐 쓰러진 두 사람의 몸을 가만히 내려다 보고 있었다. 의사는 알아듣기 힘든

standing over the two forms, contemplating them. The doctor murmured inarticulately, gave a long gasp or two and was still. The half-breed muttered:

"That score is settled-damn you."

Then he robbed the body. After which he put the fatal knife in Potter's open right hand, and sat down on the dismantled coffin. Three-four-five minutes passed, and then Potter began to stir and moan. His hand closed upon the knife; he raised it, glanced at it, and let it fall, with a shudder. Then he sat up, pushing the body from him, and gazed at it, and then around him, confusedly. His eyes met Joe's.

"Lord, how is this, Joe?" he said.

"It's a dirty business," said Joe, without moving. "What did you do it for?"

"I! I never done it!"

"Look here! That kind of talk won't wash."

Potter trembled and grew white.

"I thought I'd got sober. I'd no business to drink tonight. But it's in my head yet— worse'n when we started here. I'm all in a muddle; can't recollect anything of it, hardly. Tell me, Joe— honest, now, old feller— did I do it? Joe, I never meant to— 'pon my soul and honor, I never meant

---

contemplating: 깊이 생각하다, 응시하다 gasp: 숨이차다, 열망하다 mutter: 속삭이다 dismantle: 철거하다, 치우다 coffin: 관 muddle: 혼합하다

말을 중얼거리다가 한두 차례 크게 숨을 쉬고는 그만 조용해졌다. 혼혈아가 중얼거렸다.

"이걸로 결판이 났군. 맛이 어때!"

그는 의사의 몸을 뒤져 털고, 피묻은 칼은 포터의 오른손에 쥐어 준 다음 빈 관에 걸터 앉았다. 3분, 4분, 5분—이렇게 시간이 흘러갔고, 그 다음 포터가 꿈틀하고 몸을 뒤척이기 시작했다. 그러다가 자기 손에 칼이 쥐어져 있는 것을 보고 깜짝 놀라며 그것을 떨어 뜨렸다. 그런 다음 시체를 밀어내고 일어서서 당황한 눈초리로 사방을 둘러 보았다. 조와 시선이 마주쳤다.

"대체 어떻게 된거지 조?"

"큰일 났어."

조는 조금도 동요하지 않았다.

"어쩌자고 이런 짓을 했지?"

"난 하지 않았어!"

"정신 차려! 그런 소린 통하지 않아."

포터는 하얗게 질리며 떨기 시작했다.

"술이 깬 줄 알았는데. 오늘 밤은 마시는 게 아니었어. 아까는 괜찮았는데 술 기운이 올랐나봐. 머리가 아파서 아무 생각도 안 나. 조, 말해줘. 도대체 내가 무슨 짓을 한거야? 이럴 생각은 조금도 없었어. 정말 전혀 없었단 말야. 어찌된 영문인지

to, Joe. Tell me how it was, Joe. Oh, it's awful— and him so young and promising."

"Why, you two was scuffling, and he fetched you one with the headboard and you fell flat; and then up you come, all reeling and staggering, like, and snatched the knife and jammed it into him, just as he fetched you another awful clip-and here you've laid, as dead as a wedge till now."

"Oh, I didn't know what I was a-doing. I wish I may die this minute if I did. It was all on account of the whisky; and the excitement, I reckon. I never used a weepon in my life before, Joe. I've fought, but never with weepons. They'll all say that. Joe. don't tell! Say you won't tell, Joe— that's a good feller. I always liked you, Joe, and stood up for you, too. Don't you remember? You won't tell, will you, Joe?" And the poor creature dropped on his knees before the stolid murderer, and clasped his appealing hands.

"No, you've always been fair and square with me, Muff Potter, and I won't go back on you. There, now, that's as fair as a man can say."

"Oh, Joe, you're an angel. I'll bless you for this the longest day I live." And Potter began to cry.

---

scuffle: 난투하다 fetch: 가지고 오다, 나오게 하다, 가져오다 stagger: 비틀거리다, 동요하다 jam:쑤셔넣다, 몰려들다 clasp: 꽉 잡다, 끌어 안다

말해 보라고. 아, 끔찍한 일이야. 아직 앞날이 창창한 젊은이인
데."

"영감하고 저자가 엉겨붙어 싸울 때 말이야. 영감은 비석으
로 얻어맞고 벌렁 나자빠지더군. 그 다음에 비틀비틀 일어서서
칼을 움켜쥐고, 마침 그 놈이 다시 한 번 힘껏 내려 치려는 순
간에 푹 찌르더군. 그리고 나서 둘 다 쓰러지더니 이제까지 정
신을 잃더라고."

"아이고, 전혀 생각이 안 나는데, 정말 내가 한 짓이라면 당
장 죽고 싶어. 이게 다 그놈의 위스키 때문이야. 잠깐 정신이
나갔던 거야. 지금까지 난 싸움을 하면서 무기를 사용해 본 적
은 없어. 그걸 모르는 사람은 없지. 조, 잠자코 있어줘! 제발 부
탁이니 입 다물겠다고 해줘. 조, 자네와 나는 친한 사이가 아닌
가? 내가 자넬 좋아하고, 늘 자네 편을 들어주지 않았나? 날
버리진 않겠지, 조? 잠자코 있어 줄 텐가, 조, 응?"

이 불쌍한 사나이는 뻔뻔스러운 살인범 앞에서 무릎을 꿇고
합장을 하고는 이렇게 애원했다.

"걱정마쇼. 영감은 항상 내 편을 들어 주었지. 그러니 배반하
지 않겠소. 나도 남자니까 한 번 안 한다면 죽어도 안 할거요."

"조, 자네는 정말 천사야. 이 은혜는 내 평생 잊지 않겠네."
그런 다음 포터는 울기 시작했다.

"Come now, that's enough of that. This ain't any time for blubbering. You be off yonder way and I'll go this. Move, now, and don't leave any tracks behind you."

Potter started on a trot that quickly increased to a run. The half-breed stood looking after him. He muttered:

"If he's as much stunned with the lick and fuddled with the rum as he had the look of being, he won't think of the knife till he's gone so far he'll be afraid to come back after it to such a place by himself—chickenheart!"

Two or three minutes later the murdered man, the blanketed corpse, the lidless coffin, and the open grave were under no inspection but the moon's. The stillness was complete again, too.

CHAPTER 10
Dire Prophecy of the Howling Dog

The two boys flew on and on, toward the village, speechless with horror. They glanced backward over their shoulders from time to time, apprehensively, as if they feared they might be followed. Every stump that started

---

blubber: 엉엉 울며 말하다 fuddle: 취하게 하다 rum: 럼주 blanketed: 헝가래, 담요 corpse: 시체, 송장 prophecy: 예언, 예언서 stump: 그루터기

"자, 괜찮아요, 이렇게 울고 있을 때가 아니오. 나는 이쪽으로 갈테니, 영감은 저 쪽으로 가쇼. 증거가 될 만한 물건을 떨어뜨려선 안돼요."

포터는 빠른 걸음으로 걷다가, 잠시 후에 마구 뛰기 시작했다. 혼혈아는 그 뒷모습을 바라보며 중얼거렸다.

"한 대 얻어 맞아 정신이 없는 데다가 저렇게 취해 있으니 칼을 놓고 간 것은 생각나지 않을거야. 나중에 생각난다 하더라도 무서워서 가지러 올 용기도 없을거고, 바보 같은 놈!"

2, 3분 후에 살해된 사람과 담요에 덮힌 시체, 그리고 뚜껑 없는 관과 파헤쳐진 무덤을 내려다 보고 있는 것은 달 이외에는 아무것도 없었다. 주위는 다시 쥐죽은 듯이 고요해졌다.

제 10 장
울부짖는 개의 무서운 예언

두 소년은 겁에 질려 아무말도 하지 못하고 마을을 향해 달리기 시작했다. 뒤에서 누가 쫓아오는 것만 같아서 두 소년은 가끔 힐끔힐끔 어깨 너머로 뒤를 돌아보곤 했다. 길목에 불쑥불쑥 튀어나온 그루터기가 사람이나 적으로 보여, 그때마다 숨

up in their path seemed a man and an enemy, and made them catch their breath; and as they sped by some outlying cottages that lay near the village, the barking of the aroused watchdogs seemed to give wings to their feet.

"If we can only get to the old tannery before we break down!" whispered Tom, in short catches between breaths. "I can't stand it much longer."

Huckleberry's hard pantings were his only reply, and the boys fixed their eyes on the goal of their hopes and bent to their work to win it. They gained steadily on it, and at last, breast to breast, they burst through the open door and fell grateful and exhausted in the sheltering shadows beyond. By and by their pulses slowed down, and Tom whispered:

"Huckleberry, what do you reckon'll come of this?"

"If Dr. Robinson dies, I reckon hanging'll come of it."

"Do you though?"

"Why I know it, Tom."

Tom thought awhile, then he said:

"Who'll tell? We?"

"What are you talking about? S'pose something happened and Injun Joe didn't hang? Why, he'd kill us some time or other, just as dead sure as we're a-laying here."

"That's just what I was thinking to myself, Huck."

---

outlying: 경계 밖에 있는 cottage: 시골집 tannery: 무두질 공장, 무두질하는 법 exhaust: 지치게 하다 shelter: 피난처

이 막히곤 했다. 동구 밖에 외로이 서 있는 집 앞에까지 왔을 때 집 지키던 개가 마구 짖어대는 바람에 두 소년은 발에 날개가 달린 것처럼 더욱 빨리 달렸다.

"더도 말고 저기 가죽 공장까지만 갔으면 좋겠는데!" 톰이 숨을 몰아쉬며 말했다.

"더 이상 달릴 수가 없어."

허크도 숨을 몰아쉴 뿐 대답이 나오지 않았다. 두 소년은 그들이 목표로 삼은 집을 쳐다보면서 계속 달리기만 했다. 그들은 점점 그것에 접근했고, 드디어 열린 문 안으로 뛰어들어 안도의 한숨을 내쉬고는 몸이 녹초가 되어 집 안 저쪽 한 구석에 그만 쓰러지고 말았다. 잠시 후 두근거리는 가슴이 가라앉자 톰이 속삭였다.

"허클베리, 이제 어떻게 될 것 같니?"

"만약 로빈슨 의사가 죽었다면 교수형 감이지."

"정말 그럴까?"

"그럼, 당연한 일이지, 톰."

톰은 잠깐 생각한 후 다시 말했다.

"누가 신고하지? 우리가?"

"무슨 소리하는 거야? 만약 일이 잘못돼서 인디언 조가 교수형을 당하지 않으면, 그 놈은 우리를 죽일거야, 그건 뻔한 얘기잖아."

"내 생각도 역시 그래, 허크."

"If anybody tells, let Muff Potter do it, if he's, fool enough. He's generally drunk enough."

Tom said nothing— went on thinking. Presently he whispered:

"Huck, Muff Potter don't know it. How can he tell?"

"What's the reason he don't know it?"

"Because he'd just got that whack when Injun Joe done it. D' you reckon he could see anything? D' you reckon he knowed anything?"

"By hokey, that's so, Tom!"

"And besides, look-a-here–maybe that whack done for him!"

"No, 'tain't likely, Tom. He had liquor in him; I could see that; and besides, he always has. Well, when pap's full, you might take and belt him over the head with a church and you couldn't faze him. He says so, his own self. So it's the same with Muff Potter, of course. But if a man was dead sober, I reckon maybe that whack might fetch him; I dono."

After another reflective silence, Tom said:

"Hucky, you sure you can keep mum?"

"Tom, we got to keep mum. you know that. That Injun devil wouldn't make any more of drownding us than a

---

reckon: 계산하다, 간주하다 whack: 찰싹 때리다, 나누다 liquor: 독한 증류주, 알콜 음료, 술 faze: 마음을 혼란시키다, 괴롭히다 mum: 말하지 않다

"만약 신고를 한다면 머프 포터가 하겠지. 그런 어리석은 짓을 할지 안 할지는 모르지만, 그 작자는 항상 술에 취해 있으니까."

톰은 대답을 하지 않고 생각에 잠겨 있다가, 한참 뒤에 입을 열었다.

"허크, 머프 포터는 아무것도 몰라. 그런데 어떻게 신고를 하지?"

"그가 아무것도 모르는 이유가 뭐지?"

"왜냐하면, 인디언 조가 의사를 해치웠을 때, 그 사람은 얻어맞고 기절했잖아. 그런데 어떻게 볼 수 있었겠어? 그가 알 수 있다고 생각하는 거야?"

"정말 그렇구나, 톰!"

"게다가, 그는 얻어맞았을 때 죽었을지도 몰라!"

"아니, 그럴 리가 없어. 톰, 그 자는 술에 취해 있었잖아. 확실히 그래. 그는 항상 술에 쩔어 있는걸 뭐. 우리 아빠도 그랬는데, 술 취해 있을 때는 아무리 세게 맞아도 아무렇지도 않고 조금도 감각이 없대. 그러니까 머프 포터도 마찬가지일거야. 제정신이었다면 한 방에 죽었겠지만 말이야."

톰은 잠시 생각하고 나서 말했다.

"허크, 너 비밀을 지켜줄 수 있니?"

"톰, 우린 비밀을 지켜야 돼. 너도 알다시피, 그 인디언이 교수형을 안 당하는 날에는 고양이 두 마리를 죽이는 것보다 간

couple of cats, if we was to squeak 'bout this and they didn't hang him. Now, look-a-here, Tom, le's take and swear to one another— that's what we got to do— swear to keep mum."

"I'm agreed. It's the best thing. Would you just hold hands and swear that we—"

"Oh, no, that wouldn't do for this. That's good enough for little rubbishy common things-especially with gals, cuz they go back on you anyway, and blab if they get in a huff— but there orter be writing 'bout a big thing like this. And blood."

Tom's whole being applauded this idea. It was deep, and dark, and awful; the hour, the circumstances, the surroundings, were in keeping with it. He picked up a clean pine shingle that lay in the moonlight, took a little fragment of "red keel" out of his pocket, got the moon on his work. and painfully scrawled these lines, emphasizing each slow downstroke by clamping his tongue between his teeth, and letting up the pressure on the upstrokes:

Huckleberry was filled with admiration of Tom's facility in writing, and the sublimity of his language. He at once took a pin from his lapel and was going to prick his flesh, but Tom said:

---

squeak: 밀고하다, 찍찍 울다 rubbishy: 쓰레기의, 어리석은 gal: 소녀, 여자 (=girl) blab: 수다쟁이, 입싸게지껄이다 pine: 소나무 shingle: 판자 지붕 scrawl: 갈겨쓰다 clamping: 강제하다, 꺽쇠 등으로 죄다 pressure: 압축 facility: 쉬운 재주, 솜씨 sublimity:장엄, 극치 prick:따끔하게 찌르다

단히 우리들을 죽이고 말거야. 그러니까 우리 둘이서 맹세를 하기로 하자. 절대 입을 열지 않겠다고 맹세를 하잔 말이야."

"좋아, 그게 좋겠다. 손을 들고 맹세하자. 우리는—"

"아니, 안돼, 그걸로는 안돼. 별일 아닌 거라면 그 정도로 괜찮겠지만—특히 여자애들 하고는 말야. 여자애들은 조금만 겁을 줘도 곧 지껄여 버리니까. 하지만 이번처럼 큰 사건에는 문서 같은 걸 써야 해. 그리고 피로 서명을 하고."

톰은 그 의견에 전적으로 동의했다. 그게 훨씬 심각하고 무게가 있는 것 같았다. 시간, 장소, 분위기 모든 것이 들어맞았다. 톰은 달빛 아래 굴러다니는 깨끗한 송판 한 장을 주워 왔다. 그리고 나서 주머니에서 빨간 크레용을 꺼내서 달빛에 비춰가며 한 자 한 자, 아래로 선을 그을 때는 혀를 깨물어 힘을 들여 쓰고, 위로 그을 때는 힘을 빼서, 고민 속에 서약서를 겨우 완성했다.

허클베리는 톰의 훌륭한 글 솜씨와 엄숙한 문구에 감탄했다. 그는 즉시 옷깃에서 핀을 뽑아 손가락을 찌르려고 했지만 톰이 말렸다.

"그만둬! 하지마, 그 핀은 놋쇠 아냐? 녹청이 있을지도 몰라."

"녹청이 뭔데?"

송판:소나무를 켠 널빤지

"Hold on! Don't do that. A pin's brass. It might have verdigrease on it."

"What's verdigrease?"

"It's p'ison. That's what it is. you just swaller some of it once—you'll see."

So Tom unwound the thread from one of his needles, and each boy pricked the ball of his thumb and squeezed out a drop of blood. In time, after many squeezes, Tom managed to sign his initials, using the ball of his little finger for a pen. Then he showed Huckleberry how to make an H and an F, and the oath was complete. They buried the shingle close to the wall, with some dismal ceremonies and incantations, and the fetters that bound their tongues were considered to be locked and the key thrown away.

A figure crept stealthily through a break in the other end of the ruined building, now, but they did not notice it.

"Tom," whispered Huckleberry, "does this keep us from ever telling-always?"

"Of course it does. It don't make any difference what happens, we got to keep mum. We'd drop down dead don't you know that?"

"Yes, I reckon that's so."

---

thumb: 엄지손가락 incantation: 주문 stealthily: 몰래, 은밀히

"그건 독이야. 그러니까 안된다는 거야. 못 믿겠으면 조금만 삼켜봐, 곧 알게 될 테니까."

그래서 톰이 바늘 한 개에서 실을 빼고는 두 소년은 각자 엄지손가락 밑 둥근데를 찔러, 거기서 피 한방울을 짜냈다. 몇 번인가 피를 짜서 적당한 때에 톰은 새끼손가락을 펜 대신 사용해서 간신히 자기 이름의 첫 글자를 쓸 수 있었다. 그리고 나서 허클베리에게 H자와 F자를 쓰는 방법을 가르쳐 주었고, 이것으로 서약서가 완성되었다. 두 소년은 일정한 의식에 따라 무서운 주문을 외면서 담벼락 근처에다 그 판자를 파묻었다. 이것으로 각자 혀에다 자물쇠를 채우고, 그 열쇠는 내버린 것으로 했다.

이때 텅빈 건물의 다른 쪽 틈사이로 그림자 하나가 살금살금 기어 왔으나 그들은 눈치채지 못했다.

"톰" 허클베리가 속삭였다.

"이걸로 우리는 언제까지나 비밀을 지켜낼 수 있을까? 계속 나중까지 말이야."

"물론이지. 무슨 일이 있어도 입밖에 내서는 안돼. 그렇지 않으면 그 자리에서 당장 죽는거야. 알았지?"

"물론, 그렇고말고."

잠시 그들은 귀엣말로 소곤소곤 속삭였다. 그때 갑자기 건물

They continued to whisper for some little time. Presently a dog set up a long, lugubrious howl just outside within ten feet of them. The boys clasped each other suddenly, in an agony of fright.

"Which of us does he mean?" gasped Huckleberry.

"I dono—peep through the crack. Quick!"

"No, you, Tom!"

"I can't—I can't do it, Huck!"

"Please, Tom. There 'tis again!"

"Oh, lordy, I'm thankful!" whispered Tom. "I know his voice. It's Bull Harbison."

"Oh, that's good—I tell you, Tom, I was most scared to death; I'd 'a' bet anything it was a stray dog."

The dog howled again. The boys' hearts sank once more.

"Oh, my! that ain't no Bull Harbison!" whispered Huckleberry. "Do, Tom!"

Tom, quaking with fear, yielded, and put his eye to the crack. His whisper was hardly audible when he said:

"Oh, Huck, rr's A STRAY DOG!"

"Quick, Tom, quick! Who does he mean?"

"Huck, he must mean us both—we're right together."

"Oh, Tom, I reckon we're goners. I reckon there ain't no

---

lugubrious: 애처러운 agony: 고뇌, 고민 fright: 공포, 경악 crack: 비집어 열다, 찰싹 소리내다 scare: 위협하다, 겁내다 stray: 빗나가다, 방황하다 howl: 짖다, 바람이 윙윙 거리다 audible: 들리는

밖에서—두 사람 있는 데서 채 10피트도 떨어지지 않은 곳에서—개 한 마리가 애처로운 소리로 짖어댔다. 무서운 나머지 둘은 서로 꼭 껴안았다.

"우리 둘 중 누굴 보고 저렇게 짖는 걸까?" 허클베리가 떨리는 목소리로 물었다.

"몰라, 그 틈으로 좀 내다봐, 어서!"

"싫어, 네가 해봐, 톰"

"안돼, 난 못하겠어. "

"제발, 톰. 아이고 또 짖는다!"

"옳지, 됐어!" 하고 톰이 속삭였다. "저 소리는 알겠어. 불 하비슨이야."

"그래, 잘됐군. 정말 무서워 죽는 줄 알았네. 난 또 떠돌이 개인 줄 알았어."

개가 또다시 짖기 시작했다. 그들은 또 다시 가슴이 섬뜩했다.

"잠깐! 저건 불 하빈슨이 아냐!" 허클베리가 속삭였다.

"좀 잘 봐, 톰!"

톰은 무서운 생각에 떨면서도 할 수 없이 틈에다 눈을 가져갔다. 그리고는 기어 들어가는 목소리로 속삭였다.

"허크, 집없는 떠돌이 개야!"

"어서, 톰 누굴 보고 짖는거야?"

"우리 둘이지, 누군 누구야, 허크—우린 함께 있잖아."

mistake 'bout where I'll go to. I been so wicked."

"Dad fetch it! This comes of playing hooky and doing everything a feller's told not to do. I might 'a' been good, like Sid, if I'd 'a' tried–but no, I wouldn't, of course. But if ever I get off this time, I lay I'll just waller in Sunday schools!" And Tom began to snuffle a little.

"You bad!" and Huckleberry began to snuffle too. "Consound it, Tom Sawyer, you're just old pie, 'longside o' what I am. Oh, lordy, lordy, lordy, I wisht I only had half your chance."

Tom choked off and whispered:

"Look, Hucky, look! He's got his back to us!"

Hucky looked, with joy in his heart.

"Well, he has! Did he before?"

"Yes, he did. But I, like a fool, never thought. Oh, this is bully, you know. Now who can he mean?"

The howling stopped. Tom pricked up his ears. "Sh! What's that?" he whispered.

"Sounds like— like hogs grunting. No— it's somebody snoring, Tom."

"That is it! Where'bouts is it, Huck?"

"I bleeve it's down at 'tother end. Sounds so, anyway. Pap used to sleep there, sometimes, 'long with the hogs,

---

hooky: 학교를 빼먹다 snuffle: 코를 킁킁거리다, 콧소리를 내다 choke: 질식시키다 hog: 돼지, 욕심꾸러기 bout: 시합, 발작

"야아, 이제 다 틀렸구나. 내가 갈 곳은 보지 않아도 뻔해. 평소에 나쁜 짓만 해왔으니까."

"죄가 덮쳤구나! 학교를 빼먹고, 하지 말란 짓만 골라서 했으니 이런 꼴이 된거지 뭐. 나도 맘만 먹으면 시드처럼 착한 애가 될 수 있었을 텐데. 하지만 이제 글렀어. 이번만 무사히 지나가면 주일학교도 빠지지 않고 잘 다닐 거야." 톰은 울음섞인 목소리로 말했다.

"네가 나쁘다고!" 허클베리도 코먹은 소리를 했다.

"너 정도는 내게 비하면 아무 것도 아냐. 아아, 내가 톰의 절반만이라도 착한 애였더라면."

톰이 그 말을 가로막고 속삭였다.

"허크, 저기 좀 봐! 저 개는 우리에게서 등을 돌리고 있잖아!"

이 말에 허크는 기운을 얻어 틈새로 내다보았다.

"그렇네, 정말! 아까부터 저랬니?"

"응, 그래. 바보같이, 깜빡 잊고 있었네. 아, 다행이다. 그런데 누굴 보고 짖는 걸까?"

짖는 소리가 멈췄다. 톰은 귀를 기울였다.

"쉿! 저건 뭐야?"

"돼지 우는 소리 같은데. 아니, 코고는 소리야."

"맞아. 어딜까?"

"저쪽 끝이야, 그렇게 들리지. 우리 아빠도 곧잘 저기서 돼지

but laws bless you, he just lifts things when he snores. Besides, I reckon he ain't ever coming back to this town any more."

The spirit of adventure rose in the boys' souls once more.

"Hucky, do you das't to go if I lead?"

"I don't like to, much. Tom, s'pose it's Injun Joe!"

Tom quailed. But presently the temptation rose up strong again and the boys agreed to try, with the understanding that they would take to their heels if the snoring stopped. So they went tiptoeing stealthily down, the one behind the other. When they had got to within five steps of the snorer, Tom stepped on a stick, and it broke with a sharp snap. The man moaned, writhed a little, and his face came into the moonlight. It was Muff Potter. The boys' hearts had stood still, and their hopes too, when the man moved, but their fears passed away now. They tiptoed out, through the broken weather boarding, and stopped at a little distance to exchange a parting word. That long, lugubrious howl rose on the night air again! They turned and saw the strange dog standing within a few feet of where Potter was lying, and facing Potter, with his nose pointing heavenward.

---

quail: 메추라기, 소녀, 기가 죽다 tiptoe: 발끝 heavenward: 하늘을 향하여

와 같이 자지만 저렇게 조용한 소리는 아닌데. 게다가 아직 마을에 돌아오지도 않았을 거고."

두 소년의 가슴에는 또다시 모험심이 솟구쳤다.

"허크, 내가 앞장서면 내 뒤를 따라올 수 있겠니?"

"별로, 내키진 않는데. 톰, 인디언 조면 어쩌지?"

톰도 썩 내키는 것은 아니었다. 그러나 유혹을 억누르지 못하고, 결국 코고는 소리가 멈추면 도망 친다는 조건으로 해보자는 데 의견이 일치되었다. 그래서 그들은 하나가 앞서고 하나가 그 뒤를 따라 발 소리를 죽여 가며 접근해 갔다. 코를 골며 잠을 자는 사나이로부터 다섯 발짝도 안 떨어진 곳에 이르렀을 때, 톰의 한 쪽 발이 그만 나뭇가지 하나를 밟는 바람에 뚝 부러지는 소리가 났다. 사나이가 끙 하는 소리와 함께 몸을 비틀자 얼굴에 달빛이 비쳤다. 그것은 머프 포터였다. 사나이가 꿈틀했을 때 두 소년의 심장은 딱 멎고, 모든 게 끝장이라는 생각이 들었지만, 상대방의 정체가 드러나자 두려움도 어느 정도 가셨다. 둘은 부서진 판자담을 통해 살금살금 밖으로 나와, 조금 걷다가 작별 인사를 나누려고 걸음을 멈추었다. 이때 또다시 밤공기를 진동하며 가슴을 소스라치게 하는 개 짖는 소리가 들려왔다. 뒤돌아보니 개는 포터가 누워 있는 옆에서 하늘을 향해 짖고 있었다.

"Oh, geeminy, it's him!" exclaimed both boys, in a breath.

"Say, Tom— they say a stray dog come howling around Johnny Miller's house 'bout midnight, as much as two weeks ago; and a whippoorwill come in and lit on the banisters and sung, the very same evening; and there ain't anybody dead there yet."

"Well, I know that. And suppose there ain't. Didn't Gracie Miller fall in the kitchen fire and burn herself terrible the very next Saturday?"

"Yes, but she ain't dead. And what's more, she's getting better, too."

"All right, you wait and see. She's a goner, just as dead sure as Muff Potter's a goner. That's what the niggers say, and they know all about these kind of things, Huck"

Then they separated, cogitating. When Tom crept in at his bedroom window the night was almost spent. He undressed with excessive caution, and fell asleep congratulating himself that nobody knew of his escapade. He was not aware that the gently snoring Sid was awake, and had been so for an hour.

When Tom awoke, Sid was dressed and gone. There was a late look in the light, a late sense in the atmosphere.

---

moan: 신음 소리를 내다. 슬퍼하다 whippoorwill: 쏙독새의 무리 banister: 난간 nigger: 검둥이 cogitate: 생각하다, 숙고하다

"아, 큰일이군, 포터를 보고 짖고 있었군."

이 말이 동시에 두 소년의 입에서 튀어 나왔다.

"이봐, 톰. 한 두 주일 전에 한밤중에 자니 밀러 집에 개 한 마리가 와서 짖었다는 거야. 그리고 그날 밤 쏙독새 한 마리가 날아와 앉아 계속 울었대. 그런데도 그 집에선 아직까지 아무도 죽지 않았어."

"그래, 그 얘기는 나도 알고 있어. 하지만 바로 그 다음 토요일날 그레이시 밀러가 부엌 난로에서 큰 화상을 입었잖아."

"맞아, 하지만 죽은 건 아니잖아. 게다가 이젠 다 나았다는데."

"그건 그렇지만 두고보라고, 머프 포터도 그렇지만, 그 계집애는 죽은 목숨이나 마찬가지야. 검둥이들이 그렇게 말하더라. 이런 일은 검둥이들이 잘 알고 있지."

잠시 후 그들은 각자 생각에 잠겨 있다가 헤어졌다. 톰이 창문을 통해 침실로 기어 들어왔을 때는 이미 새벽녘이 가까웠다. 톰은 소리를 내지 않고 옷을 벗고 아무한테도 들키지 않았다는 것을 기뻐하며 잠자리에 들었다. 그러나 부드럽게 코를 골고 있던 시드가 사실은 1시간 전부터 잠에서 깨어 있었다는 것을 톰은 전혀 알지 못했다.

톰이 잠에서 깼을 때 시드는 옷을 갈아입고 밖으로 나간 뒤였다. 주위가 밝은 것으로 보아 시간이 꽤 지난 것 같고, 집안 분위기로 봐서도 많이 늦은 것 같았다. 톰은 깜짝 놀라 잠에서

He was startled. Why had he not been called-persecuted till he was up, as usual? The thought filled him with bodings. Within five minutes he was dressed and downstairs, feeling sore and drowsy. The family were still at table, but they had finished breakfast. There was no voice of rebuke, but there were averted eyes; there was a silence and an air of solemnity that struck a chill to the culprit's heart. He sat down and tried to seem gay, but it was uphill work; it roused no smile, no response, and he lapsed into silence and let his heart sink down to the depths.

After breakfast his aunt took him aside, and Tom almost brightened in the hope that he was going to be flogged; but it was not so. His aunt wept over him and asked him how he could go and break her old heart so; and finally told him to go on, and ruin himself and bring her gray hairs with sorrow to the grave, for it was no use for her to try any more. This was worse than a thousand whippings, and Tom's heart was sorer now than his body. He cried, he pleaded for forgiveness, promised to reform over and over again, and then received his dismissal, feeling that he had won but an imperfect forgiveness and established but a feeble confidence.

He left the presence too miserable to even feel revenge-

---

startle: 깜짝 놀라(게 하)다 persecute: 박해하다, 괴롭히다 drowsy: 졸리는, 나른한 rebuke: 비난하다 avert: 돌리다, 피하다 solemnity: 장중, 근엄 flog: 채찍질하다, 이기다 sore: 슬픈 dismissal: 면직, 해고 revengeful: 복수심에 불탄

일어났다. 왜 아무도 깨우지 않았을까? 평상시 같았으면 빨리 일어나라고 성화를 했을텐데 하는 생각이 들자 왠지 꺼림직한 기분이 들었다. 5분도 못 되어 톰은 옷을 갈아입고, 아직 잠이 덜 깬 눈을 비비며 아래층으로 내려갔다. 집안 식구들은 식탁에 앉아 있었지만, 아침 식사는 이미 오래 전에 끝난 뒤였다. 나무라는 말은 안했지만 모두들 자기를 피하는 눈치였다. 죄지은 자의 가슴을 서늘하게 하는 차디찬 공기가 감돌고 있었다. 톰은 자리에 앉아 일부러 기분이 좋은 척 해보았지만 쉬운 일이 아니었다. 톰은 그저 입을 다물고 분위기에 따르는 수밖에 없었다.

아침 식사가 끝난 뒤 이모가 톰을 따로 불렀다. 야단을 맞을 거라고 생각하니 오히려 마음이 가벼웠다. 그러나 그게 아니었다. 이모는 눈에 눈물을 담고 톰의 행동을 탓하고, 어쩌면 이렇게 늙은이의 마음을 아프게 하느냐고 타이르는 조로 말했다. 그리고 마지막에는 네 맘대로 해라, 사람들한테서 망신을 당하고, 이 흰머리가 더 늘어가더라도 상관하지 않겠다, 무슨 말을 해도 소용이 없다고 신세 한탄을 했다. 이것은 천 번의 매질보다 효과가 있었고, 몇 배나 더 가슴이 아팠다. 톰은 울면서 한 번만 용서해 달라고 애원했다. 앞으로는 절대 나쁜짓을 하지 않겠다고 다짐도 했다. 이렇게 해서 겨우 풀려나기는 했지만, 그렇다고 해서 완전히 용서를 받은 것도 아니고, 완전한 신용을 얻은 것 같지도 않았다.

ful toward Sid; and so the latter's prompt retreat through the back gate was unnecessary. He moped to school gloomy and sad, and took his flogging, along with Joe Harper, for playing hooky the day before, with the air of one whose heart was busy with heavier woes and wholly dead to trifles. Then he betook himself to his seat, rested his elbows on his desk and his jaws in his hands, and stared at the wall with the stony stare of suffering that has reached the limit and can no further go. His elbow was pressing against some hard substance. After a long time he slowly and sadly changed his position, and took up this object with a sigh. It was in a paper. He unrolled it. A long, lingering, colossal sigh followed, and his heart broke. It was his brass andiron knob!

CHAPTER 11
Conscience Racks Tom

CLOSE UPON the hour of noon the whole village was suddenly electrified with the ghastly news. No need of the as yet undreamed-of telegraph; the tale flew from man to

---

mop: 자루걸레로 닦다 betook: betake의 과거, ~에 가다, ~에 착수하다
stony: 돌이 많은 electrify: 전기가 통하다, 전화하다, 깜짝놀라게 하다
ghastly: 핼쑥한, 송장같은

톰은 너무도 기진맥진한 상태여서 시드에게 복수할 기력조차
남아있지 않았다. 따라서 시드가 붙잡힐까봐 뒷문으로 빠져나
간 것은 필요없는 짓을 한 셈이다. 톰은 무거운 걸음으로 학교
에 가서 조 하퍼와 함께 어제 학교를 무단 결석했다는 이유로
매를 맞았다. 그러나 톰의 마음은 이미 매 같은 건 신경쓸 여
유가 없을 만큼 우울하고 처량했다. 매를 맞고 난 다음 자기
자리로 와서 책상위에 팔을 짚고 턱을 괸 채, 이제는 막다른
골목에 이르렀구나, 어떻게 할 길이 없구나 하는 괴로운 눈초
리로 물끄러미 벽만 바라보고 있었다. 그런데 아까부터 팔꿈치
에 딱딱한 것이 닿아 있었다. 한참 후에야 톰은 자세를 바꾸고
한숨을 쉬며 그것을 집어 들었다. 뭔가가 종이에 싸여 있었다.
포장을 벗기는 순간 긴, 끝없는 한숨이 저절로 새어 나왔다. 톰의
가슴은 터질 것만 같았다. 그것은 톰의 놋쇠 손잡이였던 것이다!

제 11 장
양심이 톰을 괴롭히다

정오가 가까워지자 무시무시한 소문이 퍼져서 마을 사람들이
깜짝 놀랐다. 당시만 해도 전신 같은 것은 상상도 못할 때였지
만 그럴 필요도 없이, 소문은 사람에게서 사람에게로, 모임에서

기진맥진:기력이 다하여 없어짐

man, from group to group, from house to house, with little less than telegraphic speed. Of course the school-master gave holiday for that afternoon; the town would have thought strangely of him if he had not.

A gory knife had been found close to the murdered man, and it had been recognized by somebody as belonging to Muff Potter— so the story ran. And it was said that a belated citizen had come upon Potter washing himself in the 'branch' about one or two o'clock in the morning, and that Potter had at once sneaked off-suspicious circumstances, especially the washing, which was not a habit with Potter. It was also said that the town had been ransacked for this 'murderers' (the public are not slow in the matter of sifting evidence and arriving at a verdict), but that he could not be found. Horsemen had departed down all the roads in every direction, and the sheriff 'was confident' that he would be captured before night.

All the town was drifting toward the graveyard. Tom's heartbreak vanished and he joined the procession, not because he would not a thousand times rather go anywhere else, but because an awful, unaccountable fascination drew him on. Arrived at the dreadful place, he wormed his small body through the crowd and saw the

---

ransack: 샅샅이 뒤지다, 약탈하다 verdict: 평결, 판단 sheriff: 주 장관, 보안 관 vanish: 자취를 감추다, 모습을 감추다 fascination: 매혹

모임으로, 집에서 집으로 전신 이상의 **빠른** 속도로 삽시간에 퍼졌다. 물론 교장 선생님도 오후 수업을 그만두었다. 만일 그렇게 하지 않았더라면 마을 주민들로부터 이상한 눈초리를 받았을 것이다.

피묻은 칼이 살해된 사람 근처에서 발견되었는데, 그것이 머프 포터의 칼이라는 것이 확인되었다는 소문이 퍼졌다. 그리고 어젯밤 늦게 집에 돌아오던 마을 사람 하나가 새벽 한시나 두시경 개울가에서 몸을 씻던 포터를 목격했다. 포터는 자기를 보자마자 죄지은 사람처럼 도망치더라는 것이다. 평소 포터에게는 몸을 씻는 습관이 없었기 때문에 이것은 사람들의 의심을 더욱 굳게 해주었다. 또 이 '살인범' (증거를 가려서 판결을 내리는데 이렇게 **빠른** 게 세상사인 것이다.)의 행방을 찾기 위해 마을을 구석구석 샅샅이 뒤졌으나 찾을 수 없었다는 것이다. 모든 방향, 모든 도로상으로 기마 경찰들이 말을 몰았고, 보안관은 오늘 중으로 범인을 찾아내어 보이겠다고 장담을 했다.

마을 주민 전체가 묘지로 이동했다. 톰도 기운을 차려 그 행렬에 참가했다. 여기 말고도 천 배나 가고 싶다고 생각한 곳이 있었지만, 그 어떤 이상한, 설명할 수 없는 힘이 그를 이끈 것이다. 끔찍한 현장에 도착했을 때 그는 작은 몸으로 군중들 사이를 헤치고 나가 그 처참한 광경을 목격했다. 그것은 벌써 수십년 전의 일인 것 같았다. 누가 그의 팔을 꼬집었다. 뒤돌아보

dismal spectacle. It seemed to him an age since he was there before. Somebody pinched his arm. He turned, and his eyes met Hucheberry's. Then both looked elsewhere at once, and wondered if anybody had noticed anything in their mutual glance. But everybody was talking, and intent upon the grisly spectacle before them.

"Poor fellow!" "Poor young fellow!" "This ought to be a lesson to grave robbers!" "Muff Potter'll hang for this if they catch him!" This was the drift of remark; and the minister said, "It was a judgment; His hand is here."

Now Tom shivered from head to heel; for his eye fell upon the stolid face of Injun Joe. At this moment the crowd began to sway and struggle, and voices shouted,

"It's him! it's him! he's coming himself!"

"Who? Who?" from twenty voices.

"Muff Potter!"

"Hallo, he's stopped!—Look out, he's turning! Don't let him get away!"

People in the branches of the trees over Tom's head said he wasn't trying to get away—he only looked doubtful and perplexed.

"Infernal impudence!" said a bystander;"wanted to come and take a quiet look at his work, I reckon— didn't

---

grisly: 무서운, 음산한 shiver: 떨다 stolid: 멍청한 infernal: 지옥의, 지독한
impudence: 뻔뻔스러움, 건방진 bystander: 방관자, 국외로

니 허클베리의 눈과 마주쳤다. 둘은 얼른 시선을 딴 데로 돌리고는, 눈길이 서로 부딪힌 것을 누구에게 들키지나 않았는지 걱정했다. 그러나 모든 사람들은 처참한 광경에 정신이 팔려 그 얘기를 하느라고 정신이 없었다.

"아이, 불쌍해라!" "아직 젊은 사람인데!" "남의 무덤을 도둑질하는 놈에게는 좋은 교훈이야!" "머프 포터, 잡히기만 하면 교수형 감이다!" 라고 한 마디씩 떠들어 댔다. 그리고 목사는 "이건 하나님의 심판입니다. 그의 손길이 여기까지 뻗친 겁니다." 라고 말했다.

톰은 머리끝에서 발끝까지 부들부들 떨렸다. 얼핏 인디언 조의 시치미를 뚝 떼고 있는 얼굴이 눈에 들어왔기 때문이다. 이 때 군중이 동요를 일으키며 웅성거리는 소리가 들렸다.

"그놈이다! 그놈이야! 제발로 왔군!"

"누구야? 누구?" 스무명 정도의 목소리 였다.

"머프 포터다!"

"저봐, 멈췄다. 돌아서려고 해! 놓치지마!"

톰의 머리 위 나뭇가지에 올라가 있던 사람들이, 도망치려는 게 아냐, 겁에 질려 우물쭈물 하는거야 하고 대답했다.

"저런 뻔뻔스러운 놈 같으니라고!" 구경꾼 중 하나가 소리쳤다. "사람을 죽여 놓고 멀쩡한 얼굴로 현장에 나타나다니 아무도 없는 줄 알고."

동요:흔들려 움직임

expect any company.”

The crowd fell apart, now, and the sheriff came through, ostentatiously leading Potter by the arm. The poor fellow’s face was haggard, and his eyes showed the fear that was upon him. When he stood before the murdered man, he shook as with a palsy, and he put his face in his hands and burst into tears.

“I didn’t do it, friends,” he sobbed; “’pon my word and honor I never done it.”

“Who’s accused you?” shouted a voice.

This shot seemed to carry home. Potter lifted his face and looked around him with a pathetic hopelessness in his eyes.

“Oh, Injun Joe, you promised me you’d never—”

“Is that your knife?” and it was thrust before him by the sheriff.

Potter would have fallen if they had not caught him and eased him to the ground. Then he said:

“Something told me ’t if I didn’t come back and get—” He shuddered; then waved his nerveless hand with a vanquished gesture and said, “Tell ’em Joe, tell ’em— it ain’t any use any more.”

Then Huckleberry and Tom stood dumb and staring, and

---

sheriff: 주 장관 ostentatiously: 허세를 부리는 haggard: 수척한, 야생매
palsy: 마비, 중풍 sob: 흐느껴 울다 thrust: 밀다, 찌르다 vanquish: 이기다,
정복하다

군중이 좌우로 갈라지자, 그 사이를 보안관이 포터의 팔을 붙잡고는 우쭐대며 걸어왔다. 포터의 얼굴은 새파랗게 질리고, 눈은 공포에 떨고 있었다. 시체 앞에 끌려나와 섰을 때, 그는 온몸을 떨며, 두 손으로 얼굴을 가리고 울기 시작했다.

"내가 한 짓이 아니오." 우는 소리였다. "맹세코, 내가 한 일이 아닙니다."

"누가 당신이라고 그랬어?"

누군가가 호통을 쳤다.

이 소리에 제 정신이 든 듯 포터는 얼굴을 들고 힘없는 눈으로 주위를 둘러 보았다.

"인디언 조, 네가 약속했잖아, 절대로…."

"이건 네 칼이지?"

보안관이 칼을 내밀었다. 사람들이 부축을 하지 않았다면 포터는 당장에 그 자리에 쓰러졌을 것이다.

"역시, 오지 말걸 괜히 왔군. 설마 하고 왔더니…."

그는 다시 한번 몸을 떨었다. 그리고는 체념한 듯 힘없이 손을 저으며 입을 열었다.

"말해봐, 조. 모든 걸 말해. 이렇게 된 이상 어쩔 수 없어."

허클베리와 톰은 인디언 조의 얼굴을 쳐다보면서 이 피도 눈물도 없는 거짓말쟁이의 뻔뻔스러운 진술을 들었다. 그리고 저

heard the stonyhearted liar reel off his serene statement, they expecting every moment that the, clear sky would deliver God's lightnings upon his head and wondering to see how long the stroke was delayed. And when he had finished and still stood alive and whole, their wavering impulse to break their oath and save the poor betrayed prisoner's life faded and vanished away, for plainly this miscreant had sold himself to Satan and it would be fatal to meddle with the property of such a power as that.

"Why didn't you leave? What did you want to come here for?" somebody said.

"I couldn't help it—I couldn't help it," Potter moaned. "I wanted to run away, but I couldn't seem to come anywhere but here." And he fell to sobbing again.

Injun Joe repeated his statement, just as calmly, a few minutes afterward on the inquest, under oath; and the boys seeing that the lightnings were still withheld, were confirmed in their belief that Joe had sold himself to the devil. He was now become, to them, the most balefully interesting object they had ever looked upon and they could not take their eyes from his face.

They inwardly resolved to watch him, nights, when opportunity should offer, in the hope of getting a glimpse

---

betray: 배반하다, 비밀을 누설하다 miscreant: 악당, 사악한 자 calmly: 고요히, 냉정하게 oath: 맹세, 저주, 욕설 withheld: withhold의 과거분사 balefully: 해롭게, 가엾게, 비참하게 inwardly: 안에, 작은 목소리로

쾌청한 하늘에서 그의 머리에 번갯불이 떨어지기를 이제나 저제나 기다리며, 아니 언제까지 하나님은 꾸물거리고 계시는 걸까 하고 이상하게 생각했다. 그리고 그가 진술을 끝마치고도 여전히 살아서 서 있는 걸 보고는, 둘은 맹세를 깨고서라도 이 불쌍한 배반당한 죄수를 구해 내리라는 생각이 씻은 듯이 사라졌다. 그 이유는 이 악당은 분명히 악마에게 자기 영혼을 사탄에게 팔아버린 것이며, 그런 자에게 잘못 덤비다가는 목숨을 부지하기 어려울 것 같다는 생각이 들었기 때문이다.

"왜 도망치치 않았지? 뭣하러 여기 나타났어?"

누군가 말했다.

"안 올수가 없었어. 어쩔수 없었어." 포터는 신음하듯 말했다. "도망치고 싶었지만, 이리 오지 않고선 견딜 수가 없었어."

그리고는 훌쩍훌쩍 울기 시작했다.

그 후 인디언 조는 선서를 한 다음, 정식으로 심문을 받을 때에도 아까같이 태연한 말투로 진술을 되풀이했다. 두 소년은 아직도 번갯불이 떨어지지 않는 것을 보고는, 인디언 조가 악마에게 영혼을 팔아 버렸구나 하는 신념을 더욱 굳게 가졌다. 조의 얼굴은 이제 가장 무서운 대상으로 보여, 그 얼굴에서 눈을 뗄 수가 없었다.

두 소년은 밤마다 그를 감시하여, 한번만이라도 좋으니 그 무시무시한 주인인 악마의 얼굴을 보고야 말겠다고 마음 속으

진술:어떤 일이나 사건의 경위를 말함

204 · Tom Sawyer

of his dread master.

Injun Joe helped to raise the body of the murdered man and put it in a wagon for removal; and it was whispered through the shuddering crowd that the wound bled a little! The boys thought that this happy circumstance would turn suspicion in the right direction; but they were disappointed, for more than one villager remarked:

"It was within three feet of Muff Potter when it done it." Tom's fearful secret and gnawing conscience disturbed his sleep for as much as a week after this; and at breakfast one morning Sid said:

"Tom, you pitch around and talk in your sleep so much that you keep me awake half the time."

Tom blanched and dropped his eyes.

"It's a bad sign," said Aunt Polly gravely. "What you got on your mind, Tom?"

"Nothing. Nothing't I know of." But the boy's hand shook so that he spilled his coffee.

"And you do talk such stuff," Sid said. "Last night you said 'It's blood, it's blood, that's what it is!' You said that over and over. And you said, 'Don't torment me so— I'll tell!' Tell what? What is it you'll tell?"

Everything was swimming before Tom. There is no

---

removal: 이동, 해임,제거 pitch: 던지다, 단단히 고정시키다 blanch: 희게하다, 표백하다 stuff: 재료

로 다짐했다.

인디언 조는 시체를 짐마차에다 싣고서 운반하는 일까지 도 왔다. 그때 군중 사이에서 피가 흘렀다고 수군거리는 소리가 났다. 두 소년은 이와 같은 좋은 증거로 해서 혐의가 올바른 방향으로 흘러가려나 보다고 생각했지만, 이어지는 사람들의 말을 듣고서 다시 실망할 수 밖에 없었다.

"머프 포터가 3피트도 안 떨어진 거리에서 그 짓을 저질렀 대."

그 후 일주일 동안이나 톰은 무서운 비밀과 양심의 가책에 못 이겨 밤에도 제대로 잠을 잘 수가 없었다. 어느 날 아침, 식 사 때에 시드가 이런 말을 했다.

"톰, 너 말야, 밤마다 부스럭대고 뒤척이고, 뭐라고 잠꼬댈 하 는지, 잠을 잘 수가 없어."

톰은 얼굴색이 창백해지며 눈을 내리깔고 말았다.

"그거 좋지 못한 징조로구나." 폴리 이모가 엄숙하게 말했다. "무슨 걱정거리라도 있니, 톰?"

"아무것도 없어요. 아무일 아니예요." 그러나 손이 떨려서 그 바람에 커피를 흘리고 말았다.

"이런 잠꼬대를 한단 말이야." 시드는 계속 말했다. "어젯밤 엔 '피다, 피, 정말 그래!'라는 말을 몇 번이나 했는지 몰라. 그리고 나서 '날 괴롭히지 말아요, 말할게요!'라고 하더라. 그 게 무슨 말이야? 뭘 말한다는 거야?"

가책:꾸짖어 나무람

telling what might have happened now, but luckily the concern passed out of Aunt Polly's face and she came to Tom's relief without knowing it. She said:

"Sho! It's that dreadful murder. I dream about it most every night myself. Sometimes I dream it's me that done it."

Mary said she had been affected much the same way. Sid seemed satisfied. Tom got out of the presence as quick as he plausibly could, and after that he complained of toothache for a week, and tied up his jaws every night. He never knew that Sid lay nightly watching, and frequently slipped the bandage free and then leaned on his elbow listening a good while at a time, and afterward slipped the bandage back to its place again. Tom's distress of mind wore off gradually and the toothache grew irksome and was discarded. If Sid really managed to make anything out of Tom's disjointed mutterings, he kept it to himself.

It seemed to Tom that his schoolmates never would get done holding inquests on dead cats, and thus keeping his trouble present to his mind. Sid noticed that Tom never was coroner at one of these inquiries, though it had been his habit to take the lead in all new enterprises; he noticed, too, that Tom never acted as a witness— and that was

---

plausibly: 그럴 듯하게 bandage: 붕대 lean: 기대다, 의지하다 irksome: 지루한, 넌더리나는 disjointed: 관절이 빠진, 뒤죽박죽 muttering: 속삭이다, 진력나는 coroner; 검시관

톰은 눈 앞이 아찔했다. 조금만 더 계속되었더라면 무슨 일이 벌어졌을지 모를 일이었지만, 다행히도 이모가 관심을 딴데로 돌린 듯한 얼굴을 해보여 톰의 난처한 입장을 구해 주었다. 이모가 입을 열었다.

"그럴거야! 그 무시무시한 살인 사건 말이지. 나도 밤마다 꿈에 보이는걸, 글쎄, 내가 범인이 된 꿈까지 꾼다니까."

메리도 정말 무섭다고 맞장구를 쳤다. 시드는 이것으로 이해가 된 모양이었다. 톰은 대충 얼버무려 가지고 그 자리를 벗어났다. 그 후 일주일 동안은 이빨이 아프다는 핑계로 밤마다 턱에다 붕대를 감고 자곤 했다. 그러나 톰은 시드가 밤마다 감시를 하며, 가끔 톰이 자고 있을 동안에 턱에 감은 붕대를 풀어 놓고 오랫동안 턱을 괸 채 귀를 기울이고 있다가 얼마 후에 다시 붕대를 도로 감아 놓는다는 것을 알지 못했다. 톰의 고민도 점점 사라지고, 이빨이 아프다는 핑계도 귀찮게 되어 그만 중지하고 말았다. 시드는 톰의 앞뒤 안 맞는 잠꼬대에서 무엇을 알아 냈을지도 모르지만 아무 말도 하지 않았다.

톰은 급우들이 고양이 시체 따위를 앞에다 놓고서 심문의 흉내를 내며 놀곤 하는 것이 마음에 걸려 견딜 수가 없었다. 그것을 볼 때마다 불안한 마음이 되살아 나는 것이었다. 지금까지 새로운 장난이 나올 때마다 반드시 톰이 선두에 서서 주도권을 쥐곤 했는데, 이번만은 증인 노릇조차 하려 들지 않았다.

strange; and Sid did not overlook the fact that Tom even showed a marked aversion to these inquests, and always avoided them when he could. Sid marveled, but said nothing. However, even inquests went out of vogue at last, and ceased to torture Tom's conscience.

Every day or two, during this time of sorrow, Tom watched his opportunity and went to the little grated jail window and smuggled such small comforts through to the 'murderer' as he could get hold of. The jail was a trifling little brick den that stood in a marsh at the edge of the village, and no guards were afforded for it; indeed it was seldom occupied. These offerings greatly helped to ease Tom's conscience.

The villagers had a strong desire to tar and feather Injun Joe and ride him on a rail, for body snatching, but so formidable was his character that nobody could be found who was willing to take the lead in the matter, so it was dropped. He had been careful to begin both of his inquest statements with the fight, without confessing the grave robbery that preceded it; therefore it was deemed wisest not to try the case in the courts at present.

---

aversion: 혐오 vogue: 유행, 인기 torture: 고문, 고통, 고문하다 smuggle: 밀수출하다 brick: 벽돌 marsh: 습지, 늪 snatch: 와락 붙잡다, 강탈하다 deem: 생각하다, ~로 간주하다

정말 이상한 일이었다. 더욱이 시드는 톰이 노골적으로 이런 장난을 피해 가담하지 않으려고 노력하고 있다는 사실도 놓치지 않았다. 시드는 참 이상한 일이라고 의심했지만 입을 다물고 있었다. 그러나 이 놀이는 오래 가지 않아서 시들해져 톰의 양심을 괴롭히지 않게 되었다.

이처럼 슬픔에 잠겨 있는 동안에도 톰은 날마다, 또는 하루 걸러 한 번씩 시간이 나는 대로 조그마한 격자창이 달린 감옥을 방문하여 그 창으로 '살인범'에게 대단치는 않지만 구할 수 있는 위문품을 몰래 넣어 주었다. 감옥은 동구 밖 늪지에 있는 동굴과 같은 조그만 벽돌 건물로, 간수도 없었고 그때까지 거의 사용된 적이 없었다. 이러한 차입물은 톰의 양심을 위로해 주는 데 많은 도움이 되었다.

마을 사람들은 인디언 조가 무덤을 파헤친 죄값으로 타르와 깃털을 몸에 바르고 횡목에 태워서 혼쭐을 내주고 싶었지만, 원래부터 난폭한 자라 누구하나 앞장서는 사람이 없어서 그 일은 흐지부지 되고 말았다. 조는 두번이나 심문을 받았지만, 싸운 일에 대해서만 시인할 뿐, 무덤을 파헤쳤다고 하는 말은 조금도 하지 않았다. 따라서 당장 재판을 하는 것은 현명한 방법이 아니라고 하는 것이 일반적인 의견이 되었다.

차입물:미결수에게 들여 보내주는 물건
횡목:가로질러 놓은 나무

CHAPTER 12
The Cat and the Painkiller

ONE OF THE reasons why Tom's mind had drifted away from its secret troubles was that it had found a new and weighty matter to interest itself about. Becky Thatcher had stopped coming to school. Tom had struggled with his pride a few days, and tried to whistle her down the wind, but failed. He began to find himself hanging around her father's house, nights, and feeling very miserable. She was ill. What if she should die! There was distraction in the thought. He no longer took an interest in war, nor even in piracy. The charm of life was gone; there was nothing but dreariness left. He put his hoop away, and his bat; there was no joy in them any more. His aunt was concerned. She began to try all manner of remedies on him. She was one of those people who are infatuated with patent medicines and all newfangled methods of producing health or mending it. She was an inveterate experimenter in these things. When something fresh in this line came out she was in a fever, right away, to try it; not on herself, for she was never ailing, but on anybody else that

---

piracy: 해적질 remedy: 치료 infatuate: 얼빠지게 하다, 열중시키다

제 12 장
고양이와 진통제

톰의 마음이 보통 때와는 달리 그 비밀의 괴로움으로부터 벗어나게 된 것은 새로 일어난 중대한 일에 관심이 쏠렸기 때문이다. 그것은 베키 대처가 학교에 나오지 않게 되었다는 사건이었다. 몇일 동안은 그래도 톰은 자존심과 싸우며 되는 대로 내맡겨 두려고 애를 썼지만 소용이 없었다. 밤마다 자기도 모르게 발이 저절로 그녀의 집쪽으로 향했으며, 얼핏 정신이 들면 비참한 기분에 사로잡힌 자신을 발견하곤 했다. 그녀는 몸이 아팠다. 만일 죽기라도 하면! 이런 생각이 들자 톰은 미칠 것만 같았다. 이젠 전쟁놀이고 해적놀이고 다 재미가 없었다. 삶의 매력도 없어지고, 오직 쓸쓸한 기분이 들었다. 굴렁쇠 굴리기도, 공놀이도 전혀 흥미가 없었다. 이모는 걱정이 되어 모든 방법을 동원하여 기운을 복돋워 주려고 노력했다. 세상에는 흔히 건강 증진이니 원기 회복이니 하는 새로운 요법과 약이 나타나면 대번에 그것에 정신을 빼앗기고는 열중하는 사람들이 있게 마련인데, 이모도 그러한 사람 중 하나로, 그전부터 그 방면에는 누구에게도 뒤지지 않았다. 그 어떤 새로운 것이 나타나면 이모는 제일 먼저 달려들었다. 그녀 자신은 건강한 편이어서 자기 몸을 위해서 사용하는 예는 별로 없었지만, 가까

came handy. She was a subscriber for all the Health periodicals and phrenological frauds; and the solemn ignorance they were inflated with was breath to her nostrils. All the rot they contained about ventilation, and how to go to bed, and how to get up, and what to eat, and what to drink, and how much exercise to take, and what frame of mind to keep one's self in, and what sort of clothing to wear, was all gospel to her, and she never observed that her health journals of the current month customarily upset everything they had recommended the month before. She was as simple-hearted and honest as the day was long, and so she was an easy victim.

The water treatment was new, now, and Tom's low condition was a windfall to her. She had him out at daylight every morning, stood him up in the woodshed and drowned him with a deluge of cold water; then she scrubbed him down with a towel like a file, and so brought him to; then she rolled him up in a wet sheet and put him away under blankets till she sweated his soul clean and "the yellow stains of it came through his pores"—as Tom said.

Yet notwithstanding all this, the boy grew more and more melancholy and pale and dejected. She added hot

---

subscriber: 기부자, 예약자 periodical: 정기간행의, 주기적인 phrenological: 골상학의 ventilation: ~에 공기를 통하다, 표명하다 gospel: 복음 deluge: 큰 홍수, 재앙, 침수하다 scrub: 숲, 문지르다, 연기하다 deject: 낙심시키다, 기를 꺾다

운 사람이면 닥치는 대로 붙잡고 실험해 보는 것이다. 또 이모
는 온갖 건강 잡지의 애독자로, 이러한 잡지 등에 실려 있는
터무니 없는 주의, 예컨대 올바른 취침법, 기상법, 식사 요령,
마시는 방법, 운동 방법, 그리고 어떤 심성을 유지해야 하는가,
어떤 옷을 입는 게 좋은가 하는 따위의 기사는 이모에게 복음
이상의 의미를 지니고 있었다.

그래서 이번 달의 건강 잡지가 지난 달에 추천한 것을 정반
대로 뒤집고 있다는 사실을 깨닫지 못하고 넘어갈 정도로 맹목
적으로 잡지를 신봉했다. 언제나 단순하고 정직했으므로 그들
에게는 조금도 힘이 안 드는 희생자였다.

요즘 이모는 물 치료법이라고 하는 것에 정신을 빼앗기고 있
던 중인데, 마침 톰이 힘을 못 쓰고 있는 것이 이 실험에는 안
성마춤이었다. 이모는 매일 아침 톰을 나무광 속에다 끌어다
넣고는 머리 위에서부터 냉수를 퍼부었다. 그리고는 수세미처
럼 거친 수건으로 박박 문질러 정신을 들게 하고는 젖은 시트
로 몸을 싼 다음 몇 장씩이나 담요를 덮어, 톰의 말을 빌리자
면, '영혼의 때가 누런 땀이 되어 땀구멍으로 스며나올' 때 까
지 땀을 내게 했다.

그러나 여기까지 노력을 했는데도 톰의 안색은 점점 나빠지
고, 얼굴은 수척해 갔다. 그녀는 이에 온욕과 좌욕, 샤워 요법과
전신욕 요법을 추가했지만, 톰은 여전히 기운이 없었다. 이번에

복음:그리스도의 가르침, 반가운 소식

baths, sitz baths, shower baths, and plunges. The boy remained as dismal as a hearse. She began to assist the water with a slim oatmeal diet and blister plasters. She calculated his capacity as she would a jug's, and filled him up every day with quack cure-alls.

Tom had become indifferent to persecution by this time. This phase filled the old lady's heart with consternation. This indifference must be broken up at any cost. Now she heard of Painkiller for the first time. She ordered a lot at once. She tasted it and was filled with gratitude. It was simply fire in a liquid form. She dropped the water treatment and everything else, and pinned her faith to Painkiller. She gave Tom a teaspoonful and watched with the deepest anxiety for the result. Her troubles were instantly at rest, her soul at peace again, for the "indifference" was broken up. The boy could not have shown a wilder, heartier interest if she had built a fire under him.

Tom felt that it was time to wake up; this sort of life might be romantic enough, in his blighted condition, but it was getting to have too little sentiment and too much distracting variety about it. So he thought, over various plans for relief, and finally hit upon that of professing to be fond of Painkiller. He asked for it so often that he became a

---

hearse: 영구차, 관 oatmeal: 빻은 귀리, 오트밀 blister: 물집 persecution: 종교적 박해 consternation: 대경실색, 당혹 teaspoonful: 찻 숟갈 하나 가득 sentiment: 정서, 감정

는 이모는 물 치료법에 오트밀의 식사 요법과 발포고를 병용하기로 했다. 그녀는 톰의 체력을 마치 물병이라도 되는 것처럼 매일같이 엉터리 만능 약을 퍼부은 것이다.

이제 톰은 이모가 어떤 치료법을 쓰든 간에 무관심하게 되었다. 이러한 반응에 이모는 몹시 당황했다. 무관심이야말로 치료에서 가장 무서운 적인 것이다. 마침 이때 그녀는 진통제에 관해 듣게 되었다. 그래서 그것을 즉시 주문했다. 맛을 보고는, 이 정도라면 하고 마음에 들어 했다. 형태는 액체였지만 맛은 불 같았다. 이모는 물 치료법을 중지하고는 신뢰를 오직 이 '진통제'에만 집중시켰다. 그녀는 우선 톰에게 한 숟가락을 먹이고는 그 결과를 초조하게 지켜보았다. 그녀의 걱정은 단번에 해소되었고, 안도의 한숨을 내쉬었다. 톰의 '무관심'이 한 번에 사라졌기 때문이다. 발 밑에서 불을 땐다고 했던들 톰이 그 이상 더 격렬한 반응을 보이지는 않았을 것이다.

톰은 정신을 차릴 때가 되었다고 생각했다. 이러한 생활은 무기력한 상태에서는 낭만적일지 모르지만 너무나 재미가 없고, 게다가 마음을 산란하게 하는 변화가 너무도 많았다.

그래서 이제부터 이것을 면할 수단을 여러 가지로 궁리한 끝에 그 '진통제'라는 것을 좋아하는 척하자는 생각을 했다. 그래서 귀찮을 정도로 그것을 달라고 조른 끝에 드디어 아주머니

발포: 피부에 물집이 생겨 부풀어 오름

nuisance, and his aunt ended by telling him to help himself and quit bothering her. If it had been Sid, she would have had no misgivings to alloy her delight; but since it was Tom, she watched the bottle clandestinely. She found that the medicine did really diminish, but it did not occur to her that the boy was mending a crack in the floor with it.

One day Tom was in the act of dosing the crack when his aunt's yellow cat came along, purring, eying the teaspoon, and begging for a taste. Tom said:

"Don't ask for it unless you want it, Peter."

But Peter signified that he did want it.

"You better make sure."

Peter was sure.

"Now you've asked for it, and I'll give it to you, because there ain't anything mean about me; but if you find you don't like it, you mustn't blame anybody but your own self."

Peter was agreeable. So Tom pried his mouth open and poured down the Painkiller. Peter sprang a couple of yards in the air, and then delivered a war whoop and set off round and round the room, banging against furniture, upsetting flowerpots, and making general havoc. Next he

---

clandestinely: 은밀히, 남몰래 mend: 수선하다, 개선하다 pur: purr의 명사
purr 그르렁거리다 bang: 강타하는 소리 havoc: 파괴

는 귀찮아져서, 일일히 성가시게 굴지 말고 네 손으로 마음대로 먹으라고 병째 톰에게 주고 말았다. 그러나 시드라면 별 걱정이 없었겠지만, 병을 맡긴 상대가 톰이었기 때문에 가끔 몰래 병의 상태를 조사해 보곤 했다. 병안에 든 약은 확실히 줄어가고 있는 것 같았다. 그러나 톰이 그것으로 자기 방의 마루바닥을 치료하고 있다는 사실은 이모도 전혀 깨닫지 못했다.

어느 날, 언제나처럼 마루 틈에다 약을 바르고 있는 동안에 이모의 노란 고양이가 와서 목을 골골 대면서 자못 탐나는 듯 숟가락을 쳐다보면서 입맛을 다셨다.

그래서 톰은 "정말 먹고 싶지 않다면 조르지 마, 피터." 했지만 그래도 피터는 먹고 싶은 눈치였다.

"정말인가 보구나."

피터는 그런 모양이었다.

"그럼 주지, 하지만 네가 먹고 싶어 해서 주는거다. 억지로 먹이는 게 아냐. 그러니까 무슨 맛이든 내 탓은 아냐. 원망하려면 네 자신을 원망해라."

피터는 동의했다. 그래서 톰은 입을 벌리고는 진통제를 흘려넣었다. 피터는 두 야드쯤 공중으로 펄쩍 뛰어올라 인디언의 함성과 같은 소리를 지르며 빙빙 방 안을 뛰어 돌아다니면서 이곳 저곳의 가구에 몸부림을 치며, 꽃병을 넘어뜨리고는 기물

기물:살림에 쓰는 그릇

rose on his hind feet and pranced around, in a frenzy of enjoyment, with his head over his shoulder and his voice proclaiming his unappeasable happiness. Then he went tearing around the house again spreading chaos-and destruction in his path. Aunt Polly entered in time to see him throw a few double somersets, deliver a final mighty hurrah, and sail through the open window, carrying the rest of the flowerpots with him. The old lady stood petrified with astonishment, peering over her glasses; Tom lay on the floor expiring with laughter.

"Tom, what on earth ails that cat?"

"I don't know, aunt," gasped the boy.

"Why, I never see anything like it. What did make him act so?"

"'Deed I don't know, Aunt Polly; cats always act so when they're having a good time."

"They do, do they?" There was something in the tone that made Tom apprehensive.

"Yes'm. That is, I believe they do."

"You do?"

"Yes'm."

The old lady was bending down, Tom watching with interest emphasized by anxiety. Too late he divined her

---

prance: 뛰어다니다 frenzy: 광란, 열광 proclaim: 선언하다, ~을 증명하다
somerset: 서머싯 hurrah: 만세를 부르다 petrify: 석회되다 peer: 동료

을 파괴했다. 그리고는 뒷발로 일어서서 아장아장 걸으며, 즐거
워 죽겠다는 듯 목을 움추리더니 이 감격을 누를 길이 없다는
듯한 소리를 질렀다. 그리고 나서 다시 한번 사방으로 뛰어 다
니며 방안을 온통 엉망으로 만들어 놓았다. 그리고는 이모가
방 안으로 들어왔을 때 두서너 번 공중에서 곤두박질치며 재주
를 넘더니 맨 마지막으로 굉장한 함성을 울리며 꽃병의 꽃과
함께 창 밖으로 뛰어 나갔다.

이모는 안경 너머로 이 광경을 쳐다보면서 잠시 넋을 잃고
있었다. 톰은 주저앉아서 자지러지게 깔깔대고 웃어댔다.

"톰, 저 고양이는 어떻게 된거지?"

"난 몰라요, 이모."

"저런 꼴은 처음 보는구나. 왜 저러지?"

"정말, 난 아무것도 몰라요, 이모, 고양이는 기분이 좋으면 늘
저러는 거예요."

"응, 그래?"

이모의 말투에는 톰을 불안케 하는 무언가가 있었다.

"그래요, 난 그렇다고 믿어요."

"정말 그럴까?"

"물론이죠."

톰은 이모가 허리를 굽히는 것을 보고 바짝 긴장해서 지켜보
고 있었다. 이모가 무엇을 발견해 냈는지는 알 수 있었지만 때

"drift." The handle of the telltale teaspoon was visible under the bed valance. Aunt Polly took it, held it up. Tom winced; and dropped his eyes. Aunt Polly raised him by the usual handle— his ear— and cracked his head soundly with her thimble.

"Now, sir, what did you want to treat that poor dumb beast so for?"

"I done it out of pity—because he hadn't any aunt."

"Hadn't any aunt! —you numskull. What has that got to do with it?"

"Heaps. Because if he'd 'a' had one she'd 'a' burnt him one herself! She'd 'a' roasted his bowels out of him 'thout any more feeling than if he was a human!"

Aunt Polly felt a sudden pang of remorse. This was putting the thing in a new light; what was cruelty to a cat might be cruelty to a boy too. She began to soften; she felt sorry. Her eyes watered a little, and she put her hand on Tom's head and said gently:

"I was meaning for the best, Tom. And, Tom, it did do you good."

Tom looked up in her face with just a perceptible twinkle peeping through his gravity:

"I know you was meaning for the best, auntie, and so

---

telltale: 수다쟁이 wince: 주춤하다 thimble: 골무 numskull: 바보 remorse: 양심의 가책 perceptible: 인식할 수 있는

는 이미 늦었다. 침대보 아래에서 증거물인 숟가락이 삐죽이 고개를 내밀고 있었던 것이다. 이모는 그것을 손에 집어 들었다. 톰은 기가 죽어 눈을 내리 깔았다. 폴리 이모는 늘 하던 대로 톰의 귀를 붙잡아 일으켜 세우고는 골무로 머리를 세게 내리쳤다.

"말도 못하는 동물을 왜 자꾸 못살게 구는 거야?"

"불쌍해서 그랬어요. 피터에겐 이모가 없잖아요."

"이모가 없다니! 무슨 소리냐. 그래서 뭐가 어떻다는 거야?"

"만약 이모가 있었다면 불에 타서 죽었을 거예요! 사람이나 짐승이나 마찬가지로, 창자가 구워졌을 거란 말이예요!"

폴리 이모는 갑자기 이 말을 듣고 양심의 가책을 느꼈다. 새로운 치료 방법으로 진통제를 주었던 것이 고양이와 마찬가지로 톰도 괴로웠을 거라는 생각이 들자 그녀는 톰에게 미안한 감정이 들었다.

이모는 두눈에 눈물을 글썽인 채 톰의 손을 잡고 상냥하게 말했다.

"난 잘해보려고 그랬단다. 톰, 그리고."

톰은 진지하게 이모의 얼굴을 쳐다보았다.

"나도 이모의 마음은 잘 알아요, 하지만 난 피터와 똑같은 증상을 겪었어요."

가책:꾸짖어 책망함

was I with Peter. It done him good, too. I never see him get around so since—"

"Oh, go 'long with you, Tom, before you aggravate me again. And you try and see if you can't be a good boy, for once, and you needn't take any more medicine."

Tom reached school ahead of time. It was noticed that this strange thing had been occurring every day latterly. And now, as usual of late, he hung about the gate of the schoolyard instead of playing with his comrades. He was sick, he said, and he looked it. He tried to seem to be looking everywhere but whither he really— was looking— down the road. Presently Jeff Thatcher hove in sight, and Tom's face lighted; he gazed a moment, and then turned sorrowfully away. When Jeff arrived, Tom accosted him, and 'led up' warily to opportunities for remark about Becky, but the giddy lad never could see the bait. Tom watched and watched, hoping whenever a frisking frock came in sight, and hating the owner of it as soon as he saw she was not the right one. At last frocks ceased to appear, and he dropped hopelessly into the dumps; he entered the empty schoolhouse and sat down to suffer. Then one more frock passed in at the gate, and Tom's heart gave a great bound.

---

aggravate: 악화시키다 latterly: 최근에 (lately), 후기 말에 whither: 어디로, 어느 곳으로 presently: 이윽고, 얼마 안 있어 hove: heave의 과거, 과거분사 in sight: 보이는 곳에, 가까운 accost: (모르는 사람에게) 가까이 가서 말을 걸다 led up to: ~으로 차츰 이끌어 나가다 into the dump: 우울하여

"오, 톰 그것이 널 또 다시 악화시키겠구나. 이제 더 이상 약은 먹지 않아도 되겠구나."

톰은 학교에 일찍 도착하였다, 이런 이상한 일은 최근 들어 매일 같이 계속되고 있다. 그리고 그는 늦게 왔을 때와 마찬가지로 친구들과 노는 대신에 학교 운동장 정문 앞에서 어슬렁거렸다. 말로는 몸이 아프다고 했지만, 사실 그렇게 보이기도 했다. 톰은 무심코 주위를 둘러보는 것처럼 보이려 했지만 사실은 길을 내려다보고 있었다. 이윽고 제프 대처가 나타났고 톰의 얼굴은 이내 환하게 밝아졌다. 그리고 그의 얼굴을 잠시 응시하더니 곧 슬픈 듯한 표정으로 바뀌었다. 제프가 가까이 다가왔을 때 톰은 아는 체를 했고 넌지시 베키에 대해 이야기를 하려고 했지만 들떠 있는 이 친구는 톰의 미끼에 전혀 관심이 없어 보였다. 너풀거리는 여자 애의 옷이 보일 때마다 톰은 희망을 가지고 지켜보았다. 그러나 옷의 주인이 자기가 바라던 사람이 아닐 때면 그 옷의 주인을 미워하기까지 하였다. 결국 기다리던 사람은 오지 않자 톰은 절망하여 우울해진 마음으로 아무도 없는 교실로 들어가 괴로운 마음으로 자리에 풀썩 앉았다. 그때 또 한 여자 아이가 교문을 통해 뛰어들어오고 있었으므로 톰의 가슴은 걷잡을 수 없도록 뛰었다.

The next instant he was out, and 'going on' like an Indian; yelling, laughing, chasing boys, jumping over the fence at risk of life and limb, throwing handsprings, standing on his head-doing all the heroic things he could conceive of, and keeping a furtive eye out, all the while, to see if Becky Thatcher was noticing. But she seemed to be unconscious of it all; she never looked. Could it be possible that she was not aware that he was there? He carried his exploits to her immediate vicinity; came war-whooping around, snatched a boy's cap, hurled it to the roof of the schoolhouse, broke through a group of boys, tumbling them in every direction, and fell sprawling, himself, under Becky's nose, almost upsetting her-and she turned, with her nose in the air, and he heard her say:

"Mf! some people think they're smart— always showing off!"

Tom's cheeks burned. He gathered himself and sneaked off, crushed and crestfallen.

---

furtive: 몰래 하는, 남을 속이는 war-whoop: (북미 인디언들의) 함성
sprawling: (팔다리를 흉하게) 쭉 뻗은 sneak off: 살짝 달아나다 crestfallen: 맥
빠진, 풀이 죽은

바로 다음 순간 톰은 마치 인디언과 같이 그 자리에서 벌떡 일어나 밖으로 뛰쳐나갔다. 그리고 큰 소리로 고함을 지르고, 아이들을 밀치며 팔 다리가 부러지는 것을 두려워 않고 목숨을 건 양 울타리를 넘고 재주를 넘고 물구나무를 서는 등 그가 상상할 수 있는 모든 방법을 동원해 소란을 피웠다. 그러는 중에도 톰은 혹시 베키가 자기를 보지 않나 몰래 쳐다보기도 하였지만, 정작 베키는 이 모든 사실들을 알아차리지 못하는 것처럼 보였고 쳐다보지도 않았다. 톰이 거기 있다는 사실을 그녀가 모를 수 있었을까? 톰은 그녀의 바로 옆까지 가서 그 소란을 계속 피웠다. 인디언처럼 함성을 지르면서, 물론 그녀의 환심을 사려고, 사내 아이의 모자를 잡아채 학교 지붕 위로 던져 버리고, 아이들이 모여 있는 곳으로 뛰어들어 이리저리 아이들을 밀어 넘어뜨리고, 그녀 바로 앞에서 팔 다리를 쭉 펴고 널부러져 하마터면 베키를 넘어뜨릴 뻔했다. 하지만 베키는 샐쭉한 표정으로 고개를 돌리며 이렇게 말했다.

"흥! 누구는 자기가 영리한 줄 아는 것 같아. 저렇게 잘난 척을 하는 것을 보면 말이야!"

그 말을 들은 톰의 뺨은 시뻘겋게 달아올랐고 간신히 그 자리에서 일어나 풀이 죽은 모습으로 슬며시 그 자리를 빠져 나왔다.

샐쭉한:마음이 내키지 않고 싫은 태도가 있는

CHAPTER 13
The Pirate Crew Set Sail

TOM'S MIND was made up now. He was gloomy and desperate. He was a forsaken, friendless boy, he said; nobody loved him; when they found out what they had driven him to, perhaps they would be sorry; he had tried to do right and get along, but they would not let him; since nothing would do them but to be rid of him, let it be so; and let them blame him for the consequences. What right had the friendless to complain? Yes, they had forced him to it at last: he would lead a life of crime. There was no choice.

By this time he was far down Meadow Lane, and the bell for school to 'take up' tinkled faintly upon his ear. He sobbed, now, to think he should never, never hear that old familiar sound any more— it was very hard, but it was forced on him; since he was driven out into the cold world, he must submit— but he forgave them. Then the sobs came thick and fast.

Just at this point he met his soul's sworn comrade, Joe Harper–hard-eyed, and with evidently a great and dismal

---

crew: 선원, 패 forsaken: 버림받은, 고독한 tinkle: 딸랑거리다, (종이) 울리다, (전화 벨이) 따르릉 거리다 sob: 울다, 숨을 헐떡거리다, 흐느끼며 말하다

제 13 장
해적단이 항해하다

톰은 마음을 굳게 다졌다. 그의 마음은 우울하였고 거의 절망적이었다. 그는 친구 하나 없는 버림받은 신세라고 생각했다. 아무도 자신을 좋아하지 않는다. 그들이 나를 이 지경으로 만들었다는 것을 알아차렸을 때에는 아마도 다들 후회할지도 모르겠다. 나는 올바르려고 했고 그들과 잘 지내려고 했지만 그들이 그렇게 하지 못하도록 만들었다. 무슨 일이 있더라도 나를 제거하려 한다면, 그래, 그러도록 두자. 그들이 잘난 체하기 위하여 나를 욕하도록 내버려 두자. 친구 하나 없는 내가 무슨 불평을 할 수 있을까? 그래, 최소한 나를 이렇게 만든 것은 그들이다. 나는 죄악의 인생을 살아 나갈 것이다. 선택의 여지가 없다.

이런 생각을 하며 그는 벌써 목장 길을 훨씬 지난 곳까지 갔다. 멀리서 수업 시간을 알리는 학교의 종소리가 어렴풋이 들려왔다. 그는 흐느끼며 저 오래 되고 친근한 학교 종소리는 더 이상 듣지 못할 거라고 생각하였다. 그것은 참으로 마음 아픈 것이었고 자기가 하고 싶어서 그러는 것 도 아니었다. 차디찬 세상 속으로 쫓겨난 이상 항복하는 수밖에 없었다. 그리고 그들을 용서하기로 했다.

그의 둘도 없는 친구인 조 하퍼를 만났을 때에는 그의 흐느낌은 굵고 빠르게 변해 있었다. 조 는 무슨 불길하고 우울한

purpose in his heart. Plainly here were 'two souls with but a single thought.' Tom, wiping his eyes with his sleeve, began to blubber out something about a resolution to escape from hard usage and lack of sympathy at home by roaming abroad into the great world never to return; and ended by hoping that Joe would not forget him.

But it transpired that this was a request which Joe had just been going to make to Tom, and had come to hunt him, up for that purpose. His mother had whipped him for drinking some cream which he had never tasted and knew nothing about; it was plain that she was tired of him and wished him to go; if she felt that way, there was nothing for him to do but succumb; he hoped she would be happy, and never regret having driven her poor boy out into the unfeeling world to suffer and die.

As the two boys walked sorrowing along, they made a new compact to stand by each other and be brothers and never separate till death relieved them of their troubles. Then they began to lay their plans. Joe was for being a hermit, and living on crusts in a remote cave, and dying, sometime, of cold and want and grief; but after listening to Tom, he conceded that there were some conspicuous advantages about a life of crime, and so he consented to

---

blubber: 엉엉 울면서 말하다 roam: 걸어다니다, 배회하다 transpire: (비밀 등이) 새어 나오다 succumb: (유혹 등에) 굴복하다, 압도당하다 unfeeling: 느낌 없는, 무감각한 grief: 비탄, 비통 concede: 인정, 양보하다

마음으로 눈을 내리 깔고 있었다. 분명히 말하자면 여기에 똑같은 생각의 두 영혼이 함께 서 있는 것이었다. 톰은 그의 눈물을 소매로 훔쳐내면서 울며 말했다. 가정의 몰이해와 부당한 대우로부터 탈출하기 위해서 영영 돌아올 수 없는 넓은 세상으로 방랑의 길을 떠날 것이라고, 그리고 자기를 잊지 말아 달라고 말했다.

그러나 이것은 조가 말하려 했던 것이고 그래서 조는 지금껏 톰을 찾아 헤맸던 것이었다. 조의 어머니는 조가 어떤 크림은 먹었다고 그를 때렸는데 조는 그 크림이 무언지도 그리고 그것을 절대로 먹지 않았다는 것이었다. 조의 어머니가 그를 때린 것은 조에 대해 짜증이 났기 때문이고 제발 그가 사라져 줬으면 하고 바라는 것이 명백하다는 것이었다. 만일 그의 어머니가 그걸 바랐다면 그것을 따를 수밖에 없었고, 그는 불쌍한 자신을 냉혹한 세상 속에서 고통을 받다가 죽도록 내쫓았던 그의 어머니가 행복하고 후회하지 않길 바란다는 것이었다.

두 소년은 슬픔에 잠겨 걸어 가면서 죽음이 그들을 고통에서 해방 시켜 주는 그날까지 형제로써 늘 함께 하며, 절대로 헤어지지 말자 며 굳은 약속을 하였다. 그리고 그들의 계획을 세우기 시작하였다. 조는 처음 은둔자가 되어 멀리 인적 없는 동굴 속에서 딱딱한 빵 껍질이나 먹으며 살다가, 언젠가는 추위와 배고픔과 비통 속에서 죽을 거라고 했다. 그러나 어떤 확실한 범죄의 장점에 대한 톰의 이야기를 듣고 해적이 되자는 톰의

몰이해:이해하지 못함
비통:몹시 슬퍼서 마음이 아픔

be a pirate.

Three miles below St. Petersburg, at a point where the Mississippi River was a trifle over a mile wide, there was a long, narrow, wooded island, with a shallow bar at the head of it, and this offered well as a rendezvous. It was not inhabited; it lay far over toward the farther shore, abreast a dense and almost wholly unpeopled forest. So Jackson's Island was chosen. Who were to be the subjects of their piracies was a matter that did not occur to them. Then they hunted up Huckleberry Finn, and he joined them promptly, for all careers were one to him; he was indifferent. They presently separated to meet at a lonely spot on the riverbank two miles above the village at the favorite hour—which was midnight. There was a small log raft there which they meant to capture. Each would bring hooks and lines, and such provision as he could steal in the most dark and mysterious way— as became outlaws. And before the afternoon was done they had all managed to enjoy the sweet glory of spreading the fact that pretty soon the town would 'hear something.' All who got this vague hint were cautioned to 'be mum and wait.'

About midnight Tom arrived with a boiled ham and a few trifles, and stopped in a dense undergrowth on a small

conspicuous : 확실히 보이는, 뚜렷한 consent: 동의, 승낙하다, 찬성하다
abreast: ~와 나란히 provision: 준비,(for, against) 식량, 양식 vague: 막연한, 애매 모호한 undergrowth: 덤불, 풀숲

말에 찬성하게 되었다.

세인트 피터스버그에서 한 3마일 정도 하류로 내려가면 미시시피 강폭이 1마일이 넘는 곳이 있는데, 그 곳에는 길고 좁은 숲이 빽빽한 섬이 하나 있었다. 그 섬 머리 부분에는 물이 얕은 모래사장이 있어서 그들의 집결 기지로서는 안성 맞춤이었다. 그 섬에는 사람이 살고 있지 않았고, 나란히 하고 있는 건너편의 강변도 거의 사람이 살지 않는 빽빽한 숲으로 울창해 있었다. 그래서 그들은 잭슨 섬으로 정했다. 누구를 해적질을 할 것인가는 그리 큰 문제가 아니었다. 그들은 허클베리 핀을 찾아 나섰고 그들의 이야기를 들은 그는 즉시 동의하였다. 겪어 온 모든 일들은 그에게도 마찬가지였고 이것저것을 재 보려고 하지 않았다. 그들은 좋아하는 시간, 즉 자정에 마을로부터 2마일 상류의 제방에 있는 한적한 장소에서 만나기로 하고 헤어졌다. 그 곳에는 통나무로 만든 뗏목이 있었는데 그들은 그것을 훔쳐 탈 생각이었다. 각자 낚시 바늘과 실을 준비하고 무법자로서의 은밀하고 신비로운 방법으로 식량을 훔쳐 나오기로 했다. 그리고 그날 오후 그들 모두는 조만간 마을에서 '무슨 일이 일어날 것'이라고, 그리고 이 애매 모호한 힌트를 얻은 사람들은 '잠자코 기다려 보라'고 소문을 내며 돌아 다녔다.

자정 무렵 톰이 구운 햄과 몇몇 잡동사니를 가지고 약속 장소가 훤히 보이는 조그마한 절벽 위 풀숲이 있는 곳에 멈춰 섰

제방:수해를 예방하기 위해 쌓은 둑

bluff overlooking the meeting place. It was starlight, and very still. The mighty river lay like an ocean at rest. Tom listened a moment, but no sound disturbed the quiet. Then he gave a low, distinct whistle. It was answered from under the bluff. Tom whistled twice more; these signals were answered in the same way. Then a guarded voice said:

"Who goes there?"

"Tom Sawyer, the Black Avenger of the Spanish Main. Name your names."

"Huck Finn the Red-Handed, and Joe Harper the Terror of the Seas." Tom had furnished these titles, from his favorite literature.

"Tis well. Give the countersigns."

Two hoarse whispers delivered the same awful word simultaneously to the brooding night:

"BLOOD!"

Then Tom tumbled his ham over the bluff, and let himself down after it, tearing both skin and clothes to some extent in the effort. There was an easy, comfortable path along the shore under the bluff, but it lacked the advantages of difficulty and danger so valued by a pirate.

The Terror of the Seas had brought a side of bacon, and

---

bluff: 절벽의 distinct: 별개의, 독특한, 뚜렷한 avenger: 복수자 Spain Main: 남미 북안 지방 countersign: 암호(password) hoarse: 쉰 목소리의, 귀에 거슬리는 to some extent: 어느 정도까지는, 다소

다. 별이 빛나는 고요한 밤이었다. 힘찬 강물은 마치 쉬고 있는 바다와도 같았다. 잠시 귀를 기울였지만 정적을 깨는 소리는 없었다. 그리고 나서 톰은 낮고도 명확한 휘파람을 불었다. 절벽 밑으로부터 대답이 있었고 톰은 두 번 더 그렇게 휘파람을 불었다. 이러한 신호에 같은 방법의 답신이 있었다. 그런 다음 조심스러운 목소리가 들렸다.

"거기 누구냐?"

"카리브해의 복수자, 톰 소여다. 네 이름은 뭐냐?"

"살인마, 허클베리 핀과 바다의 공포, 조 하퍼다"

이러한 이름들은 자신이 좋아하던 책에서 본뜬 것으로 톰이 지어 주었다.

"그럼 좋다, 암호를 대라"

두 명의 목쉰 듯한 목소리의 으스스한 낱말이 동시에 쥐 죽은 듯 고요한 밤 하늘을 통해 전달되어 왔다.

"피!"

그 소리를 듣고 톰은 그가 가져온 햄을 낭떠러지로 굴려 던지고 자신도 함께 굴러 내려갔다. 그 바람에 그의 옷이 조금 찢어지고 살갗이 긁혔다. 절벽 아래쪽에는 강변을 따라 좀 쉬운 길이 있었지만 그것은 해적으로서의 어려움과 위험과는 관계없는 것이었다.

'바다의 공포'는 커다란 베이컨 한쪽을 가져왔는데 그걸 그

had about worn himself out with getting it there. Finn the Red-Handed had stolen a skillet and a quantity of half-cured leaf tobacco, and had also brought a few corncobs to make pipes with. But none of the pirates smoked or 'chewed' but himself. The Black Avenger of the Spanish Main said it would never do to start without some fire. That was a wise thought; matches were hardly known there in that day. They saw a fire smoldering upon a great raft a hundred yards above, and they went stealthily thither and helped themselves to a chunk. They made an imposing adventure of it, saying, 'Hist!' every now and then, and suddenly halting with finger on lip; moving with hands on imaginary dagger hilts; and giving orders in dismal whispers that if 'the foe' stirred to 'let him have it to the hilt', because 'dead men tell no tales.' They knew well enough that the raftsmen were all down at the village laying in stores or having a spree, but still that was no excuse for their conducting this thing in an unpiratical way.

They shoved off, presently, Tom in command, Huck at the after oar and Joe at the forward. Tom stood amidships, gloomy browed, and with folded arms, and gave his orders in a low, stern whisper:

---

smolder: 그을리다. 울적하다 thither: (古)저쪽에, 저쪽으로(there) chunk: 큰 덩어리, 상당한 양 dagger hilt: 단도 자루, 칼 손잡이 spree: 흥청거림, 신나게 떠들어 댐 shove off: 배를 밀어내다, 저어 떠나다 presently: 이윽고, 얼마 안 있어 oar: 노 amidship: 배 한복판에서

곳까지 가져오느라 기진맥진해 있었다. '살인마' 허클베리 핀은 냄비 하나와 덜 가공된 담배 잎을 훔쳐 왔고 파이프로 쓰기 위해 약간의 옥수수 속대를 가져왔다. 그러나 이 해적들 중 담배를 피거나 '씹는 방법'을 알고 있는 사람은 오직 허클베리 핀 뿐이었다. '카리브해의 복수자'는 떠나기 전에 우선 불부터 피워야 한다고 말했다. 그건 지혜로운 생각이었다. 그 당시에는 성냥이 없었다. 그들은 멀리 백 야드쯤 위에 있는 큰 뗏목 위에서 연기를 내고 있는 모닥불을 발견하고 몰래 그 쪽으로 가서 나뭇조각에 불을 붙였다. 그들은 그것을 하며 인상적인 모험을 하는 것처럼 연방 '쉿!'하며 입술에 손가락을 대며 발걸음을 멈추기도 하며 있지도 않는 상상 속의 단검 자루에 손을 대고는 "만일 '적'이 나타나면 푹 찔러라, 죽은 자는 말이 없으니까."라고 무시무시한 속삭임으로 명령을 내리기도 하였다.

  그들은 물론 뱃사공들이 지금쯤이면 모두들 마을로 내려가 가게에서 자고 있거나 또는 술집에서 흥청거리고 있을 것이라는 걸 잘 알고 있었다. 그러나 그 사실이 세 소년들에게 그런 해적질을 하는 행동을 막을 이유가 되지는 못했다. 이윽고 이 어린 해적들은 뗏목을 강물에 띄었다. 톰이 지휘를 맡고 허클베리 핀이 뒤의, 그리고 조가 앞의 노를 잡았다. 엄숙한 눈썹의 톰이 배 중앙에 서서 낮고 엄숙한 목소리로 명령을 내렸다.

기진맥진:기운과 힘이 다함

"Luff, and bring her to the wind!"

"Aye-aye, sir!"

"Steady, steady-y-y-y!"

"Steady it is, sir!"

"Let her go off a point!"

"Point it is, sir!"

As the boys steadily and monotonously drove the raft toward midstream it was no doubt understood that these orders were given only for 'style' , and were not intended to mean anything in particular.

"What sail's she carrying?"

"Courses, tops'ls, and flying jib, sir."

"Send the r'yals up! Lay out aloft, there, half a dozen of ye-foretopmaststuns,l! Lively, now!"

"Aye-aye, sir!"

"Shake out that maintogalans'l! Sheets and braces! Now, my hearties!"

"Aye-aye, sir!"

"Hellum-a-lee-hard aport! Stand by to meet her when she comes! Port, Port! Now, men! With a will! Steady-y-y-y!"

"Steady it is, sir!"

The raft drew beyond the middle of the river; the boys

---

luff: 배 머리를 돌리다 steady: 침착히, 진로를 그대로 monotonously: 단조롭게, 변화 없이 hearty: 선원

"뱃머리를 돌려라, 바람 부는 방향으로 뱃머리를 돌려라!"

"알겠습니다. 선장님!"

"진로를 그대로, 진로를 그대로"

"예, 선장님, 진로를 그대로"

"일 포인트 옆으로!"

"예, 선장님, 일 포인트 옆으로"

그 소년들이 침착히 그리고 변함없이 강의 한복판을 향해 뗏목을 저어 나아갈 때, 이러한 명령들은 특별히 어떤 뜻을 갖는 것이 아니라 그냥 어떤 '형식'적인 것에 지나지 않은 것이라는 것을 그들은 잘 이해하고 있었다.

"어떤 돛들이 준비되어 있는가?"

"큰 돛, 중간 돛, 그리고 삼각 돛입니다, 선장님."

"큰 돛을 올려라! 너희들 중 여섯 명은 앞 돛의 보조 돛을 펼쳐라. 지금!"

"잘 알겠습니다. 선장님!"

"큰 돛의 중간 돛을 펼쳐라! 밧줄을 고정시키도록! 자아, 나의 선원들이여!"

"잘 알겠습니다. 선장님!"

"키를 좌측으로 잡아라! 뱃머리를 흔들리지 않도록 하라! 키를 돌려! 키를 돌려라, 지금이다!"

"정신들 차려라! 방향을 고정하라!"

"예, 방향 고정! 선장님."

뗏목은 강 한복판으로 다다랐다. 소년들은 뗏목을 오른쪽으

pointed her head right, and then lay on their oars. The river was not high, so there was not more than a two- or three-mile current. Hardly a word was said during the next three-quarters of an hour. Now the raft was passing before the distant town. Two or three glimmering lights showed where it lay, peacefully sleeping, beyond the vague vast sweep of star-gemmed water, unconscious of the tremendous event that was happening. The Black Avenger stood still with folded arms, 'looking his last' upon the scene of his former joys and his later sufferings, and wishing 'she' could see him now, abroad on the wild sea, facing peril and death with dauntless heart, going to his doom with a grim smile on his lips. It was but a small strain on his imagination to remove Jackson's Island beyond eyeshot of the village, and so he 'looked his last' with a broken and satisfied heart. The other pirates were looking their last, too; and they all looked so long that they came near letting the current drift them out of the range of the island. But they discovered the danger in time, and made shift to avert it.

About two o'clock in the morning the raft grounded on the bar two hundred yards above the head of the island, and they waded back and forth until they had landed their

---

vague: 막연한, 모호한 vast : 광대한, 거대한 sweep: 청소하다, 소제하다
peril: 위험, 위태 dauntless: 겁 없는, 꿈쩍도 않는 avert: 돌리다, 비키다
grim : 엄격한, 불굴의 wade: (얕은 물을) 걸어서 건너다, 고생하며 나아가다

로 향하게 해놓고 노를 손에서 놓았다. 강물이 그리 많이 불지 않았기 때문에 속도는 시속 2~3마일도 나지 않았다. 그 후 약 45분 동안은 아무도 입을 열지 않았다. 이제 뗏목은 멀리 보이는 마을의 앞을 지나고 있었다. 별들로 수놓아진 광막한 수면을 멀리하고 저길 것이라 짐작되는 곳에 불빛 두어 개가 깜빡거리고 있었고, 지금 엄청난 사건이 일어나고 있는지는 꿈에도 모르는 채 조용히 잠들어 있었다.

'카리브해 의 복수자'는 아직도 팔짱을 끼고 서서, 한때는 기쁨이었지만 나중엔 고통이었던 그 기억을 향해 '마지막 눈길'을 보내고 있었다. 그리고 '그녀'가 거친 바다 위에서 위험과 죽음을 눈앞에 두고도 담대한 가슴을 갖고 입가엔 불굴의 미소를 지을 수 있는 자신의 모습을 봐 주었으면 하고 바라고 있었다. 그러나 그의 상상력으로 잭슨 섬을 마을에서 보이지 않는 것으로 옮기는 것은 대수롭지 않은 일이었기 때문에 그는 그의 '마지막 눈길'을 우울하면서도 만족스러운 마음으로 보낼 수가 있었다. 다른 친구들도 마찬가지로 그들의 마지막 이별의 눈길을 보내고 있었다.

다들 너무 오랫동안 쳐다보고 있는 바람에 하마터면 그 섬을 지나칠 뻔하였는데 다행히 늦기 전에 위험을 발견하고, 키의 방향을 돌려 그 위험에서 벗어났다.

새벽 2 시쯤 섬의 머리 쪽에서부터 한 200 야드쯤 위로 떨어진 모래 사장에 뗏목을 댈 수 있었다. 그리고 그들은 배에 실

광막한:넓고 아득한
담대:겁이 없고 용기가 많음

freight. Part of the little raft's belongings consisted of an old sail, and this they spread over a nook in the bushes for a tent to shelter their provisions; but they themselves would sleep in the open air in good weather, as became outlaws.

They built a fire against the side of a great log twenty or thirty steps within the somber depths of the forest, and then cooked some bacon in the frying pan for supper, and used up half of the corn 'pone' stock they had brought. It seemed glorious sport to be feasting in that wild free way in the virgin forest of an unexplored and uninhabited island, far from the haunts of men, and they said they never would return to civilization. The climbing fire lit up their faces and threw its ruddy glare upon the pillared tree trunks of their forest temple, and upon the varnished foliage and festooning vines.

When the last crisp slice of bacon was gone and the last allowance of corn pone devoured, the boys stretched themselves out on the grass, filled with contentment. They could have found a cooler place, but they would not deny themselves such a romantic feature as the roasting camp-fire.

"Ain't it gay?" said Joe.

nook: 구석, 후미진 곳, pillared: 기둥 꼴의, 기둥의 있는 foliage: 잎, 잎무늬 장식 festooning: 꽃줄 무늬 장식 vine: 포도나무, 덩쿨식물 devour: 게걸스레 먹어치우다 contentment: 만족감, 흡족함 gay: 즐거운, 기쁜은 짐을 다 내릴 때까지 몇 번씩이나 얕은 물을 걸어서 왕복하며 짐을 날랐다. 그리고 가져 온 식량을 보관하기 위하여 원래부터 뗏목에 달려 있던 오래된 돛을 이용해 숲의 구석진 곳에 천막을 쳤다. 그러나 날씨가 좋으면 무법자에게 어울리게 한데에서 자기로 했다.

그들은 이삼십 발자국쯤 어둠침침한 숲 안쪽의 한 커다란 나무 옆에 모닥불을 피웠다. 그리고 저녁 식사를 위해 약간의 베이컨을 후라이판 위에 구웠고 그들이 가져온 옥수수 빵의 절반 정도를 먹어 치웠다. 그곳과 같은 아무 인적도 없는 무인도의 탐험되지 않은 처녀림에서 마음껏 자유롭게 잔치를 벌인다는 것은 정말 유쾌하고 재미있는 것처럼 보였다. 그래서 그들은 다시는 문명 세계로 돌아가지 말자고 입을 모았다.

타오르는 모닥불의 불빛은 그들의 얼굴을 비췄고, 그리고 붉은 불꽃은 기둥처럼 생긴 그들만의 숲속 사원의 나무 기둥들과 번들한 나뭇잎과 꽃줄 장식의 넝쿨들을 붉게 물들게 했다.

바삭바삭한 마지막 베이컨이 동이 나고 최후의 옥수수 빵 조각을 게걸스럽게 먹어 치운 후 아이들은 흡족한 마음으로 풀밭 위에 몸을 쭉 뻗고 드러누웠다. 그들은 좀더 시원한 장소를 찾을 수 있었지만 타는 듯한 야영의 모닥불이 주는 낭만적인 모습을 포기할 수 없었다.

"재미있지 않니?" 조가 말했다.

게걸:염치 없이 마구 먹으려는 욕심

"It's nuts!" said Tom. "What would the boys say if they could see us?"

"Say? Well, they'd just die to be here–hey, Hucky!"

"I reckon so," said Huckleberry; "anyways, I'm suited. I don't want nothing better'n this. I don't ever get enough to eat, gen'ally— and here they can't come and pick at a feller and bullyrag him so."

"It's just the life for me," said Tom. "You don't have to get up, mornings, and you don't have to go to school, and wash, and all that blame foolishness. You see a pirate don't have to do anything, but a hermit he has to be praying considerable, and then he don't have any fun, anyway, all by himself that way."

"Oh, yes, that's so," said Joe, "but I hadn't thought much about it, you know. I'd a good deal rather be a pirate, now that I've tried it."

"You see," said Tom, "people don't go much on hermits, nowadays, like they used to in old times, but a pirate's always respected. And a hermit's got to sleep on the hardest place he can find, and put sackcloth and ashes on his head, and stand out in the rain, and—"

"What does he put sackcloth and ashes on his head for?" inquired Huck.

reckon: 세다, 계산하다, 간주하다 pick at: 잔소리하다, 구박하다
feller=fellow: 친구 bullyrag: 굶리다. 놀리다 considerable: 많은. 다수의

"그래 정말이야." 톰이 맞장구를 쳤다.

"다른 아이들이 우리를 보면 뭐라 할까?"

"글쎄, 아마 여기 오고 싶어 죽겠다고 하겠지, 안 그래, 허크?"

"맞아." 허클베리 핀도 거들었다.

"어쨌든, 나에게 맞아, 이것보다 더 좋은 것이 어디 있겠어? 난 배불리 먹지도 못했고, 그리고 이곳까지 와서 친구를 구박하고 괴롭힐 수 없을 테니까 말이야."

"이건 정말 나를 위한 인생인 것 같아." 톰이 말했다.

"아침에 일찍 일어나지 않아도 되고 그리고 학교에 가지 않아도 돼. 그리고, 안 씻어도 되고 그런 모든 시시한 일들을 안 해도 된단 말이야. 알아? 해적은 아무것도 안 해도 돼. 그러나 은둔자가 되어 봐. 매일 같이 기도를 많이 해야지, 그러다가는 언제나 혼자만 있게 되니 아무런 재미도 없게 되지."

"오! 그래 맞아." 조가 말했다.

"난 그것에 대해 많이 생각을 못해 보았거든, 차라리 해적이 되는 게 나을 것 같은데, 나 해적이 될래."

"너도 알 거야." 톰이 말했다.

"요즘에는 옛날처럼 그렇게 은둔자가 되려는 사람이 없어. 그러나 해적은 예나 지금이나 모두에게 선망의 대상이 되고 있지. 그리고 은둔자야 그가 찾을 수 있는 최악의 잠자리에서 잠을 자야만 하고 삼베 옷을 입고 머리에는 재를 뒤집어쓰고 그리고 비를 흠딱 맞아 가며…"

은둔자:세상 일을 피하여 숨어 사는 사람
선망:부러워함

"I dono. But they've got to do it. Hermits always do. You'd have to do that if you was a hermit."

"Derned if I would," said Huck.

"Well, what would you do?"

"I dunno. But I wouldn't do that."

"Why, Huck, you'd have to. How'd you get around it?"

"Why, I just wouldn't stand it. I'd run away."

"Run away! Well, you would be a nice old slouch of a hermit. You'd be a disgrace."

The Red-Handed made no response, being better employed. He had finished gouging out a cob, and now he fitted a weed stem to it, loaded it with tobacco, and was pressing a coal to the charge and blowing a cloud of fragrant smoke-he was in the full bloom of luxurious contentment The other pirates envied him this majestic vice, and secretly resolved to acquire it shortly. Presently Huck said:

"What does pirates have to do?"

Tom said:

"Oh, they have just a bully time-take ships and burn them, and get the money and bury it in awful places in their island where there's ghosts and things to watch it, and kill everybody in the ships-make 'em walk a plank."

---

dono=don't know derned=damned get around: 돌아다니다, (소문 등이) 널리 퍼지다 slouch: 고개를 숙임, 게으름뱅이 disgrace: 불명예, 망신 presently: 이윽고, 잠시 후, 얼마 후 bully: 약자를 괴롭히는 사람, 깡패

"왜 은둔자는 삼베옷을 입고 재를 뒤집어써야 하는 거지?" 허크가 물어 보았다.

"나도 몰라, 하지만 그래야 된다는 거야, 만약 너희들도 은둔자가 된다면 그렇게 해야 할거야."

"미쳤어? 그렇게 하게" 허크가 말했다.

"그래? 그럼 넌 어떻게 할래?"

"내가 어떻게 알아? 하지만 그렇게는 안할 거야."

"물론? 허크, 넌 그렇게 해야만 해. 너 같으면 어떻게 그 일을 피할 수 있겠니?"

"견딜 수 없을 꺼야. 나라면 도망치고 말거야."

"도망친다고! 세상에 별난 놈도 다 있군, 그러면 은둔자의 얼굴에 먹칠을 하는 거야"

'살인마'는 좀 더 좋은 일에 관심이 끌렸는지 아무 대답도 없었다. 그는 옥수수 속대를 다 파냈고 그 안에 담뱃잎과 함께 풀잎의 줄기들을 쑤셔 박았다. 그리고 불씨를 갖다 대고 향기로운 연기를 내뿜었다. 그는 더할 나위 없는 만족감에 푹 빠져 있었다. 나머지 해적들은 그의 이 당당하게 보이는 못된 짓이 부러웠고, 언젠가는 자기들도 피워 보리라 마음먹었다. 이윽고 허크가 말문을 열었다.

"그러면 해적은 뭘 해야 해?" 톰이 말했다.

"응, 멋진 일들이지, 그냥 배를 습격해서 불을 지르고 돈을 빼앗아서 유령들과 귀신들이 지켜보고 있는 그들의 섬의 어딘가 무시무시한 장소에 숨기면 되는 거야. 그리고 배에 타고 있

"And they carry the women to the island," said Joe; "they don't kill the women."

"No," assented Tom, "they don't kill the women— they're too noble. And the women's always beautiful, too."

"And don't they wear the bulliest clothes! Oh, no! All gold and silver and di'monds," said Joe, with enthusiasm.

"Who?" said Huck.

"Why, the pirates."

Huck scanned his own clothing forlornly.

"I reckon I ain't dressed fitten for a pirate," said he, with a regretful pathos in his voice; "but I ain't got none but these."

But the other boys told him the fine clothes would come fast enough, after they should have begun their adventures. They made him understand that his poor rags would do to begin with, though it was customary for wealthy pirates to start with a proper wardrobe.

Gradually their talk died out and drowsiness began to steal upon the eyelids of the little waifs. The pipe dropped from the fingers of the Red-Handed, and he slept the sleep of the conscious-free and the weary. The Terror of the Seas and the Black Avenger of the Spanish Main had

---

assent: 동의하다, 찬성하다 bulliest: 멋진, 훌륭한 why: 어머, 아니 forlorn: 버림받은, 쓸쓸한 pathos: 비애감, 애수 customary: 습관상의, 관습상의 waif: 방랑자, 집없는 아이 weary: 피곤한, 지친

던 모든 사람들을 죽이거나 눈을 가리고 널빤지 위를 걷게 해
바닷물에 빠뜨려 죽이는 거지."

"그리고 그 섬으로 여자들을 데려가서." 조가 끼어들었다.

"여자들은 죽이지 않지."

"그렇지." 톰이 동의하는 듯 맞장구를 쳤다.

"여자들은 안 죽여. 해적들은 너무나도 고상하잖아. 그리고
여자들은 언제나 아름답고 말이야. "

"그리고 그들이 입은 옷은 얼마나 멋진데! 와! 모든 금과 은
그리고 다이아몬드들." 조가 감격한 듯 말했다.

"누가?" 허크가 물었다.

"그야, 해적들이지."

허크가 쓸쓸한 표정으로 자기가 입은 옷을 살펴보며 말했다.

"나는 해적에 어울리게 옷을 입은 것 같지 않은데." 서운해
하는 비애감을 느낄 수 있는 목소리로 그가 말했다.

"하지만 이 옷밖에 없는걸."

그러나 다른 아이들은 그들의 모험을 시작하게 되면 곧 그런
좋은 옷들은 손에 들어오게 될 거라고 말했다. 비록 유명한 부
자 해적들은 거기에 걸맞는 의상으로 시작하는 것이 보통이지
만 그의 초라한 누더기 옷도 시작하기에는 괜찮다는 것을 이해
하도록 하였다.

서서히 그들 간의 대화는 줄어들고 어느덧 졸음이 이 작은
꼬마 방랑자들의 눈까풀에 살며시 다가왔다. 담배 파이프가
'살인마'의 손가락 사이로부터 툭 떨어졌고 그는 이내 무의식

more difficulty in getting to sleep. They said their prayers inwardly, and lying down, since there was nobody there with authority to make them kneel and recite aloud; in truth, they had a mind not to say them at all, but they were afraid to proceed to such lengths as that, lest they might call down a sudden and special thunderbolt from heaven. Then at once they reached and hovered upon the imminent verge of sleep-but an intruder came, now, that would not 'down.'

It was conscience. They began to feel a vague fear that they had been doing wrong to run away; and next they thought of the stolen meat, and then the real torture came. They tried to argue it away by reminding conscience that they had purloined sweetmeats and apples scores of times; but conscience was not to be appeased by such thin plausibilities; it seemed to them, in the end, that there was no getting around the stubborn fact that taking sweetmeats was only 'hooking,' while taking bacon and hams and such valuables was plain simple stealing— and there was a command against that in the Bible. So they inwardly resolved that so long as they remained in the business, their piracies should not again be sullied with the crime of stealing. Then conscience granted a truce, and these curi-

---

inwardly: 마음속에 kneel:무릎을 꿇다 recite: 읊다, 낭송하다 lest: ~하지 않게, ~하면 안되니까 call down: 부러 (끄집어)내다 verge: 가장자리, 변두리 intruder: 침입자, 방해자 torture: 고문, 가책 sweetmeat: 사탕 과자 scores of times: 여러 번 appease: 가라앉히다, 달래다 plausibility: 그럴 듯한

과 기진맥진해 잠 속으로 빠져들었다.

하지만 '바다의 공포'와 '카리브해의 복수자'는 쉽사리 잠을 이룰 수 없었다. 그들에게 무릎을 꿇고 기도문을 크게 암송하라고 간섭할 사람이 주위에는 없었기 때문에 둘은 그냥 드러누워 마음속으로 조용히 기도를 올렸다. 사실, 그들 마음 같아선 기도도 드리지 않으려 했으나, 그렇게 하다가는 갑자기 하늘로부터 벼락이나 내리지 않을까 그것이 두려웠던 것이었다. 그리고 나서 그들이 막 잠들려고 할 때 잠들지 못하게 하는 방해꾼이 있었다.

그것은 바로 양심이었다. 그들은 그들이 집을 뛰쳐나온 것이 잘못 되었다는 막연한 공포에 휩싸였다, 그리고 그 다음으로는 훔친 고기를 생각하고 나니 진짜 가책을 받았다. 그들은 전에도 여러 번 사탕 과자나 사과 등을 훔친 적이 있다는 사실로 스스로를 달래 보려 했지만 그들의 양심은 그런 얄팍한 구실로 진정되지는 않았다. 사탕 과자를 훔친 것은 '장난'이지만 베이컨이나 햄 같은 값나가는 물건들을 훔친 것은 분명한 '절도 행위'라는 것과 성경에도 그것을 금지하는 명령이 있다는 엄연한 사실이 그들을 그것으로부터 피해 달아나지 못하게 하는 것 같았다. 그래서 그들은 해적으로서 남아 있을 동안은 다시는 절도죄를 저지르는 일이 없어야겠다고 마음속으로 다짐하였다. 양심과의 휴전을 선포하고 나서야 이 모순된 두 해적은 잠자리

ously inconsistent pirates fell peacefully to sleep.

CHAPTER 14
Happy Camp of the Freebooters

WHEN TOM awoke in the morning, he wondered where he was. He sat up and rubbed his eyes and looked around. Then he comprehended. It was the cool gray dawn, and there was a delicious sense of repose and peace in the deep pervading calm and silence of the woods. Not a leaf stirred; not a sound obtruded upon great Nature's meditation. Beaded dewdrops stood upon the leaves and grasses. A white layer of ashes covered the fire, and a thin blue breath of smoke rose straight into the air. Joe and Huck still slept.

Now, far away in the woods a bird called; another answered; presently the hammering of a woodpecker was heard. Gradually the cool dim gray of the morning whitened, and as gradually sounds multiplied and life manifested itself. The marvel of Nature shaking off sleep and going to work unfolded itself to the musing boy. A lit-

---

freebooter: 약탈자. 해적 repose: 휴식, 수면, 평온, 침착 pervade: 널리 퍼지다, 보급하다 obtrude: (남에게 자기의 의견을) 강요하다(on,upon) 참견하고 나서다 woodpecker: 딱따구리 manifest: 일목요연한, 명백한 marvel: 경이, 놀라운 사람

에 들 수 있었다.

제 14 장
즐거운 해적 캠프 생활

톰이 아침에 일어났을 때 자신이 어디 있는지 당황했었다. 똑바로 일어나 앉아 눈을 비비고 주위를 둘러보고 나서야 이해할 수 있었다. 쌀쌀한 회색빛 새벽이었고, 숲이 고요하고 적막함의 충만한 속에서 맞는, 휴식과 평화의 달콤한 기운이 돌고 있었다. 나뭇잎들도 가만히 있었고, 그리고 어떤 소리도 이 거대한 자연의 명상을 방해하지 않았다. 구슬 같은 이슬 방울들도 나뭇잎과 풀잎 위에 맺혀 있었다. 모닥불 위에는 하얀 재가 덮여 있었고 하늘거리는 한 줄기 얇은 푸른빛 연기는 하늘 속으로 빨려 올라가고 있었다. 조와 허크는 아직도 잠들어 있었다.

숲속 먼 곳에서 새의 지저귀는 소리가 들리는 듯 싶더니 이내 다른 새의 대답 소리가 있었다. 이윽고 딱따구리의 나무 쪼는 소리가 들렸다. 서서히 서늘한 회색빛 아침은 밝아지고 점차 소리들도 잦아지고 활기를 띠었다. 잠을 흔들어 깨우고 하루의 일과를 시작한 자연의 경이로움이 명상에 잠긴 소년 앞에

명상:눈을 감고 고요히 생각함

Tom Sawyer

tle green worm came crawling over a dewy leaf, lifting two-thirds of his body into the air from time to time and 'sniffing around' , then proceeding again— for he was measuring, Tom said; and when the worm approached him, of its own accord, he sat as still as a stone, with his hopes rising and falling, by turns, as the creature still came toward him or seemed inclined to go elsewhere; and when at last it considered a painful moment with its curved body in the air and then came decisively down upon Tom's leg and began a journey over him, his whole heart was glad— for that meant that he was going to have a new suit of clothes— without the shadow of a doubt a gaudy piratical uniform. Now a procession of ants appeared from nowhere in particular, and went about their labors; one struggled manfully by with a dead spider five times as big as itself in its arms, and lugged it straight up a tree trunk. A brown-spotted ladybug climbed the dizzy height of a grass blade, and Tom bent down close to it and said, "Ladybug, ladybug, fly away home, your house is on fire, your children's alone," and she took wing and went off to see about it— which did not surprise the boy, for he knew of old that this insect was credulous about conflagrations, and he had practiced upon its simplicity more

---

sniffing: 코를 킁킁거리다, 냄새를 맡다 of its own accord: 자발적으로, 스스로 by turns: 차례대로, 번갈아 gaudy :화려한, 저속한 procession: 행렬, 행진 nowhere: 아무데도 ~이 없다, 어딘지 모르는 ladybug: 무당벌레 credulous: (남의 말을) 잘 믿는, 경솔한 conflagration: 큰 화재

그 자태를 들어냈다. 이슬 맺힌 잎새 위에서 기어가던 작은 녹색 벌레가 다가왔다. 이따금 자기 몸의 3분의 2정도를 하늘 위로 치켜올리고 킁킁 냄새를 맡더니 다시 앞으로 갔다. 톰은 그것이 뭔가 동정을 살피는 것이라 생각하였다. 그리고 그 벌레가 자발적으로 다가왔을 때 톰은 마치 돌처럼 가만히 앉아 그 벌레가 자기 쪽으로 오는 건지 아니면 다른 곳으로 가려고 하는 건지 벌레가 방향을 바꿀 때마다 안심도 되고 걱정스러운 마음으로 지켜보았다. 그리고 결국에는 그 벌레가 몸을 구부리고 잠시 서 있더니 결심이나 한 듯 그의 다리 위로 떨어졌다. 그리고 그의 몸 위를 탐험하기 시작하였다. 톰은 그러한 것이 화려한 해적의 복장에 무척 잘 어울 리는 새 옷을 얻게 되리라는 징조로 생각하고 그의 가슴은 기쁨에 넘쳤다. 그리고 특별히 어디서 왔는지 모를 개미 떼들의 행렬이 열심히 일을 하며 다가왔다. 그 중 한 마리는 자기 몸의 다섯 배쯤 되는 죽은 거미의 시체를 안고 나무 줄기 위로 질질 끌어 올리려고 씩씩하게 분투하고 있었다. 갈색 반점이 박힌 무당벌레 한 마리가 어지러울 정도로 높은 풀 잎사귀 위로 기어올라가고 있었다. 톰은 그 무당벌레 가까이 몸을 구부리고 말하였다.

"무당벌레야, 무당벌레야, 날아서 집으로 돌아가렴, 너희 집이 지금 불타고 있단다. 너의 아가들이 지금 집에 혼자 있단다."

무당벌레는 마치 그 말을 확인이나 하려는 듯 날개를 펴고

분투:있는 힘을 다해 싸움

than once. A tumblebug came next, heaving sturdily at its ball, and Tom touched the creature, to see it shut its legs against its body and pretend to be dead. The birds were fairly rioting by this time. A catbird, the northern mocker, lit in a tree over Tom's head, and trilled out her imitations of her neighbors in a rapture of enjoyment; then a shrill jay swept down, a flash of blue flame, and stopped on a twig almost within the boy's reach, cocked his head to one side and eyed the strangers with a consuming curiosity; a gray squirrel and a big fellow of the 'fox' kind came scurrying along, sitting up at intervals to inspect and chatter at the boys, for the wild things had probably never seen a human being before and scarcely knew whether to be afraid or not. All nature was wide awake and stirring, now; long lances of sunlight pierced down through the dense foliage far and near, and a few butterflies came fluttering upon the scene.

Tom stirred up the other pirates and they all clattered away with a shout, and in a minute or two were stripped and chasing after and tumbling over each other in the shallow limpid water of the white sand bar. They felt no longing for the little village sleeping in the distance beyond the majestic waste of water. A vagrant current or a

tumblebug: 말똥구리 catbird: 개똥지빠귀(북미산, 고양이 소리를 냄) jay : 어치(유럽산)새, 수다쟁이 squirrel:다람쥐 scurry: 당황하여 달리다, 질주하다 chatter: 재잘거리다, 지저귀다 stirring: 감동시키는, 고무하는 lance: 창, 작살 flutter: 펄떡이다 limpid: 투명한, 맑은 vagrant: 방랑(유랑)하는, 변덕쟁이

날아가 버렸다. 톰은 이전에도 이 단순한 벌레에게 여러 번 실험했듯이 무당벌레는 큰 화재가 났다는 이야기에 잘 속는다는 것을 잘 알았기 때문에 그리 놀라지 않았다. 그 다음으로 말똥구리 한 마리가 똥으로 만든 공을 힘차게 굴리며 다가왔다. 톰은 그것이 다리를 몸에 쫙 붙이고 죽은 척하는지를 보기 위해 손을 살짝 대었다. 지금까지도 새들은 시끄럽게 지저귀고 있었다. 북쪽의 앵무새라 불리는 개똥지빠귀 한 마리가 톰의 머리 위 나무 속에서 즐거운 황홀경에 빠져 다른 새의 소리를 흉내 내며 지저귀고 있었다. 그 다음 갑자기 날카로운 목소리의 어치 한 마리가 마치 파란 불꽃의 번득임처럼 내려와 손이 거의 닿을 정도로 가까운 작은 나뭇가지 위에 앉아 머리를 갸우뚱하며 호기심 어린 눈으로 그를 바라보았다. 잿빛 다람쥐 한 마리와 여우만큼 큰 그의 친구 한 마리가 종종걸음으로 다가왔다. 그리고 이따금 똑바로 앉아 그를 살펴보고 재잘거렸다. 왜냐하면 그런 야생 동물들은 아마 사람을 이전에는 보지 못했든지 사람들을 무서워해야 하는지 아닌지 잘 모르는 것 같았다. 모든 자연은 이제 잠에서 깨어났고 활기로웠다. 긴 창살 같은 햇빛은 여기저기의 무성한 나뭇잎들을 꿰뚫고 환하게 비추었으며 나비 몇 마리가 그 속을 팔랑팔랑 날아다니고 있었다.

　톰은 다른 해적들을 흔들어 깨웠고 잠에서 깨어난 그들은 큰 소리로 지껄이기 시작하였다. 그리고 1, 2분도 안되어서 발가벗더니 하얀 모래사장의 맑은 물속에서 서로를 쫓고 밀치고 그리고 엉켜 뒹굴었다. 그들은 그 광활한 강의 저쪽 너머 멀리 잠

slight rise in the river had carried off their raft, but this only gratified them, since its going was something like burning the bridge between them and civilization.

They came back to camp wonderfully refreshed, glad-hearted, and ravenous; and they soon had the campfire blazing up again. Huck found a spring of clear cold water close by, and the boys made cups of broad oak or hickory leaves and felt that water, sweetened with such a wildwood charm as that, would be a good enough substitute for coffee. While Joe was slicing bacon for breakfast, Tom and Huck asked him to hold on a minute; they stepped to a promising nook in the riverbank and threw in their lines; almost immediately they had reward. Joe had not had time to get impatient before they were back again with some handsome bass, a couple of sun perch, and a small catfish-provisions enough for quite a family. They fried the fish with the bacon, and were astonished, for no fish had ever seemed so delicious before. They did not know that the quicker a fresh-water fish is on the fire after he is caught the better he is; and they reflected little upon what a sauce open-air sleeping, open-air exercise, bathing, and a large ingredient of hunger makes, too.

They lay around in the shade, after breakfast, while

---

blazing up: 타오르는, 빛나는 charm: 마력, 마법 catfish: 메기

자고 있는 작은 마을에 대한 그리움을 갖지 않았다. 변덕스러운 강물의 흐름 때문인지 혹은 강물이 불어서인지 뗏목은 강물에 쓸려가고 없었다. 하지만 오히려 그것은 이 해적들을 기쁘게 하였다. 뗏목이 떠내려간 것은 마치 그들과 문명 세계를 잇는 다리를 불태워 버린 것과 같았기 때문이다.

놀랄 만큼 상쾌하고 즐거운 마음으로 그들은 고픈 배를 주려쥐고 캠프로 돌아왔다. 그리고 곧 모닥불을 다시 활활 지폈다. 허크는 그들 가까이 깨끗하고 시원한 물이 용솟음치는 샘을 찾았고 그들은 참나무와 히커리 잎으로 컵을 만들어, 그러한 자연적인 재료의 마력으로써 커피 대용으로 사용해도 될 정도인 달콤한 물맛을 느꼈다. 조가 아침 식사를 위해 베이컨을 자르고 있을 때, 톰과 허크는 그에게 잠시 기다려라 말하고 강둑에 있는 약속의 창고로 가서 낚싯줄을 꺼내 와 그것을 강에 드리웠다. 던지자마자 거의 바로 어떤 반응이 있었다. 조가 그들을 기다리며 조바심을 낼 시간적 여유도 없이 금방 톰과 허크는 보기 좋은 농어 몇 마리와 두 마리의 선 퍼치 그리고 조그마한 메기 한 마리를 가지고 돌아왔다. 그것들은 한 가족의 식사로 해도 될 만큼 충분히 많은 것이었다. 그들은 그것들을 베이컨과 함께 요리해 놓고 깜짝 놀랐다. 이렇게 맛있는 생선 요리는 처음 먹는 것 같았기 때문이었다. 그들은 생선이란 잡자마자 바로 요리할수록 그 맛이 더욱 좋다는 사실을 몰랐던 것이다. 그리고 그들은 야외에서 자고 뛰놀고 수영하는 것이 그리고 시장이 최대의 반찬이라는 사실도 그리 잘 알지 못했다.

Huck had a smoke, and then went off through the woods on an exploring expedition. They tramped gaily along, over decaying logs, through tangled underbrush, among solemn monarchs of the forest, hung from their crowns to the ground with a drooping regalia of grapevines. Now and then they came upon snug nooks carpeted with grass and jeweled with flowers.

They found plenty of things to be delighted with, but nothing to be astonished at. They discovered that the island was about three miles long and a quarter of a mile wide, and that the shore it lay closest to was only separated from it by a narrow channel hardly two hundred yards wide. They took a swim about every hour, so it was close upon the middle of the afternoon when they got back to camp. They were too hungry to stop to fish, but they fared sumptuously upon cold ham and then threw themselves down in the shade to talk. But the talk soon began to drag, and then died. The stillness, the solemnity that brooded in the woods, and the sense of loneliness began to tell upon the spirits of the boys. They fell to thinking. A sort of undefined longing crept upon them. This took dim shape, presently— it was budding homesickness. Even Finn the RedHanded was dreaming of his doorsteps and empty

---

expedition: 원정, 탐험, 탐험대 tramp: 쾅쾅거리며 걷다, 터벅거리며 걷다
drooping: 늘어진, 내리깐 regalia: 왕권의 표상, 훈장 grapevine: 포도 넝쿨
now and then: 이따금 come upon: 우연히 만나다 snug:아늑한, 안락한, 비밀
의 fare: 운임, 승객, 음식물 sumptuously: 값비싼, 호화스런 brood: 알을 품다

아침 식사 후 허크가 담배를 피우는 동안 그들은 나무 그늘 속에 누워 있었다. 그리고 나서 숲을 탐험하기 위해 원정을 나섰다. 썩어 들어가는 통나무를 넘어 덤불을 헤치며 흥겹게 걸어갔다. 숲의 근엄한 군주처럼 나무들이 서 있고, 그 위 왕관으로부터 땅까지 늘어진 포도 넝쿨은 마치 왕권을 나타내는 문장과도 같았다. 이따금 그들은 주위가 꽃들로 보석같이 장식되어 있고 바닥은 잔디가 깔려 있는 아늑한 빈터를 우연히 만나기도 했다.

즐거운 일들은 얼마든지 많이 만났지만 그들이 깜짝 놀랠 만한 일들은 없었다. 그들은 이 섬의 크기가 길이로는 약 3마일 정도 되고 넓이는 4분의 1마일 정도 된다는 것과, 그리고 가장 가까운 건너편과의 사이에는 넓이가 고작 2백 야드도 안되는 좁은 강이 가로지르고 있다는 사실을 발견했다. 그들은 거의 한 시간마다 수영을 했고 그래서 그들이 한낮에 캠프로 돌아왔을 때에는 너무 배가 고파 낚시질을 할 수가 없었다. 차디찬 햄으로 근사한 식사를 마치고 나무 그늘 밑에 드러누워 이야기를 했다. 그러나 이야기는 곧 적어지고 이내 멈춰졌다. 숲속에 자욱하게 깔린 정적과 엄숙함, 그리고 외로운 듯한 기분은 소년들의 영혼에게 이야기하기 시작하였다. 그들은 사색의 시간으로 빨려 들었다. 어떤 확실치 않은 그리움이 그들에게 서서히 다가왔다. 이것은 점차 흐릿한 모습을 드러내다. 그것은 향수병의 시초이었던 것이다. '살인마' 허크 마저도 그의 집 계단과 빈통들을 그리워하기 시작하였다. 그러나 그들 모두는 자

hogsheads. But they were all ashamed of their weakness, and none was brave enough to speak his thought.

For some time, now, the boys had been dully conscious of a peculiar sound in the distance, just as one sometimes is of the ticking of a clock which he takes no distinct note of. But now this mysterious sound became more pronounced, and forced a recognition. The boys started, glanced at each other, and then each assumed a listening attitude. There was a long silence, profound and unbroken; then a deep, sullen boom came floating down out of the distance.

"What is it!" exclaimed Joe, under his breath.

"I wonder," said Tom in a whisper.

"Tain't thunder," said Huckleberry, in an awed tone "becuz thunder."

"Hark!" said Tom. "Listen–don't talk."

They waited a time that seemed an age, and then the same muffled boom troubled the solemn hush.

"Let's go and see."

They sprang to their feet and hurried to the shore toward the town. They parted the bushes on the bank and peered out over the water. The little steam ferryboat was about a mile below the village, drifting with the current. Her

---

peculiar: 독특한, 특별한, 이상한   exclaimed: 외치다, 소리치다, 고함 지르다
Tain't thunder: 여기에서 Tain't는 it isn't(hasn't)의 단축형   hark: 듣다(listen)
(사냥개에게 돌아오라, 가라 등과 같은) 명령 boom: 쿵 하는 소리 hush: 잠잠
하게 하다, 고요한   drifting with the current: 물이 흐르는 대로 떠돌다

신들의 나약함이 부끄러웠고 아무에게도 자기네가 생각하는 것을 이야기할 만큼 용기가 있지도 않았다.

그들은 오래 전부터 멀리서 이상한 소리가 들려오고 있었지만 그것이 꼭 시계가 똑딱거리는 것과 같아 그다지 신경을 쓰고 있지 않았다. 그러나 지금은 그 이상한 소리가 점점 확실하게 들렸고 관심을 끌지 않을 수 없게 했다. 아이들은 서로를 힐끗 쳐다보고는 이내 서로들 그 소리를 듣는 자세를 취했다. 깊고 계속되는 긴 정적이 흘렀고 그 후 깊고 음산한 쿵 하는 소리가 멀리서 전해져 왔다.

"뭐지?" 숨을 죽이고 조가 말하였다.

"나도 몰라."

"천둥 아냐?" 허클베리가 겁에 질린 목소리로 말하였다.

"쉿! 들어봐." 톰이 말했다

"조용히 하고 들어봐."

꽤 오랜 시간을 기다렸다. 잠시 후 조금 전 같은 쿵 하는 소리가 엄숙한 정적을 깼다.

"가서 보자."

그들은 벌떡 일어나 서둘러 마을 쪽으로 향한 강가로 뛰어갔다. 둑 위의 덤불을 헤치고 강물 위 저쪽을 응시하였다. 마을에서 약 1마일 정도 하류에 조그마한 증기선이 강물이 흐르는 대로 떠 있었다. 그 배 위의 넓은 갑판 위에는 많은 사람들이 모여 있는 것 같아 보였다. 그리고 그 배 주위에는 굉장히 많은

broad deck seemed crowded with people. There were a great many skiffs rowing about or floating with the stream in the neighborhood of the ferryboat, but the boys could not determine what the men in them were doing. Presently a great jet of white smoke burst from the ferryboat's side, and as it expanded and rose in a lazy cloud, that same dull throb of sound was borne to the listeners again.

"I know now!" exclaimed Tom; "somebody's drowned!"

"That's it!" said Huck; "they done that last summer, when Bill Turner got drownded; they shoot a cannon over the water, and that makes him come up to the top. Yes, and they take loaves of bread and put quicksilver in 'em and set 'em afloat, and wherever there's anybody that's drownded, they'll float right there and stop."

"Yes, I've heard about that," said Joe. "I wonder what makes the bread do that."

"Oh, it ain't the bread, so much," said Tom; "I reckon it's mostly what they say over it before they start it out."

"But they don't say anything over it," said Huck. "I've seen 'em and they don't."

"Well, that's funny," said Tom. "But maybe they say it to themselves. Of course they do. Anybody might know

---

throb: 두근거리다, 흥분하다, 맥박, 흥분 drowned: 물에 빠지다, 익사하다
quicksilver: 수은

작은 보트들이 떠 있었는데 아이들은 그 작은 배 위에 있는 사람들이 무엇을 하고 있는지를 알아차릴 수 없었다. 이윽고 그 증기선의 옆 부분에서 하얀 연기의 큰 분출이 있었고 그 연기가 뭉게구름처럼 올라 사방으로 퍼진 후 아까와 같은 소리의 진동이 다시 귓전을 울렸다.

"이제야 알겠다!" 톰이 외쳤다.

"누군가 물에 빠져 죽은 거야!"

"그래!" 허크가 말했다.

"작년 여름 빌 터너가 물에 빠져 죽었을 때도 저랬어. 대포를 물속으로 쏘아대면 물속에 있던 시체가 떠오른다는 거야. 그래, 또 빵 속에 수은을 넣고 강물 위에 띄어 보내면 그 시체가 어디에 있건 간에 그 바로 위에 멈춰서 떠 있는다는 거야."

"그래, 나도 그 이야기에 대해 들은 적이 있어." 조도 거들었다.

"나는 그 빵 조각이 어떻게 그런 일을 할 수 있는지 모르겠어."

"그건 그 빵이 그러는 게 아냐." 톰이 말했다.

"떠내려 보내기 전에 그 빵에 주문을 외우기 때문이야"

"그런데, 그들은 빵에다 대고 아무 말도 하지 않는걸."

허크가 의문을 제기했다.

"나는 그들이 그러는 것을 보지 못했어."

"글쎄, 우스운데." 톰이 말했다.

"그러나 아마 그들이 속으로 외웠을 거야, 물론 그랬지. 아무도 그걸 알 수는 없을 거야."

분출:뿜어 냄

that."

The other boys agreed that there was reason in what Tom said, because an ignorant lump of bread, uninstructed by an incantation, could not be expected to act very intelligently when sent upon an errand of such gravity.

"By jings, I wish I was over there, now," said Joe.

"I do too," said Huck. "I'd give heaps to know who it is."

The boys still listened and watched. Presently a revealing thought Sashed through Tom's mind, and he exclaimed:

"Boys, I know who's drownded—it's us!"

They felt like heroes in an instant. Here was a gorgeous triumph; they were missed; they were mourned; hearts were breaking on their account; tears were being shed; accusing memories of unkindnesses to these poor lost lads were rising up, and unavailing regrets and remorse were being indulged: and best of all, the departed were the talk of the whole town, and the envy of all the boys, as far as this dazzling notoriety was concerned. This was fine. It was worth while to be a pirate, after all.

As twilight drew on, the ferryboat went back to her accustomed business and the skiffs disappeared. The

---

lump: 덩어리 incantation: 주문, 마법 errand: 심부름, 용건, 사명 heap: 무더기, 쌓아올리다 gorgeous: 화려한, 찬란한 triumph: 승리 regret: 유감, 후회 remorse: 양심의 가책 notoriety: 나쁜 평판 twilight: 미광, 여명

다른 두 소년은 톰이 한 말에 일리가 있다는 것을 인정하였다. 주문을 외우지 않았다면 그 멍청한 빵 덩어리는 그런 중요한 임무 중에 영리한 행동을 할 수 없다고 생각하였다.

"저기 가 봤으면 좋겠는데." 조가 말했다.

"나도." 허크가 맞장구를 쳤다.

"누굴 저렇게 찾고 있는지 알고 싶은데."

아이들은 아직도 조용히 귀를 기울여 보고 있었다. 이윽고 톰의 머릿속에 어떤 생각이 스쳐 지나갔다. 그러자 톰은 크게 소리를 쳤다.

"얘들아, 난 누가 물에 빠져 죽었는지 알아, 그건 바로 우리야!"

그들은 그 순간 영웅이 된 것 같은 기분이었다. 멋진 승리가 여기 있었다. 그들은 자신들을 그리워하고 있었고 슬퍼하고 있었던 것이었다. 모두들 자신들 때문에 가슴이 찢어지게 슬퍼하고들 있는 것이었다. 이 불쌍한 길 잃은 소년들에게 친절하지 못했던 일들에 대한 비난받아 마땅한 기억들로 눈물을 흘리고 있을 것이다. 그리고 부질없는 후회와 양심의 가책에 빠져들고 있는 것이다. 그리고 무엇보다도 자기들은 온 마을의 화제의 대상이 되고 있고 마을 아이들의 선망의 대상이 되고 있을 것이다. 이 얼마나 황홀한 일인가! 결국 해적이 된 보람이 있는 것이었다.

저녁 노을이 질 무렵, 그 증기선은 평소 자신들이 하던 일로

pirates returned to camp. They were jubilant with vanity over their new grandeur and the illustrious trouble they were making. They caught fish, cooked supper and ate it, and then fell to guessing at what the village was thinking and saying about them; and the pictures they drew of the public distress on their account were gratifying to look upon—from their point of view.

But when the shadows of night closed them in, they gradually ceased to talk, and sat gazing into the fire, with their minds evidently wandering elsewhere. The excitement was gone now, and Tom and Joe could not keep back thoughts of certain persons at home who were not enjoying this fine frolic as much as they were. Misgivings came; they grew troubled and unhappy; a sigh or two escaped, unawares. By and by Joe timidly ventured upon a roundabout 'feeler' as to how the others might look upon a return to civilization—not right now, but—

Tom withered him with derision! Huck, being uncommitted as yet, joined in with Tom, and the waverer quickly 'explained' , and was glad to get out of the scrape with as little taint of chickenhearted homesickness clinging to his garments as he could. Mutiny was effectually laid to rest for the moment.

jubilant: 기뻐하는 gratifying: 만족스러운, 즐거운 frolic: 장난, 놀기
roundabout: 간접의, 우회의 wither: 시들다, 쇠퇴하다 derision: 경멸, 조소
scrape: 문지르다, 비비기, 자국, 곤경 taint: 감염, 부패 garment: 긴 웃옷, 의복

돌아가고 작은 보트들도 사라져 버렸다. 해적들도 자기들의 캠프로 돌아왔다. 그들은 위대하고 유명해진 새로운 사건을 만들었다는 자만심에 즐거워했다. 그들은 고기를 잡아 요리해 저녁식사를 하고 지금쯤 마을에서는 그들에 대해 뭐라고들 생각하며 이야기를 할까 하는 공상 속으로 빠져들었다. 그리고 그들을 생각하며 사람들이 비통에 빠져 있을 것이라고 상상하는 것은 즐거운 일이었다.

그러나 밤의 그림자가 차츰 그들에게 다가올 때, 그들은 서서히 말을 잃었고 분명히 다른 어떤 곳을 그리워하는 마음으로 멍하니 불만 쳐다보았다. 흥분은 사라지고, 톰과 조는 집에서 자신들처럼 이 장난을 즐길 수 없는 사람들에 대한 생각에서 벗어날 수가 없었다. 걱정이 다가왔고, 불안하고 불길해지기 시작하였다. 무심코 한숨이 한두 번 나왔다. 얼마 후 조가 머뭇거리며 지금 당장은 아니지만, 문명 세계로 돌아가는 것이 어떠냐고 은근히 마음을 떠보았다.

하지만 톰은 비웃음으로써 그를 위축시켰다. 아직 이 생활이 견딜만 했던 허크는 톰과 생각이 같았다. 그리고 이 변절자 조는 재빨리 '변명'을 하였고 그의 마음에 끈덕지게 달라붙는 겁쟁이의 향수병으로 자신의 명예를 더럽히지 않고 그 곤경에서 겨우 벗어날 수 있었다.

밤이 점점 깊어지자 허크는 졸기 시작하였고 이윽고 코를 골

변절자:절개를 바꾼 사람

As the night deepened, Huck began to nod, and presently to snore. Joe followed next. Tom lay upon his elbow motionless, for some time, watching the two intently. At last he got up cautiously, on his knees, and went searching among the grass and the flickering reflections flung by the campfire. He picked up and inspected several large semi-cylinders of the thin white bark of a sycamore, and finally chose two which seemed to suit him. Then he knelt by the fire and painfully wrote something upon each of these with his 'red keel' ; one he rolled up and put in his jacket pocket, and the other he put in Joe's hat and removed it to a little distance from the owner. And he also put into the hat certain schoolboy treasures of almost inestimable value— among them a lump of chalk, an India-rubber ball, three fishhooks, and one of that kind of marbles known as a "sure— 'nough crystal." Then he tiptoed his way cautiously among the trees till he felt that he was out of hearing, and straightway broke into a keen run in the direction of the sand bar.

---

snore: 코를 골다 flicker: 깜박거리다, 나부끼다 semi-cylinder: 반의 실린더
inestimable : 평가할 수 없는, 더 없이 소중한 chalk: 분필

기 시작하였다. 조도 그 뒤를 따라 잠이 들었다. 잠시 동안 톰은 팔베개를 하고 그 둘을 물끄러미 들여다보다가 마침내 조심스럽게 무릎으로 일어나 풀과 모닥불에서 쏟아져 나오는 깜빡이는 불의 그림자 속을 뒤지기 시작하였다. 그는 커다란 반원통 모양의 플라타너스 껍질을 몇 개 주워 살펴보더니 결국 마음에 드는 두 개를 골랐다. 그리고는 불 옆에 무릎을 꿇고 앉아 빨간 석필로 그 위에 무언가를 열심히 쓴 뒤, 하나는 말아서 그의 주머니에 넣었다.

그리고 나머지 하나는 조의 모자 안에 넣고 그로부터 약간 떨어진 곳에 가져다 놓았다. 그리고 또한 그는 학교에 다니는 꼬마들에게라면 정말로 귀한 가치를 갖는 보물, 즉 백묵 한 토막, 고무공, 낚시 바늘 세 개, 그리고 '진짜 수정'이라고 알려진 대리석 하나도 그 모자 안에 넣었다. 그리고 나서 그는 나무들 사이를 발끝으로 조심스럽게 걸어 나왔다. 그리고 소리가 안 들릴 거라고 생각한 지점까지 와서는 모래 사장을 향해 곧장 달려갔다.

CHAPTER 15
Tom's Stealthy Visit Home

A few Minutes later Tom was in the shoal water of the bar, wading toward the Illinois shore. Before the depth reached his middle he was halfway over; the current would permit no more wading, now, so he struck out confidently to swim the remaining hundred yards. He swam quartering upstream, but still was swept downward rather faster than he had expected. However, he reached the shore finally, and drifted along till he found a low place and drew himself out. He put his hand on his jacket pocket, found his piece of bark safe, and then struck through the woods, following the shore, with streaming garments. Shortly before ten o'clock he came out into an open place opposite the village, and saw the ferryboat lying in the shadow of the trees and the high bank. Everything was quiet under the blinking stars. He crept down the bank, watching with all his eyes, slipped into the water, swam three or four strokes, and climbed into the skiff that did 'yawl' duty at the boat's stern. He laid himself down under the thwarts and waited, panting.

---

shoal: 여울 wading: 힘들여 걷다, 걸어서 건너가다 upstream: 상류로 garment: 긴 웃옷, 입히다 skiff: 작은 배 stern: 선미, 고물 thwart: 횡단하다, 가로 지르다

제 15 장
톰의 비밀스러운 방문

몇 분 뒤 톰은 모래사장의 얕은 물속을 걸어서 일리노이즈 쪽 강둑을 향해 가고 있었다. 그가 강의 한복판에 이르자 물은 그의 가슴까지 올라왔고, 강의 물살은 더 이상 그가 걸어 가는 것을 허용치 않았다. 그래서 톰은 남아 있는 백 야드 정도를 자신있게 헤엄쳐 나아갔다. 그는 상류 쪽으로 거슬러 올라가려 했지만 그가 예상했던 속도보다 빠르게 아래쪽으로 쓸려 내려 갔다. 그러나 상륙하기 전까지는 표류했지만 결국은 강변에 닿았고 그는 그의 손을 주머니에 넣어 그 나무 껍질이 무사한 것을 확인하고 나서야 물이 질질 흐르는 옷을 입고 숲속을 헤치고 들어갔다.

10시가 되기 직전에 그는 마을의 건너편에 있는 공터에 도착하였고, 높은 강둑과 나무들의 그림자 밑에 그 증기선이 있는 것을 보았다. 반짝이는 별 밑의 모든 사물들은 고요했다. 그는 강둑을 기어 내려가, 주위를 샅샅이 살핀 후 강물속으로 미끄러져 들어갔다. 서너 번 헤엄질을 했을까, 그는 배의 뒤에 묶여 있는 잡용선(雜用船)인 작은 보트 위로 기어올라가 보트 위에 가로지른 '노를 젓는 사람들이 앉는 자리' 밑으로 몸을 숨겼다. 그리고 두근대는 마음으로 기다렸다.

표류:물에 떠서 흘러감

Presently the cracked bell tapped and a voice gave the order to 'cast off'. A minute or two later the skiff's head was standing high up, against the boat's swell, and the voyage was begun. Tom felt happy in his success, for he knew it was the boat's last trip for the night. At the end of a long twelve or fifteen minutes the wheels stopped, and Tom slipped overboard and swam ashore in the dusk, landing fifty yards downstream, out of danger of possible stragglers.

He flew along unfrequented alleys, and shortly found himself at his aunt's back fence. He climbed over, approached the 'ell', and looked in at the sitting-room window, for a light was burning there. There sat Aunt Polly, Sid, Mary, and Joe Harper's mother, grouped together, talking. They were by the bed, and the bed was between them and the door. Tom went to the door and began to softly lift the latch; then he pressed gently, and the door yielded a crack; he continued pushing cautiously, and quaking every time it creaked, till he judged he might squeeze through on his knees; so he put his head through and began, warily.

"What makes the candle blow so?" said Aunt Polly.

"Why, that door's open, I believe. Why, of course it is.

---

crack: 찰싹 소리내다, 금가다 ashore: 해변으로 downstream: 하류로
straggler: 낙오자 latch: 걸쇠, 빗장 quaking: 흔들리는, 떨고 있는

이윽고 깨진 종을 치는 소리가 들리더니 '밧줄을 풀어라!' 하는 명령의 목소리가 들렸다. 일이 분이 지나고 작은 보트의 뱃머리는 그 증기선에 의한 파도에 오르락 내리락 했고 항해는 시작되었다. 톰은 그의 성공에 몹시 기뻤다. 왜냐하면 그는 이것이 마지막 선편이라는 것을 알고 있었기 때문이었다. 그 길고 긴 12분 혹은 15분 끝에 바퀴가 멎었고 톰은 배에서 내려 어둠 속을 헤치고 강가로 헤엄쳐 나갔다. 그리고 혹시나 사람의 눈에 띨까봐 50야드 하류 쪽에서 육지에 올랐다.

그는 인적이 없는 오솔길을 따라 어느 새 이모 집의 뒷담에 다다랐다. 담을 넘어 안채에 다가갔다. 집안에 불이 환하였으므로 톰은 거실 창의 안쪽을 들여 보았다. 거기에는 폴리 이모, 시드, 그리고 조 하퍼의 어머니 등이 모여 앉아 이야기를 하고 있었다. 그들은 침대 옆에 앉아 있었고 그 침대는 문과 그들 사이에 있었다. 톰은 문으로 다가가서 빗장을 천천히 그리고 부드럽게 들어올리고 문을 조심스럽게 밀기 시작하였다. 문이 삐걱하는 소리를 냈고 그때마다 놀라 질겁을 하였지만 자신의 몸이 간신히 빠져나갈 만한 틈이 생길 때까지 톰은 계속 문을 조심스럽게 밀었다. 그는 그의 머리를 집어넣고 조심스럽게 기어 들어갔다.

"왜 이렇게 촛불이 흔들릴까?" 폴리 이모가 말했다.

"아니, 저 방문이 열려 있네. 그럴 줄 알았어. 이상한 일들이

No end of strange things now. Go 'long and shut it, Sid."

Tom disappeared under the bed just in time. He lay and 'breathed' himself for a time, and then crept to where he could almost touch his aunt's foot.

"But as I was saying," said Aunt Polly, "he warn't bad, so to say–only mischeevous. Only just giddy, and harum-scarum, you know. He warn't any more responsible than a colt. He never meant any harm, and he was the best-hearted boy that ever was"–and she began to cry.

"It was just so with my Joe– always full of his devilment and up to every kind of mischief, but he was just as unselfish and kind as he could be– and laws bless me, to think I went and whipped him for taking that cream, never once recollecting that I throwed it out myself because it was sour, and I never to see him again in this world, never, never, never, poor abused boy!" And Mrs. Harper sobbed as if her heart would break.

"I hope Tom's better off where he is," said Sid, "but if he'd been better in some ways– "

"Sid!" Tom felt the glare of the old lady's eye, though he could not see it. "Not a word against my Tom, now that he's gone! God'll take care of him– never you trouble yourself, sir! Oh, Mrs. Harper, I don't know how to give

---

giddy: 경솔한, 어지러운 harum-scarum: 방정맞게 덤벙대는 colt: 망아지, 풋내기 devilment: 나쁜 장난, 명랑, 활기 mischief: 해학, 장난

자꾸만 일어난단 말이야. 시드야, 가서 문 닫고 오렴."

톰은 제 시간에 침대 밑으로 몸을 숨길 수 있었다. 그는 누워 잠시 동안 숨을 돌리고 난 후 폴리 이모의 발에 거의 손이 닿을 수 있는 곳까지 기어갔다.

"그러나 조금 전까지 제가 이야기했듯이…."

폴리 이모가 이야기를 꺼냈다.

"톰은 나쁜 아이가 아니었어요. 장난이 조금 심하기는 하지만요. 그저 경망스럽고 덤벙대는 아이일 뿐이었죠. 그래도 망아지처럼 순진하다오. 악의 같은 건 전혀 없었어요. 그렇게 착한 아이가 없었는데…."

폴리 이모가 울기 시작하였다.

"우리 조도 그랬죠, 그는 항상 나쁜 장난과 별의별 못된 짓을 저질렀지만 친절하고 남을 생각하는 마음이란…. 그 크림의 맛이 변했기 때문에 버린 것을 깜빡 잊고 그애가 먹었다고 때렸지요. 나는 그 앨 이 세상에서는 다시 볼 수 없을 거예요. 절대로. 오! 불쌍한 녀석."

그녀는 가슴이 무너져 내리는 듯이 울면서 말했다.

"톰이 저 세상 좋은 곳으로 갔으면 해요. 지금까지 조금 더 점잖게 굴었다면…." 시드가 말하였다.

"시드!" 톰은 비록 볼 수는 없었지만 폴리 이모의 눈의 불꽃을 느낄 수 있었다.

"톰에 대해 그런 식으로 말하지 말아라, 그 애는 지금 죽었

경망:경솔하고 방정 맞음
별의별:아주 별다른

him up! I don't know how to give him up! He was such a comfort to me, although he tormented my old heart out of me, 'most."

"The Lord giveth and the Lord hath taken away,— blessed be the name of the Lord! But it's so hard— oh, it's so hard! Only last Saturday my Joe busted a firecracker right under my nose and I knocked him sprawling. Little did I know then how soon— oh, if it was to do over again I'd hug him and bless him for it."

"Yes, yes, yes, I know just how you feel, Mrs. Harper, I know just exactly how you feel. No longer ago than yes- terday noon my Tom took and filled the cat full of Painkiller, and I did think the cretur would tear the house down. And God forgive me, I cracked Tom's head with my thimble, poor boy, poor dead boy. But he's out of all his troubles now. And the last words I ever heard him say was to reproach— "

But this memory was too much for the old lady, and she broke entirely down. Tom was snuffling, now, himself— and more in pity of himself than anybody else. He could hear Mary crying, and putting in a kindly word for him from time to time. He began to have a nobler opinion of himself than ever before. Still, he was sufficiently touched

---

torment: 고통, 곤란케 하다 giveth: (古)give의 과거 hath: (古)have의 과거
painkiller: 진통제 cretur=creature thimble: 골무 reproach: 꾸짖다, 책망하다
(for,with) 비난하다 snuffling: 코를 쿵쿵대다, 코가 막히다, 흐느껴 울다

잖니, 하느님께서 그를 보살펴 줄 테니 앞으론 쓸데없는 소리를 하지 말아라. 알겠니? 오! 하퍼 부인, 어떻게 그애를 잊을 수 있을지 모르겠어요. 잊을 수 없을 거예요. 톰은 지금껏 나의 이 늙은 가슴에 고통을 주어 왔지만 그 애는 나에겐 큰 의지가 되어 왔는데…."

"하느님께서 그 애를 우리에게 주시더니 이젠 하느님의 이름으로 뺏어 가셨군요. 하지만 이건 너무해요, 너무 하다고요! 지난 토요일에도 조는 내 코앞에 폭죽을 터트려 흠씬 패주었죠. 이렇게 빨리 이런 일이 생길지는 알지 못했어요. 오! 그가 또 나에게 그럴 수 있다면 그를 껴안고 칭찬을 해줄 텐데요."

"그럼요, 그렇죠. 난 당신의 심정을 충분히 이해해요. 하퍼 부인 그 마음을 난 충분히 알 수 있어요. 그러니까 바로 엊그제 인가요."

"톰은 고양이를 데려다 진통제를 먹인 거예요. 나는 그 가엾은 고양이가 분명 집안을 쑥대밭으로 만들 거라고 생각했죠. 그래서 어찌나 화가 나던지, 오! 하느님 저를 용서하세요. 그의 머리를 골무로 세게 내려치고 말았어요. 불쌍한 녀석, 죽다니. 하지만 그 녀석은 그런 고통에서 벗어나 지금은 편안할 거예요. 그 녀석이 마지막으로 한 말은 나를 원망하는 듯한 이야기 였는데…."

그러나 이 늙은 여인은 이러한 기억들을 참지 못했는지 그만 쓰러져 울음을 터트리고야 말았다. 톰도 눈물을 찔끔거렸다. 그리고 자기 자신이 다른 누구보다도 불쌍하게 느껴졌다. 메리가

by his aunt's grief to long to rush out from under the bed and overwhelm her with joy— and the theatrical gorgeousness of the thing appealed strongly to his nature, too, but he resisted and lay still.

He went on listening, and gathered by odds and ends that it was conjectured at first that the boys had got drowned while taking a swim; then the small raft had been missed; next, certain boys said the missing lads had promised that the village should "hear something' soon; the wiseheads had "put this and that together" and decided that the lads had gone off on that raft and would turn up at the next town below, presently; but toward noon the raft had been found, lodged against the Missouri shore some five or six miles below the village— and then hope perished; they must be drowned, else hunger would have driven them home by nightfall if not sooner. It was believed that the search for the bodies had been a fruitless effort merely because the drowning must have occurred in mid-channel, since the boys, being good swimmers, would otherwise have escaped to shore. This was Wednesday night. If the bodies continued missing until Sunday, all hope would be given over and the funerals would be preached on that morning. Tom shuddered.

---

overwhelm: 압도하다, 질리게하다, 당황케하다 odds and ends = oddments: 남은 물건, 동강난 것, 잡동사니 conjecture: 어림짐작 추측 (guess work) turn up: 나타나다 given over: 양도하다, (습관을) 버리다 preach: 설교하다 shudder: (공포,추위로)떨다

우는 소리와, 계속하여 자신에 대한 친절한 이야기를 하고 있었던 것을 들을 수 있었다. 톰은 예전과는 다르게 자신을 소중하게 생각했다. 게다가 폴리 이모의 슬퍼하는 모습에 감동되어 침대 밑을 박차고 나가 그의 마음을 강하게 끌고 있는 연극적인 화려함으로 그녀를 놀라게 해주고 싶었지만 꾹 참고 가만히 엎드려 있었다.

그가 들은 이야기의 조각들을 종합해 본 결과 세 소년들은 수영을 하다 물에 빠져 죽은 것으로 추측을 하였다. 그런데 조그마한 뗏목이 사라졌고 그들이 사라지기 전에 마을에 무슨 일이 곧 생길 거라고 말했다는 몇몇 마을 아이들의 이야기를 바탕으로 이리저리 생각한 결과 그들이 뗏목을 타고 아랫 마을 앞의 강에 나타날 것이라고 믿었으나 정오쯤 뗏목이 마을 하류로 한 5, 6마일 밑에 있는 미조리 강가에서 발견되자 이 한 줄기 희망마저 사라지고 말았다는 것이었다. 세 소년들은 분명히 물에 빠져 죽었고 만일 그렇지 않다면 이 배고픈 아이들은 자정까지 혹은 그 이전에도 돌아올 것이라고 했던 것이었다. 소년들이 분명 강의 한복판에 빠졌으므로 소년들의 시체를 찾는 일은 효과 없는 일이라고 믿어졌고 그렇지 않다면 이 소년들이 수영을 잘하였으므로 강가 쪽으로 탈출했으리라 생각들을 하고 있었다는 것이었다. 지금이 수요일 밤이니까 만일 시체가 일요일까지 떠오르지 않는다면 모든 희망을 버리고 일요일 아침에 장례를 치를 계획이었던 것이었다. 이 모든 것들을 듣고 톰은 몸서리를 쳤다.

Mrs. Harper gave a sobbing good night and turned to go. Then with a mutual impulse the two bereaved women flung themselves into each other's arms and had a good, consoling cry, and then parted. Aunt Polly was tender far beyond her wont, in her good night to Sid and Mary. Sid snuffled a bit and Mary went off crying with all her heart.

Aunt Polly knelt down and prayed for Tom so touchingly, so appealing, and with such measureless love in her words and her old trembling voice, that he was weltering in tears long before she was through.

He had to keep still long after she went to bed, for she kept making brokenhearted ejaculations from time to time, tossing unrestfully, and turning over. But at last she was still, only moaning a little in her sleep. Now the boy stole out, rose gradually by the bedside, shaded the candlelight with his hand, and stood regarding her. His heart was full of pity for her. He took out his sycamore scroll and placed it by the candle. But something occurred to him, and he lingered considering. His face lighted with a happy solution of his thought; he put the bark hastily in his pocket. Then he bent over and kissed the faded lips, and straightway made his stealthy exit, latching the door behind him.

---

mutual: 서로의, 공동의 bereave: (가족,근친의)상을 당한 consoling: 위안이 되는 touchingly: 감동시키는, 애처로운 welter: 구르다, 뒹굴다 너울거리다, 탐닉하다 toss: (가볍게)던지다, (머리등을)갑자기 쳐들다 moan: 신음, 한탄하다 linger: 남아 있다. 생각에 잠기다, 서성이다

하퍼 부인은 울며 돌아가겠다고 말했다. 그리고 나서 아이를 잃은 두 여인은 서로의 품에 안겨 한바탕 울음을 터트린 뒤에 헤어졌다. 폴리 이모는 평소보다 부드러운 목소리로 시드와 메리에게 잘 자라는 인사를 했다. 시드는 훌쩍였고 메리는 엉엉 울음을 터트리고 말았다.

폴리 이모는 무릎을 꿇고 앉아 애처롭고 애원적인 마음으로 그녀의 떨리는 목소리로 톰을 위한 기도를 드렸다. 그것은 이루 헤아릴 수 없는 사랑이 담긴 말들이었으므로 톰은 그녀의 기도가 끝나기 전에 눈물을 흘리지 않을 수 없었다.

폴리 이모는 잠자리에 들어서도 이따금 슬픈 탄식 소리를 냈고 불편한 듯 몸을 뒤척이고 몸부림을 치는 까닭에 잠자리에 들어간 후에도 한참 동안 톰은 가만히 침대 밑에 누워 있을 수밖에 없었다. 그러나 결국 폴리 이모는 잠이 들었고 간간이 신음 소리를 냈다.

톰은 몰래 침대 밖으로 기어 나와 이모 옆에서 천천히 일어났다. 그리고 손으로 촛불을 가리고 그녀의 얼굴을 바라보았다. 그의 마음은 이모에 대한 동정으로 가득했고 그의 주머니에서 나무 껍질을 꺼내어 촛불 옆에 두었다. 그러나 그의 생각에 무언가가 떠올랐고 생각에 잠기었다. 그는 해결책을 찾았는지 이내 얼굴이 밝아졌다. 그는 다시 그 나무껍질을 황급히 주머니에 넣고 이모에게 몸을 숙여 창백한 그녀의 입술에 키스하였다. 그리고는 살금살금 밖으로 나와 문을 잠갔다.

He threaded his way back to the ferry landing, found nobody at large there, and walked boldly on board the boat, for he knew she was tenantless except that there was a watchman, who always turned in and slept like a graven image. He untied the skiff at the stern, slipped into it, and was soon rowing cautiously upstream. When he had pulled a mile above the village, he started quartering across and bent himself stoutly to his work. He hit the landing on the other side neatly, for this was a familiar bit of work to him. He was moved to capture the skiff, arguing that it might be considered a ship and therefore legitimate prey for a pirate, but he knew a thorough search would be made for it and that might end in revelations. So he stepped ashore and entered the wood.

He sat down and took a long rest, torturing himself meantime to keep awake, and then started warily down the home stretch. The night was far spent. It was broad daylight before he found himself fairly abreast the island bar. He rested again until the sun was well up and gilding the great river with its splendor, and then he plunged into the stream. A little later he paused, dripping, upon the threshold of the camp, and heard Joe say:

"No, Tom's true-blue, Huck, and he'll come back. He

---

enantless: 거주자가 없는, 빈집의 prey: 먹이, 포획 (古)약탈품,전리품
abreast: ~와 나란히, ~와 병행하여 gilding : 금박 입히기, 도금 splendor: 화려함 plunge: 던져 넣다, 내던지다 dripping: (물이)뚝뚝 떨어지다, 흠뻑 젖은
true-blue: (좀처럼변치 않는) 남색, 지조가 굳은 사람

톰은 요리조리 증기선이 있던 그 자리까지 돌아왔다. 그 넓은 곳에 아무도 없는 것을 발견하고는 대담하게 배 위로 걸어 올라갔다. 그 배 위에는 배를 지키는 사람을 빼고는 아무도 없었다는 것을 알았고 배 지키는 사람도 지금쯤 마치 죽은 사람처럼 잠을 자고 있을 것을 잘 알았기 때문이었다. 그리고 그는 배의 고물에 묶여 있던 작은 보트를 풀고는 그 보트에 타고 노를 저어 상류 쪽으로 조심스럽게 나아갔다.

그가 마을로부터 1마일쯤 올라갔을 때부터는 건너편을 향해 열심히 노를 저어 나갔다. 건너편 강가에 익숙한 듯이 무사히 배를 대었다. 그리고 이 보트는 배와 같기 때문에 해적의 전리품으로 생각을 하고 배를 훔치려고 했으나 그렇게 하면 분명히 이 작은 보트를 찾으려고 대대적인 수색이 벌어질 것이고 발각될지도 모른다는 사실을 그는 알았다. 그래서 그는 단념하고 강가로 올라 숲으로 들어갔다. 톰은 땅에 주저앉아 한숨을 돌렸다. 그 동안 참을 수 없을 만큼 졸음이 몰려 왔지만 다시 본거지로 돌아가기 시작하였다.

어느덧 날이 새고 섬의 모래사장과 나란히 하는 곳에 도착했을 때에는 먼동이 터 오고 있었다. 그는 해가 제법 높이 솟아 화려한 광채로 거대한 강물을 황금색으로 물들일 때까지 다시 한 번 쉬었다. 그리고 나서 강물 속으로 뛰어들었다. 잠시 후 그는 물이 뚝뚝 떨어지는 채로 캠프의 어귀에 섰을 때 조의 목소리를 들었다.

"아니야, 톰은 틀림없이 돌아 올거야, 허크. 그는 절대 우리를

고물:배의 뒤쪽

won't desert. He knows that would be a disgrace to a pirate, and Tom's too proud for that sort of thing. He's up to something or other. Now I wonder what?"

"Well, the things is ours, anyway, ain't they?"

"Pretty near, but not yet, Huck. The writing says they are if he ain't back here to breakfast."

"Which he is!" exclaimed Tom, with fine dramatic effect, stepping grandly into camp.

A sumptuous breakfast of bacon and fish was shortly provided, and as the boys set to work upon it, Tom recounted (and adorned) his adventures. They were a vain and boastful company of heroes when the tale was done. Then Tom hid himself away in a shady nook to sleep till noon, and the other pirates got ready to fish and explore.

CHAPTER 16
First Pipes "I've Lost My Knife"

AFTER DINNER all the gang turned out to hunt for turtle eggs on the bar. They went about poking sticks into the sand, and when they found a soft place they went down on

---

desert: 버리다. 유기하다, 탈주하다 grandly: 당당하게, 으쓱거리며
sumptuous: 값비싼, 고가의, 호화스런 adorn: 꾸미다, 장식하다 boastful: 자랑하는, 과장된, 허둥거리는

저버리지 않아. 그는 그런 행동이 해적의 명예에 먹칠을 하는 것이라는 것을 잘 알고 있을 거야. 그리고 해적이 되는 거에 대해 얼마나 자랑스럽게 생각하는데. 그는 지금쯤 다른 어떤 일을 하고 있을 거야, 그게 궁금하지만."

"어쨌든 이것들은 모두 우리 것이다. 그렇지?"

"아마, 하지만 아직은 아니야, 허크. 아침 식사 때까지 안 돌아오면 그럴 거라고 여기에 써 있잖아."

"나 여기 있다.!"

톰은 제법 극적 효과를 주기 위해 이렇게 소리치며 캠프 안으로 으쓱거리며 걸어 들어갔다. 햄과 생선의 호화스런 아침 식사가 금방 준비되었고 그들은 아침을 먹기 시작하였다. 톰은 자신이 겪은 모험에 대하여 자세히 말하였다.(물론 조금 과장시키긴 했지만) 그들은 이야기가 끝났을 때에는 자신들이 자랑스럽고 위대한 영웅들로 보였다. 그리고 다른 해적들은 낚시와 탐험 준비로 서둘렀다.

제 16 장
칼을 잃어버리다

저녁 식사 후 모든 소년들은 모래사장 위의 거북이 알을 사

their knees and dug with their hands. Sometimes they would take fifty or sixty eggs out of one hole. They were perfectly round white things a trifle smaller than an English walnut. They had a famous fried-egg feast that night, and another on Friday morning.

After breakfast they went whooping and prancing out on the bar, and chased each other round and round shedding clothes as they went, until they were naked. And they continued the frolic far away up the shoal water of the bar, against the stiff current, which latter tripped their legs from under them from time to time and greatly increased the fun. And now and then they stooped in a group and splashed water in each other's faces with their palms, gradually approaching each other, with averted faces to avoid the strangling sprays and finally gripping and struggling till the best man ducked his neighbor.

When they were well exhausted, they would run out and sprawl on the dry, hot sand, and lie there and cover themselves up with it, and by and by break for the water again and go through the original performance once more. Finally it occurred to them that their naked skin represented flesh-colored 'tights' very fairly; so they drew a ring in the sand and had a circus— with three clowns in it, for

---

walnut:호두 whoop:기뻐서 소리치다 prance:껑충껑충 뛰며 나아가다 chase: 쫓다 shed:발산하다, 저절로 떨어지게 하다 frolic:장난 stiff: 뻣뻣한, 빡빡한 stoop:웅크리다 splash: 물을 튀기다, 더럽히다 strangle: 목졸라 죽이다 grip: 단단히 쥐다 struggle: 싸우다 duck: 자맥질하다 sprawl: 몸을 쭉 뻗다, 펴다

냥하기 시작하였다. 그들은 나무 작대기로 모래 속을 쑤시기 시작했다. 만일 약간 부드러운 부분을 발견하면 무릎을 끓고 손으로 땅을 파기 시작하였다. 어떤 때에는 50에서 60개의 거북이 알을 찾았는데 그것들은 완전히 동그랗게 생기고 영국 호두의 3분의 1정도의 크기였다. 그들은 그날 밤, 그리고 금요일 아침에도 이 거북이 알 요리의 잔치로 포식할 수 있었다.

아침을 먹은 후 그들은 기뻐서 함성을 지르며 껑충껑충 뛰면서 모래톱으로 나아갔다. 그리고 빙빙 돌면서 서로를 쫓으며 옷을 벗겨서 결국 그들은 발가숭이가 되었다. 그리고 그들은 빠른 물살을 헤치며 모래톱의 얕은 물 쪽으로 가서 계속놀았다. 때때로 물결에 발이 걸려 넘어질려고 했었는데, 그것은 오히려 즐거움을 증가시켰다. 그리고 때때로 그들은 무리를 지어 상체를 구부리고 살금살금 다가가서 상대방의 얼굴에다 물을 튀기기도 하였는데, 질식할 듯한 물튀김을 피하기 위해 얼굴을 옆으로 돌렸지만 결국은 서로 잡고 싸워서 마침내 제일 강한 아이가 상대를 물속에 집어 넣는 것이었다.

그들 모두가 지치면 모래사장으로 달려 나와서 건조하고 뜨거운 모래 위에서 사지를 쭉 뻗고 누워서 모래로 그들의 온몸을 덮었다. 그리고 얼마 지나지 않아 다시 물속으로 들어가서 한번 더 그들이 하던 행동을 반복했다. 마침내 그들의 피부가 살빛 '바지'처럼 탔다. 그러면 그들은 모래에 동그라미를 그리고 써커스 놀이를 했다. 그것은 광대 세 명을 가진 놀이였는데,

none would yield this proudest pose to his neighbor.

Next they got their marbles and played 'knucks' and 'ringtaw' and 'keeps' till that amusement grew stale. Then Joe and Huck had another swim, but Tom would not venture, because he found that in kicking off his trousers he had kicked his string of rattlesnake rattles off his ankle. And he wondered how he had escaped cramp so long without the protection of this mysterious charm. By that time the other boys were tired and ready to rest. They gradually wandered apart, dropped into the 'dumps,' and fell to gazing longingly across the wide river to where the village lay drowsing in the sun. Tom found himself writing 'BECKY' in the sand with his big toe; he scratched it out, and was angry with himself for his weakness. But he wrote it again, nevertheless; he could not help it. He erased it once more and then took himself out of temptation by driving the other boys together and joining them.

But Joe's spirits had gone down almost beyond resurrection. He was so homesick that he could hardly endure the misery of it. The tears lay very near the surface. Huck was melancholy, too. Tom was downhearted, but tried hard not to show it. He had a secret which he was not ready to tell, yet, but if this mutinous depression was not broken up

---

yield: 양보하다 venture: 감히 ~하다 rattlesnake: 방울뱀 charm: 경련, 쥐
dumps:우울 erase: 지우다, 없애다 temptation:유혹, 유혹의 마수 resurrection:
부활, 부흥(R~)그리스도의 부활 melancholy: 우울하게 mutinous: 폭동에 가
담한, 반항적인

어떤 이도 상대방에게 이 자랑스런 역을 양보하려 하지 않았다.

그런 다음 그들은 공기돌을 가지고 즐거움이 다할 때까지 '넉스', '링토', '킵스'니 하는 놀이를 했다. 그리고 조와 허크는 다시 한 번 수영을 했으나 톰은 발로 바지를 차면서 방울뱀도 같이 차버렸다는 것을 알았기 때문에 감히 하고 싶지 않았다. 그리고 그는 어떻게 이 신비한 부적의 보호 없이도 쥐 한 번 나지 않았는지 의아해했다. 그때쯤 다른 애들은 지쳐서 쉬려던 참이었다. 그들은 점점 따로 떨어져서 '우울' 속으로 빠져 들었고, 넓은 강 너머 태양 아래 잠들어 있는 마을을 그리움의 시선으로 응시하고 있었다. 톰은 그의 엄지발가락으로 모래에다 '베키'라고 쓰고 있는 그 자신을 발견하고는 그것을 지워버리고, 자신의 나약함에 대해 화가 났다. 그러나 그러함에도 불구하고 그것을 다시 쓰면서 그러한 행동을 하는 자신을 어쩔 수 없었다. 그는 다시 한 번 그것을 지웠고, 그리고 나서 다른 소년들을 불러 모아서 그들과 합침으로써 그 유혹을 몰아냈다.

그러나 조의 기분이 되살아날 가망은 거의 사라졌다. 그는 너무나도 향수병에 걸려 있어서 그는 거의 불행을 견뎌 낼 수가 없었다. 눈물이 쏟아질 것 같았다. 허크 역시 우울해 있었다. 톰은 낙담해 있었으나 그것을 보여주지 않으려고 무척 애를 썼다. 그는 아직 말할 단계가 되지 않은 비밀을 가지고 있었으나

침울:근심스러운 일이 있어서 쾌활하지 못함

soon, he would have to bring it out. He said, with a show of cheerfulness:

"I bet there's been pirates on this island before, boys. We'll explore it again. They've hid treasures here some-where. How'd you feel to light on a rotten chest full of gold and silver—hey?"

But it roused only a faint enthusiasm, which faded out with no reply. Tom tried one or two other seductions; but they failed, too. It was discouraging work. Joe sat poking up the sand with a stick and looking very gloomy. Finally he said:

"Oh, boys, let's give it up. I want to go home. It's so lonesome."

"Oh, no, Joe, you'll feel better." said Tom. "Just think of the fishing that's here."

"I don't care for fishing. I want to go home."

"But, Joe, there aren't such another swimming place anywhere."

"Swimming's no good. I don't seem to care for it, some-how, when there aren't anybody to say I shall not go in. I mean to go home."

"Oh, shucks! Baby! You want to see your mother, I think."

---

rotten:썩은, 남루한 chest: 가슴, 흉곽 enthusiasm: 열정, 정열 seduction: 유혹, 매혹 poke:손가락으로 찌르다, 쿡 찌르다 lonesome: 쓸쓸한, 외로운 shucks: (불쾌,후회 등을 나타내어)체!

만약 이런 반항적인 침울이 곧 깨어지지 않는다면 그 비밀을 고백해야 할 것 같았다. 그는 즐거운 척하며 말했다.

"애들아 분명히 전에도 이 섬에 해적이 있었어. 우리가 다시 한 번 조사해 보자. 그들이 여기 어딘가에 보물을 숨겼을 거야. 이봐, 너는 금과 은으로 꽉찬 썩은 상자를 불로 비추어 보면 어떤 기분이 들겠니?"

그러나 톰의 이 말은 단지 희미한 열정만을 일으켰고 그것은 곧 어떤 대답도 얻지 못하고 시들어 버렸다. 톰은 한두 번의 유혹을 시도했으나 그것들 역시 실패했다. 그것은 힘 빠지는 일이었다. 조는 앉아서 막대기를 들고 모래를 쿡쿡 쑤시고 있었는데 매우 침울해 보였다. 마침내 그가 말했다.

"애들아, 그만두자. 난 집에 가고 싶다. 너무 외롭다."

"안돼, 조, 너는 점점 더 좋아질 거야." 라고 톰이 말했다. "지금 여기서 낚시하는 것을 생각해봐."

"난 낚시하고 싶지 않아. 나는 집에 가고 싶어."

"그러나 조, 여기보다 좋은 수영 장소는 없어."

"수영도 싫어. 여기에 수영하지 말라고 말하는 사람도 없으니까 나는 하고 싶지 않아. 나는 정말 집에 가고 싶단 말이야."

"에이, 쳇. 젖먹이 어린애! 너는 엄마가 보고 싶어서 그러지."

"그래 난 엄마가 정말 보고 싶어. 그리고 너도 그럴거야, 만약 너에게 엄마가 있다면. 난 너보다 더 어린애는 아니야."

"Yes, I do want to see my mother— and you would, too, if you had one. I aren't any more baby than you are." And Joe snuffled a little.

"Well, we'll let the crybaby go home to his mother, will not we, Huck? Poor thing— does it want to see its mother? You like it here, don't you, Huck? We'll stay, won't we?"

Huck said "Y-e-s"— without any heart in it.

"I'll never speak to you again as long as I live," said Joe, rising. "There now!" And he moved moodily away and began to dress himself.

"Who cares!" said Tom. "Nobody wants you to. Go long home and get laughed at. Oh, you're a nice pirate. Huck and me aren't crybabies. We'll stay, won't we, Huck? Let him go if he wants to. I think we can get along without him, perhaps."

But Tom was uneasy, nevertheless, and was alarmed to see Joe go sullenly on with his dressing. And then it was discomforting to see Huck eyeing Joe's preparations so wistfully, and keeping up such an ominous silence. Presently, without a parting word, Joe began to wade off toward the Illinois shore. Tom's heart began to sink. He glanced at Huck. Huck could not bear the look, and dropped his eyes. Then he said:

snuffle: 훌쩍거리다, 씰룩거리다 moodily: 침울하게, 시무룩하게 sullenly: 뽀루퉁하여, 뚱하여 wistfully: 부드럽게, 생각에 잠긴듯이 ominous: 불길한 그리고 조는 약간 훌쩍 거렸다.

"좋아, 우리는 우는 저 아이를 엄마에게 가도록 내버려 둘거야, 그렇지 않니, 허크? 불쌍한 놈, 엄마 얼굴이 보고 싶다고? 너는 여기가 좋지, 그렇지 않니, 허크? 우리는 남을 거야, 그렇지?"

허크는 맥없이 "으-으-응" 이라고 말했다.

"난 내가 살아 있는 한 너하고 아무 말도 하지 않을 거다" 라고 조가 일어서면서 말했다.

"그래!" 그리고 그는 천천히 움직여서 옷을 입기 시작했다.

"누가 상관한대?" 톰이 말했다.

"누구도 너하고 이야기하기를 원하지 않을 거야. 집에가서 놀림이나 당해라. 오, 너는 정말 멋진 해적이야. 허크와 난 울보가 아니야. 우리는 여기 남을 거야, 그렇지, 허크? 그가 원하면 가도록 놔두자. 아마 우리는 저애 없어도 잘 지낼 수 있을 거라고 생각해."

하지만 그러함에도 불구하고 톰은 마음이 편치 않았고, 조가 시무룩하게 옷을 입는 모습을 보고 놀랐다. 그리고 불길한 침묵을 지키며 조가 옷 입는 모습을 부럽게 바라보는 허크를 보고 있으려니 마음이 더욱 불편했다. 곧 작별 인사도 없이 조는 일리노이스 해변을 향해 물을 건너기 시작했다. 톰의 마음은 울쩍해지기 시작했다. 그는 허크를 힐끔 봤다. 허크는 시선을 견디지 못하고 그의 눈길을 떨어뜨렸다. 그리곤 말했다.

"I want to go too, Tom. It was getting so lonesome any-way, and now it'll be worse. Let's us go, too, Tom."

"I won't! You can all go, if you want to. I mean to stay."

"Tom, I better go."

"Well, go long-who's hindering you?"

Huck began to pick up his scattered clothes. He said:

"Tom, I wish you'd come too. Now you think it over. We'll wait for you when we get to shore."

"Well, you'll wait a blame long time, that's all."

Huck started sorrowfully away, and Tom stood looking after him, with a strong desire tugging at his heart to yield his pride and go along too. He hoped the boys would stop, but they still waded slowly on. It suddenly dawned on Tom that it was become very lonely and still. He made one final struggle with his pride, and then darted after his comrades, yelling:

"Wait! Wait! I want to tell you something."

They presently stopped and turned around. When he got to where they were, he began unfolding his secret, and they listened moodily till at last they saw the 'point' he was driving at, and then they set up a war whoop of applause and said it was 'splendid!' and said if he had told them at first they wouldn't have started away. He

---

hinder: 방해하다, 저지하다 scatter: 흩어지다 tug: 세게 당기다, 끌다 dawn: 나타나기 시작하다, 날이 새다 dart: 던지다, (시선) 쏘다 comrade: 동료, 친구, 조합원 unfold: 폭로하다, 밝히다

"나 역시 가고 싶어, 톰. 어쨌든 너무 심심하고 지금은 더 나
빠지고 있어. 우리도 가자, 톰."

"난 싫어! 가고 싶으면 너 역시 가도 좋아. 나는 남을 테야."

"톰. 나는 가는 게 좋겠어."

"좋아, 가, 누가 너를 막는대?"

허크는 그의 흩어져 있던 옷들을 주워 입기 시작했다. 그가
말했다.

"톰, 너도 같이 가면 좋겠어. 지금 너는 끝났다고 생각하지.
우리가 강가에 닿으면 널 기다릴게."

"아무리 기다려도 소용없을 거야."

허크는 슬프게 떠났고 톰은 그를 바라보면서 서 있었는데,
자존심을 버리고 같이 가고 싶은 강한 욕망이 그의 마음 속에
서 일어났다. 그는 소년들이 멈추기를 바랐으나 그들은 계속
천천히 물살을 헤쳐나가고 있었다. 톰은 너무나 외롭고 고요하
다는 것을 알았다. 그는 자존심과 마지막 싸움을 하고 있었는
다. 그러다 소리치면서 그의 친구들을 날아가듯이 쫓았다.

"기다려! 기다려! 너희들에게 말할 게 있어."

그들은 바로 멈추고 돌아섰다. 톰은 그들이 있는 곳에 도착
하자 비밀을 털어 놓았고, 그들은 시무룩하게 듣고 있다가 톰
이 말하고자 하는 '요점'을 알게 되자 박수 갈채와 함성을 올
리고 '굉장해'라고 말했다. 그리고 그가 만약 처음부터 말했더

made a plausible excuse; but his real reason had been the fear that not even the secret would keep them with him any very great length of time, and so he had meant to hold it in reserve as a last seduction.

The lads came gaily back and went at their sports again with a will, chattering all the time about Tom's stupendous plan and admiring the genius of it. After a dainty egg and fish dinner, Tom said he wanted to learn to smoke, now. Joe caught at the idea and said he would like to try too. So Huck made pipes and filled them. These novices had never smoked anything before but cigars made of grapevine and they 'bit' the tongue and were not considered manly anyway.

Now they stretched themselves out on their elbows and began to puff, charily, and with slender confidence. The smoke had an unpleasant taste, and they gagged a little, but Tom said:

"Why, it's just as easy! If I would have knew this was all, I would have learned long ago."

"So would I," said Joe. "It's just nothing."

"Why, many a time I've looked at people smoking, and thought well I wish I could do that; but I never thought I could," said Tom.

---

plausible: 그럴싸한 gaily: 즐겁게, 유쾌하게 stupendous: 엄청난, 거대한
dainty: 우아한, 화사한 novice: 초보자, 풋내기 stretch: 잡아늘이다, 내뻗치다 puff: 훅 불기, 연기를 내뿜다 gag: 메스껍다

라면 그들은 떠나지 않았을 거라고 했다. 그는 그럴싸한 구실을 만들었으나 실제로는 그 비밀조차도 오랫동안 그들을 붙들어 놓을 수는 없을 것이라는 두려움이 있었고, 그래서 그는 최후의 유혹으로써 그것을 남겨두었던 것이다.

그 소년들은 즐겁게 되돌아와 톰의 엄청난 계획에 대해 조잘대고 톰의 비범함을 존경하면서 그들의 놀이를 계속했다. 거북알과 생선으로 점심을 먹은 후 톰은 담배 피는 법을 배우고 싶다고 말했다. 조도 그 말을 환영하며 자기도 당장 그러고 싶다고 했다. 그래서 허크는 파이프를 만들어서 담배를 채웠다. 이들 초보자들은 포도잎으로 만든 담배를 제외하고는 전에 어떤 것도 피워본 적이 없었는데, 그것들은 혓바닥만 쑤셨고, 어쨌든 남자답지 못하다는 생각이 들었다.

지금 그들은 팔꿈치를 대고 땅에 엎드려서 조심스럽게, 자신 없이 담배를 뻐꿈뻐꿈 피우기 시작했다. 그 연기는 불쾌한 맛을 내었고, 그들은 약간 매스꺼웠으나 톰이 말했다.

"뭐, 되게 쉽잖아! 내가 이 모든 것을 알았다면 나는 예전에 배웠을 거야."

"나 역시 그래." 조가 말했다. "아무 것도 아니네."

"내가 사람들이 담배 피는 것을 볼 때마다, 왜 내가 그것을 할 수 있다고 생각하지 않았을까? 나는 그것을 할 수 있다고 생각해본 적이 없어." 라고 톰이 말했다."

"That was just the way with me, wasn't it, Huck? You have heard me talk just that way—haven't you, Huck? I'll leave it to Huck if I haven't."

"Yes—heaps of times," said Huck.

"Well, I have too," said Tom; "oh, hundreds of times. Once down by the slaughterhouse. Don't you remember, Huck? Bob Tanner was there, and Johnny Miller, and Jeff Thatcher, when I said it. Don't you remember, Huck, about me saying that?"

"Yes, that's so," said Huck. "That was the day after I lost a white alley. No, it was the day before."

"There—I told you," said Tom. "Huck recollects it."

"I blieve I could smoke this pipe all day," said Joe. "I don't feel sick."

"Neither do I," said Tom. "I could smoke it all day. But I bet you Jeff Thatcher couldn't."

"Jeff Thatcher! Why, he'd keel over just with two draws. Just let him try it once.

"I bet he would. And Johnny Miller—I wish I could see Johnny Miller tackle it once."

"Oh, don't I!" said Joe. "Why, I bet you Johnny Miller couldn't any more do this than nothing. Just one little snifter would fetch him."

---

heaps of times: 여러 번 slaughterhouse: 도살장 alley: 공기돌 recollect: 생각하다, 기억하다 tackle: 기구, 용구 snifter: 브렌디 술잔, 한 모금 fetch: (가서) 데리고 오다 (눈물) 자아내게 하다

"나도 마찬가지였어, 그렇지, 허크? 내가 그런 말을 했던 것을 들었지, 그렇지, 허크? 내가 그렇게 하지 않았는지를 허크에게 맡기겠어."

"맞아, 여러 번." 이라고 허크가 말했다.

"그래, 나 역시 그랬어." 라고 톰이 말했다. "오 수백 번. 한 번은 도살장에서 내려오다가. 기억하지, 허크? 밥 테너도 거기에 있었고, 내가 그 말을 할 때 밀러와 제프 데처도 같이 있었어. 기억나지 않니, 내가 말하는 것에 관하여, 허크?"

"그래, 그랬어." 라고 허크가 말했다. "그것은 내가 하얀 공깃돌을 잃어버린 다음 날이었어. 아니, 그 전날이었어."

"봐, 맞잖아." 라고 톰이 말했다. "허크가 기억하고 있어."

"나는 내가 하루 종일 담배를 피울 수 있다고 생각해." 라고 조가 말했다. "하나도 역겹지 않아."

"나 역시 그래." 톰이 말했다. "나도 하루 종일 피울 수 있어. 그러나 제프 데처는 하지 못한다고 생각해."

"제프 데처! 그래, 그는 두 모금만 빨아도 뒤로 자빠지고 말 거다. 그래 그에게 한 번 시켜봐.

"그래, 그는 그럴 거야. 그리고 죠니 밀러 역시, 나는 죠니 밀러가 그걸 빠는 걸 한 번이라도 봤으면 좋겠어."

"오, 그것은 안돼!" 라고 조가 말했다. "죠니 밀러는 이런 짓 할 줄 몰라. 단지 한 번이라도 냄새를 맡으면 그는 신음 소리를 낼 거다."

"'Deed it would, Joe. Say-I wish the boys could see us now."

"So do I."

"Say— boys, don't say anything about it, and sometime when they're around, I'll come up to you and say, 'Joe, got a pipe? I want a smoke.' And you'll say, kind of careless like, as if it is not anything, you'll say, 'Yes, I got my old pipe, and another one, but my tobacco aren't very good.' And I'll say, 'Oh, that's all right, if it's strong enough.' And then you'll out with the pipes, and we will light up just as calm, and then just see them look!"

"By jings, that'll be gay, Tom! I wish it was now!"

"So do I! And when we tell them we learned when we was off pirating, won't they wish they'd been along?

"Oh, I think not! I'll just bet they will!"

So the talk ran on. But presently it began to sag a trifle, and grow disjointed. The silences widened; the expectoration marvelously increased. Every pore inside the boys' cheeks became a spouting fountain; they could scarcely bail out the cellars under their tongues fast enough to prevent an inundation; little overflowings down their throats occurred in spite of all they could do, and sudden retchings followed every time. Both boys were looking very

---

sag:가라앉다, 느슨해지다 disjoint:삐걱거리다, 뼈가 이탈하다 expectoration: 침 뱉기 pore: 구멍 spouting: 물을 내뿜다, 분출하다 cellar: 지하실, 포도주 저장 prevent: 막다 inundation: 충만, 범람 retch: 헛구역질하다, 메스꺼움

"그럴 거야, 조. 난 그 애들이 지금 우리를 볼 수 있었으면 좋겠다."

"나도 그래."

"애들아, 그것에 대해 더 이상 이야기하지 말고, 언젠가 그들이 모두 있을 때, 내가 너에게 가서 '조 너 파이프 가지고 있니? 나 한 대 피울란다.' 라고 말하겠어. 그러면 너는 무관심하게 아무것도 아닌 것처럼, '그래 나는 헌 파이프 하나와 다른 파이프를 하나 갖고 있지만, 내 담배는 별로 좋지 않아.' 라고 말하면 돼. 그러면 나는 '아니, 괜찮아. 만약 충분히 독하다면.' 라고 말할 거고. 그리고 나서 너는 파이프를 꺼내고 우리는 태연하게 불을 붙인 다음 그들이 어떤 표정을 짓나를 보는 거야!"

"와아, 그거 재미있겠다, 톰! 나는 지금 했으면 좋겠다!"

"나도 그래! 그리고 우리가 그들에게 말할 때 우리가 해적 생활을 하기 위해 떠나 있을 때 배웠다고 말하는 거야. 그러면 그들은 우리와 같이 왔었더라면 하고 생각하지 않을까?"

"그렇지! 나 역시 그들이 그럴거라고 생각해!"

그렇게 이야기는 계속되었다. 그러나 곧 그것은 사소한 것으로 가라앉기 시작했고, 점점 지리멸렬하게 되었다. 침묵이 길어졌고, 믿기 어렵게도 침뱉는 횟수가 증가했다. 소년들의 뺨 안쪽에 있는 모든 구멍은 침을 샘처럼 솟아내었고, 혓바닥 밑에 고인 침을 아무리 빨리 퍼내더라도 넘치는 것을 막을 수는 없었다. 조그만 홍수는 아무리 애써도 자꾸만 목구멍 뒤에서 일

지리멸렬:갈갈이 흩어지고 찢기어 갈피를 잡을 수 없게 됨

pale and miserable, now. Joe's pipe dropped from his nerveless fingers. Tom's followed. Both fountains were going furiously and both pumps bailing with might and main. Joe said feebly:

"I've lost my knife. I think I better go and find it."

Tom said, with quivering lips and halting utterance:

"I'll help you. you go over that way and I'll hunt around by the spring. No, you needn't come, Huck we can find it."

So Huck sat down again, and waited an hour. Then he found it lonesome, and went to find his comrades. They were wide apart in the woods, both very pale, both fast asleep. But something informed him that if they had had any trouble they had got rid of it.

They were not talkative at supper that night. They had a humble look, and when Huck prepared his pipe after the meal and was going to prepare theirs, they said no, they were not feeling very well-something they ate at dinner had disagreed with them.

About midnight Joe awoke, and called the boys. There was a brooding oppressiveness in the air that seemed to bode something. The boys huddled themselves together and sought the friendly companionship of the fire, though

---

furiously: 미친 듯이 노하여, 맹렬히 bail: 괸 물을 퍼내다 feebly: 약하게, 힘 없이 halt: 멈추다 utterance: 말하기, 발화(發話) brood: 곰곰히 생각하다 oppressiveness: 압제적인, 중압감을 주는 huddle: 뒤죽박죽 쌓아 올리다

어나서 그때마다 갑자기 구역질이 나곤 했다. 둘다 창백하고 비참해 보였다. 조의 파이프가 그의 떨리는 손에서 떨어졌다. 톰도 그렇게 되었다. 둘의 샘은 무섭게 계속 작용을 했고 둘의 펌프는 힘을 다하여 퍼내고 있었다. 조는 힘없이 말했다.

"나는 나의 칼을 잃어 버렸어. 난 가서 찾아 보는 게 좋을 것 같아."

"톰은 입술을 떨면서 그리고 뛰엄뛰엄 말했다.

"도와 줄게. 넌 저쪽을 찾아보고 난 샘 근처를 찾아 볼게. 아니, 넌 올 필요 없어, 허크. 우리가 찾을 수 있을거야."

그래서 허크는 다시 앉아 한 시간을 기다렸다. 그런 다음 그는 외롭다는 것을 알았고, 그의 동료들을 찾으로 갔다. 그들은 숲에서 멀리 떨어져 있었는데, 둘다 매우 창백하게 깊이 잠들어 있었다. 그는 그들이 무슨 어려움이 있었던 간에 그것을 제거했다는 것을 알았다.

그들은 그 날밤 저녁 식사 때 말을 많이 하지 않았다. 그들은 초라해 보였다. 허크가 식사 후 파이프를 준비하면서 그들의 것도 준비하려 했지만 그들은 기분이 별로 좋지 않아서라고 말하며 저녁 때 먹은 것이 속에서 이상을 일으켰다고 했다.

자정쯤에 조는 깨어나서 아이들을 불렀다. 주위에 묵직한 공기가 억누르고 있어서 무언가가 일어날 것만 같았다. 소년들은 비록 숨이 막힐 듯한 대기의 열기로 가슴이 답답해 왔지만 그

the dull dead heat of the breathless atmosphere was sti-
fling. They sat still, intent and waiting. The solemn hush
continued. Beyond the light of the fire everything was
swallowed up in the blackness of darkness. Presently
there came a quivering glow that vaguely revealed the
foliage for a moment and then vanished. By and by anoth-
er came, a little stronger. Then another. Then a faint moan
came sighing through the branches of the forest and the
boys felt a fleeting breath upon their cheeks, and shud-
dered with the fancy that the Spirit of the Night had gone
by. There was a pause. Now a weird flash turned night
into day and showed every little grass blade, separate and
distinct, that grew about their feet. And it showed three
white, startled faces, too. A deep peal of thunder went
rolling and tumbling down the heavens and lost itself in
sullen rumblings in the distance. A sweep of chilly air
passed by, rustling all the leaves and snowing the flaky
ashes broadcast about the fire. Another fierce glare lit up
the forest, and an instant crash followed that seemed to
rend the treetops right over the boys' heads. They clung
together in terror, in the thick gloom that followed. A few
big raindrops fell pattering upon the leaves.

"Quick, boys! go for the tent!" exclaimed Tom.

---

stifling: 숨막힐 듯한 hush: 진정시키다 swallow: 삼키다 quiver: 흔들리다
reveal: 드러내다 foliage: (집합적)나뭇잎 fleeting: 어느덧 지나가는
shudder: 덜덜 떨다 weird: 신비한 blade: 납작하고 길쭉한 잎 patter: 후두둑
떨어지다, 재잘거림

래도 동지 의식을 느끼며 모닥불 주의에 웅크리고 앉아 있었다. 그들은 조용히, 열중하고 기다리면서 앉아 있었다. 엄숙한 고요가 계속되었다. 불빛 뒤로 모든 것이 칠흑 같은 어둠 속에 잠겨 있었다. 곧 잠깐 동안 나뭇잎을 드러냈다가 다시 사라지게하는 흔들리는 불빛이 있었다. 다시 한 번 있었는데, 약간 더 강했다. 그리곤 또 한 번 더 있었다. 그러자 희미한 신음 소리가 숲의 나뭇가지를 통하여 한숨 쉬듯 들려왔고 한 줄기의 숨이 그들의 뺨위를 스쳐 지나가는 것을 느꼈는데, 밤의 정령이 지나가는 것이라는 공상을 하며 몸서리쳤다. 잠깐의 쉼이 있었다. 이상한 불빛 하나가 밤을 낮으로 바꾸고 그들의 발 밑에서 자라는 모든 자그마한 풀잎들을 하나하나 따로 보여 주었다. 그리고 그 불빛은 하얗게 겁에 질린 세 소년의 얼굴이 드러나게 하였다. 천둥의 깊은 울림이 울리면서 하늘 저 너머 먼 거리로 사라져 갔다. 서늘한 바람이 모든 나뭇잎을 바싹거리게 만들고 모닥불 주위의 재를 눈송이처럼 하늘하늘 날리게 하면서 지나갔다. 다시 한 번 불빛이 숲을 밝혔고 한 번의 천둥은 소년들의 머리위에서 나무를 찢어 발기는 것 같았다. 그들은 공포와 뒤따르는 큰 우울감 때문에 서로 꽉 부둥켜 안았다. 굵은 빗방울이 나뭇잎들 위로 후두둑거리며 떨어지기 시작했다.

"빨리, 애들아! 텐트로 들어가자!" 톰이 소리 쳤다.

They sprang away, stumbling over roots and among vines in the dark, no two plunging in the same direction. A furious blast roared through the trees, making everything sing as it went. One blinding flash after another came, and peal on peal of deafening thunder. And now a drenching rain poured down and the rising hurricane drove it in sheets along the ground. The boys cried out to each other, but the roaring wind and the booming thunderblasts drowned their voices utterly. However, one by one they straggled in at last and took shelter under the tent, cold, scared, and streaming with water; but to have company in misery seemed something to be grateful for. They could not talk, the old sail flapped so furiously. The tempest rose higher and higher, and presently the sail tore loose from its fastenings and went winging away on the blast. The boys seized each other's hands and fled, with many tumblings and bruises, to the shelter of a great oak that stood upon the riverbank. Now the battle was at its highest. Under the ceaseless conflagration of lightning that flamed in the skies, everything below stood out in clean-cut and shadowless distinctness: the bending trees, the billowy river, white with foam, the driving spray of spume flakes, the dim outlines of the high bluffs on the

---

stumble: 발부리에 걸리다, 우연히 마주치다 plunging: 뛰어드는, 돌진하는
drench: 물에 흠뻑 젖게 하다 flap: 날개를 치다, 펄럭이다 fasten: 단단히 묶다
bruise: 타박상, 멍 billowy: 물결이 높은 foam: 거품 spume: 거품이 일다
flakes: 얇은 조각 bluff:절벽의, 험한

그들은 자리에서 일어나 어둠속에서 나무 뿌리와 덩굴에 걸려서 넘어지고 했으나, 아무도 같은 방향으로 달리지는 않았다. 한 바탕의 무서운 광풍이 지나가면서 모든 것을 소리나게 만들면서 숲속으로 울려 퍼졌다. 눈을 멀게 하는 번개가 치고 또 쳤으며 귀를 찡찡 울리는 천둥이 내리쳤다. 그리고 이번에는 폭우가 쏟아졌고 태풍이 비를 억수같이 몰고 왔다. 소년들은 서로의 이름을 불러보았지만, 기세를 높여 부는 바람과 우르릉거리는 천둥소리는 그들의 고함 소리를 완전히 눌러 버렸다. 그러나 하나 하나씩 뿔뿔히 흩어져 마침내 텐트에 도달했을 땐 무서움에 떨면서 비에 흠뻑 젖어 있었다. 그러나 비참하면서도 친구가 있다는 것에 대해 감사했다. 헌 돛이 너무나 광폭하게 펄럭여서 그들은 이야기를 할 수가 없었다. 폭풍이 점점 더 심해가고 돛은 잡아 묶어 놓은 곳이 느슨해지면서 바람과 함께 날아가 버렸다. 소년들은 서로의 손을 꽉 잡고 도망쳤는데, 넘어지고 상처투성이가 되면서 강둑에 있는 거대한 오크나무 아래의 피난처로 갔다. 이제 싸움은 절정에 달했다. 하늘에서 불꽃을 발하는 번갯불의 끊임없는 번쩍임 아래 지상의 만물이 훤하게 드러났다. 바람에 나부끼는 나무, 흰 거품이 이는 파도 치는 강, 빗줄기가 세차게 몰아치는 빗발, 저편의 높은 절벽의 희미한 윤곽이 흘러가는 구름과 쏟아지는 비의 장막 사이로 흘끗

광풍 : 미친 듯이 휩쓸어 일어나는 바람
광폭 : 행동이 사나움

other side, glimpsed through the drifting cloudwrack and the slanting veil of rain. Every little while some giant tree yielded the fight and fell crashing through the younger growth; and the unflagging thunderpeals came now in ear-splitting explosive bursts, keen and sharp, and unspeak-ably appalling. The storm culminated in one matchless effort that seemed likely to tear the island to pieces, burn it up, drown it to the treetops, blow it away, and deafen every creature in it, all at one and the same moment. It was a wild night for homeless young heads to be out in.

But at last the battle was done, and the forces retired with weaker and weaker threatenings and grumblings, and Peace resumed her sway. The boys went back to camp, a good deal awed; but they found there was still something to be thankful for, because the great sycamore, the shelter of their beds, was a ruin now, blasted by the lightnings, and they were not under it when the catastrophe hap-pened.

Everything in camp was drenched, the campfire as well, for they were but heedless lads, like their generation, and had made no provision against rain. Here was matter for dismay, for they were soaked through and chilled. They were eloquent in their distress; but they presently discov-

---

glimpse: 흘끗 봄 slanting: 경사진 veil: 면사포 unflag: 깃발을 내리다
appalling: 소름이 오싹 끼치는 culminate:극에 달하다 matchless : 무적의
grumbling: 투덜거리는 awed: 얼이 빠진 catastrophe: 대참사 heedless: 부주
의한 dismay: 당황, 놀람 soak:담그다 eloquent: 웅변의, 감동시키는

보였다. 이따금씩 커다란 거목이 폭풍을 못이겨 어린 나무들 사이로 쓰러졌다. 그리고 계속해서 조금도 기세를 늦추지 않는 천둥이 고막 찢어지는 소리를 날카롭게 내었는데 그럴 때마다 말할 수 없는 공포심이 일어났다. 이제 폭풍은 최고조에 달해 단번에 섬을 조각내어 태워버리고, 나무 꼭대기까지 물에 잠기게 하여 날려버리려 했고, 섬의 온갖 생물을 휩쓸어 귀머거리로 만드는 것 같았다. 집 나온 세 소년들에게는 너무나 거친 밤이었다.

그러나 마침내 전쟁은 끝이 났고, 위협과 우르릉거림이 약해지면서 기세는 사라지고, 평화가 다시 깃들었다. 소년들은 얼이 빠져서 캠프로 돌아왔다. 그러나 그들은 고마워해야 할 무언가가 벌어져 있다는 것을 알았는데, 그들의 잠자리의 은신처였던 큰 단풍나무가 번개에 맞아서 파괴되었고, 재난이 일어났을 때 그들은 그 나무 아래에 없었던 것이었다.

캠프에 있던 모든 것은 물에 흠뻑 젖어 있었고, 모닥불도 마찬가지였다. 그들 또래가 그렇듯이 비를 대비하지 않았던 그들은, 단지 조심성 없는 아이들에 불과했다. 그들은 흠뻑 젖어 있었고 아이들이었기 때문에 어찌할 바를 몰랐다. 그들은 절망 속에서 계속 무슨 말인가를 지껄여댔다. 그러나 그들은 곧 버팀목으로 사용했던 큰 나무도 불이 타 들어 갔다는 것을 알았

ered that the fire had eaten so far up under the great log it had been built against (where it curved upward and separated itself from the ground) that a handbreadth or so of it had escaped wetting; so they patiently worked until, with shreds and bark gathered from the undersides of sheltered logs, they coaxed the fire to burn again. Then they piled on great dead boughs till they had a roaring furnace, and were gladhearted once more. They dried their boiled ham and had a feast, and after that they sat by the fire and expanded and glorified their midnight adventure until morning, for there was not a dry spot to sleep on, anywhere around.

As the sun began to steal in upon the boys, drowsiness came over them and they went out on the sand bar and lay down to sleep. They got scorched out by and by, and drearily set about getting breakfast. After the meal they felt rusty, and stiff jointed, and a little homesick once more. Tom saw the signs, and fell to cheering up the pirates as well as he could. But they cared nothing for marbles, or circus, or swimming, or anything. He reminded them of the imposing secret, and raised a ray of cheer. While it lasted, he got them interested in a new device. This was to knock off being pirates, for a while, and be Indians for a

---

handbreadth: 한 뼘, 손의 쪽 coax: ~하도록 하다, 부추기다 glorify: 꾸미다, 과장하다 scorch: ~의 겉을 태우다, ~을 그을다 rusty: 녹쓴, 서툴어진

다. (그 통나무는 땅에서 떨어져 위로 구부러져 있었다.) 그것
은 손바닥 넓이만큼 또는 그것이 젖지 않을 만큼 남아 있었다.
그래서 그들은 통나무 안쪽에 조각들과 나무껍질들을 모으고
불을 다시 피울 때 까지 끊기있게 노력했다. 그리고 불이 활활
타오를 때까지 마른 나무가지들을 쌓아 올리고, 다시 원기를
회복하였다. 그들은 삶은 햄을 말려서 맛있게 먹고, 그후 불가
에 앉아서 다음날 아침까지 그 사이에 일어났던 모험을 과장하
고 좀 보태서 밤을 지새며 이야기하였다. 왜냐하면 주위에 어
느 곳에도 잘만한 마른 자리가 없었기 때문이었다.

  해가 소년들 위에 살며시 비추었을 때 졸음이 그들을 덮쳤고
그들은 자려고 모래톱으로 가서 누웠다. 얼마 후 곧 더워졌기
때문에 일어나서 쓸쓸하게 아침을 먹기 시작했다. 식사 후 그
들은 몸이 녹슬고 뼈마디가 뻣뻣함을 느꼈고, 향수병이 다시
왔다. 톰은 눈치를 채고서는 최선을 다해 해적들의 기운을 북
돋아 주려고 노력했다. 그러나 그들은 놀라운 것이나 써커스,
수영 다른 어떤 것에도 신경을 쓰지 않았다. 그는 훌륭한 비밀
을 그들에게 상기시키고는 다소간 기분을 북돋웠다. 그것이 지
속하는 한, 그들에게 새로운 일에 흥미를 가지게 할 수 있었다.
그것은 잠시 동안 해적놀이를 그만두고 대신에 인디언 놀이를
해보자는 것이었다. 그들은 이 생각에 매료되었다. 그래서 곧

매료:마음이 홀리다

change. They were attracted by this idea; so it was not long before they were stripped, and striped from head to heel with black mud, like so many zebras— all of them chiefs, of course— and then they went tearing through the woods to attack an English settlement.

By and by they separated into three hostile tribes, and darted upon each other from ambush with dreadful war whoops, and killed and scalped each other by thousands. It was a gory day. Consequently, it was an extremely satisfactory one.

They assembled in camp toward suppertime, hungry and happy; but now a difficulty arose— hostile Indians could not break the bread of hospitality together without first making peace, and this was a simple impossibility without smoking a pipe of peace. There was no other process that ever they had heard of. Two of the savages almost wished they had remained pirates. However, there was no other way; so with such show of cheerfulness as they could muster they called for the pipe and took their whiff as it passed, in due form.

And they were glad they had gone into savagery, for they had gained something; they found that they could now smoke a little without having to go and hunt for a lost

zebra: (집합적) 얼룩말 hostile: 적대적인 tribe: 부족 ambush: 매복, 잠복
scalp: 머리가죽, 머리가죽을 벗기다 gory: 피비린내 나는 savage: 야만인
whiff: 담배를 빨다 savagery: 포악한, 잔인한

그들은 발가벗고 진흙으로 발끝에서 머리끝까지 줄무늬 칠을 하여 얼룩말처럼 보이게 하였다. 물론 셋이 모두 추장이 되었고, 그들은 영국의 식민 정착촌을 습격하기 위하여 숲을 헤쳐 나아갔다.

얼마 후 그들은 세 개의 적대적인 부족으로 갈라졌고, 매복해 있다가 서로에게 괴성을 지르며 돌진하는 것이었다. 그리고 수천 번씩 상대의 머리 가죽을 벗기고 죽이는 짓을 되풀이 하였다. 피비린내 나는 하루였다. 결국 아주 만족스런 하루가 되었다.

그들은 식사 시간에 맞추어 캠프로 모여들었고 배가 고팠지만 행복했다. 그러나 어려움이 생겼는데, 그것은 적대적인 인디언은 화해없이는 한 자리에서 환대의 빵을 나누어 먹을 수 없다는 것이었다. 이것은 평화의 파이프를 돌려가면서 피우지 않고는 불가능한 것이었다. 그들이 들은 다른 방법은 없었다. 야만인들 중 둘은 그대로 해적으로 남아 있을 걸 하고 후회했다. 그러나 다른 방법이 없었기 때문에 둘은 될 수 있는 한 유쾌한 듯이 파이프를 달라고 하고 절차에 따라 차례로 한 모금씩 빨아 당겼다.

그리고 그들은 그들이 야만인이 되었음을 기뻐했는데 그들이 무언가를 얻었기 때문이었다. 그들은 잃어버린 칼을 찾으러 가

매복:몰래 숨어 있음

knife— they did not get sick enough to be seriously uncomfortable. They were not likely to fool away this high promise for lack of effort. No, they practiced cautiously, after supper, with right fair success, and so they spent a jubilant evening. They were prouder and happier in their new acquirement than they would have been in the scalping and skinning of the Six Nations. We will leave them to smoke and chatter and brag, since we have no further use for them at present.

---

jubilant: 기쁨에 넘치는, 좋아하는 scalp: 머리 가죽을 벗기다 skin: 껍데기를 벗기다 brag: 자랑하다

지 않고서도 담배를 조금은 피울 수 있었다. 이제는 침을 뱉을 정도로 매스껍지는 않았던 것이다. 그들은 노력을 게을리해서 이 좋은 징조를 어리석게 날려버릴 것 같지는 않았다. 아니, 그들은 식사 후 조심스럽게 연습했고 약간은 성공을 거두고 기쁨에 넘치는 저녁을 보냈다. 그들은 그들이 6개 부족의 피부를 벗기고 가죽을 벗겼을 때보다도 그들의 새로운 습관을 성취했을 때 더 자랑스러웠고 기뻤다. 우리들은 현재 그들에게 현재 더 이상 볼일이 없으므로 그들이 담배 피우고 지껄이고 그리고 자랑하도록 내버려 둡시다.

■ 지은이 : 마크 트웨인(Mark Twain)

1835년 미국 미주리주 플로리다에서 태어나 4살 때 가족이 미시시피 강변의 소도시 Hannibal로 이사갔다.
미시시피강 주변의 자연은 그의 유년기에 깊은 인상을 남겨 그가 후에 쓴 《톰소여의 모험》 등의 무대가 되었다.
11살에 아버지를 잃은 그는 인쇄소에서 견습공으로 일하게 되었다. 그 덕분에 브라질을 탐험하고 미시시피강을
누비는 증기선의 키잡이 일도 하였다. 이 때 사용한 수심 깊이의 단위를 필명으로 사용하였다.
1840년대 미국 서부에서 금이 발견되어 소위 서부개척이라는 붐이 일어나자, 마크는 약간의 토지를 매입해 금을
찾았지만 결과는 비참했다. 덕분에 빚이 늘어나 신문사 일을 했는데, 그가 일한 신문이 첫 단편들을 실어 마크 트웨인이
작가로서의 호평을 받게 해준 캘리포니언지다. 마크 트웨인은 1865년 〈뜀뛰는 개구리〉로 문단에 등단하였고,
이어 〈순박한 여행기〉로 인기를 끌었다.
생활의 체험을 소재로 한 많은 작품을 발표하여, 그 속에 자연 존중, 물질 문명의 배격, 사회 풍자 등을 표현하면서
유머와 풍자에 넘치는 작품 경향을 보였다.
뒤에 인류에 대한 절망, 비관론자가 되어 〈인간이란 무엇이냐〉 〈보지 못한 소년〉 등을 남겼다.
그의 작품 세계는 크게 두 가지로 나눌 수 있는데, 흔히 미시시피 3부작으로 통칭되는 《톰 소여의 모험》,
《미시시피강의 추억》, 《허클베리핀의 모험》 등은 다분히 미국적이고 자유스러운 영혼에 대한 찬가라고 할 수 있으며,
《아서왕과 코네티컷 양키》, 《왕자와 거지》, 《불가사의한 이방인》 등은 중세 봉건주의 시대의 유럽을 무대로 하는
통렬한 사회 풍자물이다. 이 중 19세기 미국인을 아서왕의 카멜롯으로 시간여행시키는 과학 소설
《아서왕과 코네티컷 양키》와 중세 오스트리아 성채에 나타난 초인 N.44의 이야기를 다루는 환상 소설 《불가사의한 병》이
특히 주목할 만한 가치가 있다.
말년에는 '노예 있는 자유국' 즉, 자유주의나라이면서도 노예제도가 있는 미국의 모순을 폭로하고 바로잡기에 힘썼다.

■ 옮긴이 : 김종윤

전라북도 남원에서 태어나 한국외국어대학교 법학과를 졸업하였다.
1993년 『시와 비평』으로 등단하여 장편소설 〈어머니는 누구일까〉, 〈아버지는 누구일까〉,
〈날마다 이혼을 꿈꾸는 여자〉, 〈어머니의 일생〉 등이 있으며, 창작동화 〈가족이란 누구일까요?〉가 있다.
그리고 〈문장작법과 토론의 기술〉, 〈어린이 문장강화(전13권)〉 등이 있다.

어휘력·문해력·문장력 세계명작에 있고
영어공부 세계명작 직독직해에 있다

톰 소여의 모험 (상)

초판 제1쇄 발행일 : 2024년 7월 30일
초판 제3쇄 발행일 : 2024년 9월 05일

지은이 : 마크 트웨인
옮긴이 : 김종윤
발행인 : 김종윤
발행처 : 주식회사 자유지성사
등록번호 : 제 2 - 1173호
등록일자 : 1991년 5월 18일

서울특별시 송파구 위례성대로 8길 58, 202호
전화 : 02) 333 - 9535 l 팩스 : 02) 6280 - 9535
E-mail : fibook@naver.com
ISBN : 978 - 89 - 7997- 495 - 9 (13840)
